王 平 著

宋詞
翻譯美學研究

在中國文學史上宋詞與唐詩齊名，
二者並稱中國古詩藝術的兩座高峰，
具有極高的藝術審美價值。
研究宋詞翻譯的目的是總結宋詞翻譯的實踐經驗，
探索宋詞的翻譯的理論和方法，
更好的促進宋詞翻譯水平的提高。

財經錢線

目　錄

引言 / 1

第一章　宋詞的源起和發展 / 15

　　第一節　唐五代詞 / 15

　　第二節　北宋詞 / 16

　　第三節　南宋詞 / 18

　　第四節　中國傳統詞學理論 / 19

第二章　宋詞意象美的闡釋和再現 / 21

　　第一節　宋詞的意象美 / 21

　　第二節　宋詞意象美的審美闡釋 / 25

　　第三節　宋詞意象美的再現 / 30

第三章　宋詞意境美的闡釋和再現 / 60

　　第一節　中國傳統詩學中的意境論 / 60

　　第二節　意境的審美特性 / 61

　　第三節　中國傳統詞學的意境論 / 62

　　第四節　宋詞意境的審美闡釋 / 67

　　第五節　宋詞意境的神韻美 / 71

　　第六節　宋詞意境神韻美的再現 / 77

　　第七節　宋詞意境的朦朧美 / 83

第八節　宋詞意境朦朧美的再現 / 87

　　第九節　宋詞儒家意境美的再現 / 89

　　第十節　宋詞道家意境美的再現 / 92

　　第十一節　宋詞佛家意境美的再現 / 96

　　第十二節　宋詞意境宇宙生命體驗的再現 / 99

第四章　宋詞情感美的再現 / 105

　　第一節　中國傳統詩學的情感論 / 105

　　第二節　宋詞的情感美 / 105

　　第三節　譯者對宋詞情感美的闡釋和譯語再現 / 108

　　第四節　宋詞文化情感美的再現 / 109

第五章　宋詞藝術風格的再現 / 137

　　第一節　宋詞的文體風格 / 137

　　第二節　宋代詞人的個性化風格 / 138

　　第三節　宋詞風格的融合性 / 139

　　第四節　宋詞時代風格的再現 / 140

引言

在中國文學史上宋詞與唐詩齊名，並列為中國古詩藝術的兩座高峰，具有極高的藝術審美價值。研究宋詞翻譯的目的是總結宋詞翻譯的實踐經驗，探索宋詞翻譯的理論和方法，更好地促進宋詞翻譯水平的提高。本書從文藝美學和翻譯美學角度探討宋詞翻譯的闡釋和再現，研究內容包含五個部分：第一部分探討詞的文體演變和發展；第二部分探討宋詞意象美的闡釋和再現；第三部分探討宋詞意境美的闡釋和再現；第四部分探討宋詞情感美的闡釋和再現；第五部分探討宋詞風格美的闡釋和再現。

本書第一章探討詞的文體演變和發展。宋詞脫胎於唐詩，直接得益於唐詩的偉大成就。王國維認為「詞源於唐而大成於北宋」。詞的起源最早可追溯到隋唐時期的民間曲子詞，到中晚唐出現了文人詞。按照歷史發展進程，詞的演變包括三個階段：唐五代詞、北宋詞和南宋詞。唐五代是詞的發展初期，主要詞人有李白、白居易、溫庭筠、韋莊、歐陽炯、馮延巳、李景、李煜等。李白詞作不多，但詞界評價很高，王國維認為「太白純以氣象勝」。溫庭筠和韋莊是唐五代婉約詞的代表，並稱「溫韋」，陳廷焯認為「飛卿詞全祖《離騷》，所以讀絕千古」，詞乃「樂府之變調，風騷之流派也。溫、韋發其端，兩宋名賢暢其緒」。南唐后主李煜在政治上平庸無能，但極有文學才華和造詣，其詞雖思想格調不高，但情真意切，情景交融，感人至深，所以能千古流傳，王國維認為「詞至李后主而境界始大，感慨遂深」，后主詞乃「血書」也。

北宋是詞的繁榮期，代表詞人有晏殊、晏幾道、柳永、範仲淹、蘇軾、張先、秦觀、歐陽修、周邦彥、賀鑄等。晏殊詞「風流華美、渾然天成，如美人臨妝，卻扇一顧」，晏幾道的詞「其淡語皆有味，淺語皆有致」（王國維）。範仲淹詞風剛勁蒼涼，歐陽修詞風清朗明麗，王國維認為永叔詞「於豪放之中有沉著之致，所以尤高」。張先被詞家譽為「張三影」，其詞意境優美，韻味悠長，陳廷焯評價其詞「有含蓄處，也有發越處。但含蓄不似溫韋，發越不

似豪蘇、膩柳」。柳永是北宋詞長調的代表，柳詞感情真摯，情景交融，情境、意境、畫境渾然一體，劉熙載評價柳詞「細密而妥溜，明白而家常，善於敘事，有過前人」。

在北宋詞人中蘇軾成就最高、影響最大，其人格高尚曠達，王國維評價說，東坡詞曠，認為屈原、陶淵明、杜甫、蘇軾四位詩人「其人格亦自足千古」。蘇詞的最大特點是以詩為詞。秦觀是北宋婉約詞的重要代表，其詞境迷離渺遠，王國維評價「少遊詞最為淒婉」。秦觀與歐陽修詞風相近，並稱「歐秦」。周邦彥是北宋著名的婉約派詞人，對詞的格律化做出了重要貢獻，王國維評價其詞「精壯頓挫」，讀來「曼聲促節」、「清濁抑揚」、「言情體物，窮極工巧」，為「詞中老杜」，其詞感人至深。

南宋是宋詞從繁榮逐漸走向衰落的時期，代表詞人有李清照、朱敦儒、張元干、辛棄疾、陸遊、姜夔、史達祖、吳文英、周密等。總體而言，南宋詞的藝術成就和影響力稍遜於北宋詞。李清照是跨越北宋和南宋的偉大詞人，宋詞婉約派的傑出代表。她早期詞作清新淡雅，北宋滅亡后，詩人流落江南，生活坎坷，飽受國破家亡的痛苦，其詞風轉為悲涼哀婉。李清照所著《詞論》，是中國文學史上第一篇詞學研究專論，其核心思想為詞應「合乎音律、詞語高雅、風格典重、有情致、有故實、善鋪敘、表現精致」。辛棄疾是南宋豪放詞最傑出的代表，與蘇軾並稱「蘇辛」，其詞既傳達了儒家的英雄主義精神和豪邁氣概，又流露出道家的閒情逸致，王國維評價說，稼軒詞豪，「蘇、辛，詞中之狂」，「幼安之佳處，在有性情，有境界」。辛詞的最大特點是以文為詞。姜夔是南宋婉約詞清空派的代表，王國維以詞境的隔與不隔的標準評價姜詞「如霧裡看花，終隔一層」。陳廷焯評價白石「多於詞中寄慨」，其「感慨全在虛處，無跡可尋」，「白石長調之妙，冠絕南宋」。比較而言，美成詞善寫實境，其境厚，白石詞善寫虛境，其境空。南宋晚期詞人主要有陸遊、劉辰翁、文天祥等辛派詞人以及史達祖、吳文英、周密等姜派詞人。

中國傳統詞學研究的理論成果十分豐富。李清照在《詞論》中提出詞「別是一家」，自有其風格。張炎在《詞源》中提出「清空」論，認為姜夔詞乃「清空」詞風的代表。中國詞學研究的繁榮期是清代，湧現了陳廷焯、劉熙載、況周頤、周濟、沈祥龍、謝章鋌、王士禎等學者。劉熙載在《藝概》中探討了詞的文體風格，認為詞應「傳神寫照」。況周頤在《蕙風詞話》中探討了詞心、詞境、詞骨、詞筆、詞徑、詞眼、詞律等一系列詞學重要概念，作者認為「真字是詞骨」，詞「貴有寄託」，「身世所感，通於性靈」，詞境有「重」、「拙」、「大」三境。詞婉曲含蓄，善於通過寄託手法達到千回百轉、韻

味悠長的藝術效果。陳廷焯在《白雨齋詞話》中認為「沉鬱」乃詞之高境、勝境、化境。周濟在《宋四家詞選》中提出了詞的「寄托出入」說，評價了周邦彥、辛棄疾、史達祖、吳文英四位詞人。王國維的《人間詞話》提出了境界說，將中國傳統詞學研究推向了最高峰，作者以詞境的隔與不隔作為藝術標準，對大量詞人、詞作作了精彩點評。

中國現代詞學研究的理論成果主要有朱崇才的《詞話理論研究》（2010）、張利群的《詞學淵粹——況周頤〈蕙風詞話〉研究》（1997）、蔡鎮楚的《中國古代文學批評史》（1999）等。朱崇才的《詞話理論研究》全面深入地探討了詞的起源和發展，研究內容包括詞的本質和起源論、價值和功能論、風格和流派論、品格和境界論、音律和格律論。張利群的《詞學淵粹——況周頤〈蕙風詞話〉》探討了況周頤《蕙風詞話》的審美思想論、情感論、真實論、意境論、構思論、立意論、風格論、方法論、語言論、作家論、欣賞論、批評論、思維論、主體論等。蔡鎮楚的《中國古代文學批評史》將詞的創作理論歸納為六個方面：一是「情貴真」，詞表達了作者內心的真情真意；二是「煉意」，詞人在創作時反覆煉字煉句、煉意煉味；三是「寄托」，詞人善於通過比興手法抒情言志；四是「情景」，宋詞善於表現一種情景交融的意境；五是「詞貴協律與審韻」，宋詞音韻婉轉，節奏鮮明；六是「詞有三法」，宋詞強調章法、句法、字法，作品結構前后銜接，融為一體。

本書第二章探討宋詞意象美的闡釋和再現。宋詞意象具有以下特點：①宋詞溫婉嫵媚，多描寫細膩微小的意象，表現了一種審美空間的內收，富於陰柔之美；②宋詞多描寫女性形象，包括女性的外貌、情態和心理等，多表達女性的春思、春夢、春愁等情感；③宋詞多描寫人文意象，如梅、蘭、竹、菊等君子意象，宋代詠物詞善於通過比興寄托手法來表現詩人的人格美；④宋詞意象既追求畫面的優美明麗，也注重傳達一種含蓄朦朧的韻味，況周頤認為詞有「深美流婉之致」，追求「蘊藉有致」、「情景交煉」、「淡遠有神」，表現了「荼水迷離之致」、「迷離恍惚之妙」；⑤宋詞善於運用通感手法將視覺意象、聽覺意象、嗅覺意象融為一體，帶給讀者一種整體的審美效果。

譯者對宋詞意象的審美闡釋是一個逐漸深入的過程，可表示為：語象→生活物象→審美意象→審美意境。這種闡釋包含三個階段：第一階段是聽之以耳，闡釋語象。詩具有音美、形美、意美，詩歌通過語言文字符號的圖形視覺美和音韻節奏美來表現意象美（淺層的事、象和深層的意、情、理、味、境）。詞源於詩，但更強調音律美。譯者首先要飽含感情地誦讀原詞，反覆吟咏，感受其語言節奏和韻律，獲得一種悅耳悅目的審美享受。第二階段是聽之

以心,闡釋審美意象(淺層意境)。譯者對原詞審美意象聽之以耳,然后聽之以心,發揮想像和聯想,通過移情體驗在頭腦中再現出原詞所表現的畫境和情境。詞善用寄托手法,「意內而言外」,譯者要深刻把握原詞的寄托手法。第三階段是聽之以氣,闡釋深層意境(詩意哲理內涵)。宋詞是中國古詩藝術的高峰,達到了情景交融、境象渾然的藝術高度。宋代詩學強調詩人以真心感受自然,其作品以真情動人,表露詩人的真實靈魂。宋詞的審美意境往往蘊涵了詩人對宇宙、天地、人生的深刻反思,達到了人生哲理的高度。譯者對原詞審美意象聽之以耳,然后聽之以心,最后聽之以氣,體悟其所蘊涵的深層意境(詩意哲理內涵),這是一種妙悟的過程,需要譯者妙想遷得,神與物遊,超以象外,得其環中。譯者對宋詞的審美闡釋具有三個特點:第一是綜合性,譯者對宋詞的審美闡釋融合了藝術欣賞和學術研究,結合了理性分析和審美感悟。第二是個性化,不同的譯者其審美體驗存在個體性差異,有時對同一首詞會有不同的理解。第三是無限性,它包含兩個層面:作為客體,宋詞中的經典作品其思想藝術內涵無限豐富,往往難以窮盡;作為主體,譯者隨著知識閱歷的不斷豐富、審美能力的不斷提高,其對原詞的理解和感悟會不斷深化。

　　宋詞的審美意象富於情感美,況周頤認為「真字是詞骨」,詞善於表達真情、至情、深情、婉情。宋詞創作是詞人的情感體驗活動,包含三個階段:第一階段是體物感興,詞人體驗生活,感受宇宙、天地和人生,在頭腦中累積起那些讓他特別感動的物象。詞人通過移情體驗將內心之情意融入大自然之景物,與其水乳交融。當詞人的情感體驗累積到一定程度,就會形成一股強大的力量,在詞人內心激發起強烈的、難以遏制的創作慾望和衝動,來表達對生活的深切感受。第二階段是藝術構思,詞人發揮想像和聯想,投入審美情感對頭腦中的生活印象進行藝術變形,使其昇華為審美意象,來表現生動優美、情景交融的畫面和場景。它是詞人心中之景、情中之景,是詞人情感的結晶,蘊涵了詞人深刻的生命體驗,融合了畫境美、情境美、意境美。宋詞的意境表現了一種藝術真實,其核心是情感真實,它是宋詞藝術感染力的根本所在。況周頤認為詞「陶寫乎性情」,「有意即佳」,「意內言外」,「設境意中」。第三階段是語言表達。詞人經過體物感興和藝術構思,然后將自己(作品主人公)的情感體驗外化為生動形象的語言文字符號。張惠言認為「意內而言外,謂之詞」,況周頤強調詞要「淡淡著筆,音外卻有無限感愴」,「以清遒之筆,寫慷慨之懷」。語言表達是一種修辭審美藝術,詞人反覆煉字煉句、煉意落味,力求作品情真、景真、意深、味濃、韻厚。宋詞繼承和發揚了中國古詩的賦、比、興手法,將其推向了藝術的高峰。在中國詩學中賦就是鋪陳景物意象,宋

代長調詞以賦見長。比是指詩人以此物比喻他物，來委婉含蓄地表達思想情感。興是指詩人感物起興，神遊於詩歌的藝術世界中，通過興寄手法抒發情懷，宋代詠物詞以比、興見長。譯者闡釋宋詞意象（意境）時通過移情體驗深刻感受詞人（原詞人物）的情懷和志趣，觸摸其靈魂，分享其快樂，分擔其愁苦，達到精神的契合。情感體驗貫穿譯者藝術再創造活動的整個過程，它激發譯者的創造慾望和藝術靈感。宋詞翻譯是再現和傳達原詞詩意的過程，是原詞詩意的發現之旅和再創造之旅，是原詞詩意的再生。譯者應充分發揮譯語的表現力，力求通過詩性化的語言生動忠實地再現原詞審美意象所展現的畫境、情境和意境，傳達其詩意哲理內涵。

　　本書第三章探討宋詞意境美的闡釋和再現。在中國詞學史上，宋代張炎倡導詞應有清空之境，「詞要清空，不要質實，清空則古雅峭拔，質實則凝澀晦昧」。周濟認為質實也是一種詞境，「初學詞求空，空則靈氣來；既則格調求實，實則精力彌漫」。清代詞學代表了中國傳統詞學意境研究的高峰，劉熙載認為詞追求情景交融，陳廷焯認為沉鬱為詞之化境、高境、勝境，表現為古樸、衝淡、巨麗、雄蒼四種風格。在清代詞學中況周頤的詞境論影響最大，況氏認為詞境「以深靜為至」，詞應表現重、拙、大之意境。王國維以中國傳統詩學的情景交融說為基礎提出了境界說，將中國詩學意境論推向了最高峰。作者提出了「隔」與「不隔」說，詩詞的意象與情趣融為一體則有境界（「不隔」），兩者分離則有象無境（「隔」）。他還提出了有我之境（情趣勝於意象）和無我之境（意象勝於情趣）。意境之有我與無我只是相對而言，一切景語皆情語，詩人有真情，其作品才能富於詩情畫意，感染讀者。

　　宋詞意境中的情景融合有三種方式：第一是白描式，詞人（詞中人物）不直接抒發情感，而是將其隱含在景象裡，袁行需（1996）稱其為情隨境生，龔光明（2005）稱其為景中藏情式，它表現了無我之境；第二是直抒胸臆式，詞人不描寫或描寫很少的景象，而直接抒發情感，這也叫情中見景式，袁行需稱其為移情入境式，它表現了有我之境；第三是情景交融式，詩人借景抒情，景象與情感渾然一體，這也叫情景並茂式，它是無我之境與有我之境的融合，袁行需稱其為「體貼物情，物我情融」。在清代詞學家中況周頤對詞境中情景交融的表現層次和形態的分類最為全面詳細。他認為詞境包含三個層次：①低層的一般意境（情景之境），包括：一、融情景中式，作品寓情於景；二、融景入情式，作品側重抒情；三、情景之佳式，作品情景交融。②「空靈可喜」的中間層意境（言外之境），包括：一、含蓄蘊藉型的詞境（富於含蓄美、蘊藉美、寄托美）；二、迷離朦朧型的詞境（富於朦朧美、空幻美）；三、神韻

型的詞境（富於神致美）、韻味美。③「靜穆之境」，包含淡穆之境和濃穆之境，濃穆之境高於淡穆之境，包括三個層次：一、心物契合、人境交融的境界；二、超凡脫俗的心境和藝術審美的境界；三、高品味的意境風格形態。

況周頤認為情景關係有四種形態：融情景中式的「景勝」、融景入情式的「意勝」、情景之佳式的「境勝」和「度勝」（張利群，1997）。詞境的根本特點是靜境、幽境、深境。譚德晶在《唐詩宋詞的藝術》（2002）中認為宋詞包含三種意境：迷離渺遠之境、雄渾之境、深靜之境。宋詞脫胎於唐詩，比較而言，詩莊詞媚，唐詩境界闊大，有陽剛之美，宋詞意境深遠，有陰柔之美。詞的文體特點是「意內言外」，是婉約、含蓄、隱晦、朦朧、蘊藉。宋詞意境美主要表現為一種神韻美和朦朧美。譯者闡釋宋詞意境的起點是品味原詞語言，「身入景中」，「涵泳玩索」（況周頤），體會作品的意、理、情、韻、味、境。宋詞意境是靜穆之境，譯者只有澄懷靜心，才能調動審美經驗來感受和體驗作品，發揮再造想像和聯想將原詞的文字符號轉換成生動的畫面和場景，運用審美直覺去捕捉原詞的象外之意、言外之味、弦外之響、韻外之旨，在原詞意境的藝術世界中思接千載，視通萬裡，這是一種妙悟的體驗過程。

妙悟是一種靈感思維，是以漸悟為基礎的頓悟。譯者要深刻領悟宋詞深層意境的哲理內涵，需要豐富的人生閱歷和見識、深刻的理解力和敏銳的洞察力。況周頤強調詞人的天分和才能，它包含天資、性情、學力、閱歷、胸抱五個層次。譯者同樣需要很高的素質和能力，包括廣博的知識、豐富的情感、敏銳的洞察力和高尚的人格境界，才能與詩人進行心靈的交流。宋詞的深層意境蘊含了詩人深刻的生命體驗和人生感悟，它是詩人思想道德和人格的境界，詩人的思想道德和人格越高尚，其作品境界就越高。譯者對宋詞意境的闡釋超越了語言文本層面，進入了詩意體驗和哲理反思的境界，是「詩」與「思」的融合。譯者通過闡釋宋詞意境能豐富審美經驗，深化感性體驗和理性認識，重新審視和認識自我，實現審美人格的重塑。

譯者對宋詞深層意境的闡釋是一種氣的體驗。在中國文化中氣是指宇宙萬物的存在狀態，世界萬物因天地之氣而流動變化。天地之氣充盈於客體，形成客體之氣，充盈於主體（人），就形成主體人格之氣，主體用人格之氣去感受客體之氣。中國美學強調主體養心養氣養性，呂本中說「涵養吾氣，則詩宏大深遠」。中國美學認為氣的審美體驗也是一種道的審美體驗，道是宇宙生命的終極本體，它使氣衝盈於宇宙萬物。道無處不在，無時不在，道無法闡明，只能參悟和體認。主體的悟道是一種模糊朦朧的審美體驗，它讓主體達到主客相融、物我化一的境界。審美主體與自然萬物氣息相通，與物為春。宋代美學

強調主體以心證道悟道，與大自然心物相印、心物相證。譯者闡釋宋詞意境需要努力提高自身的思想道德和人格境界，培養優雅的藝術氣質和深厚的學識修養。

宋詞的意境美主要表現為神韻美和朦朧美。神韻是中國詩歌美學的一個核心範疇。宋代嚴羽在《滄浪詩話》中提出了入神說（「詩之極致有一，曰入神」），詩境的最高層次是神境。明代周遜將詞分為神、妙、能三品，神品之詞能使讀者「恍若身臨其事，怵然心感」。陳廷焯認為沉鬱為詞之化境、高境、勝境（「意在筆先，神余言外」）。況周頤認為詞應「淡遠取神」，詞境包含重、拙、大三境，詞境應凝重，「凝重中有神韻」，神韻乃「事外遠致也」。朱崇才（2010）認為詞境是一種渾成之境，是「渾然天成」、「渾然一體」、「渾厚平和」之境，表現了「渾然之形、完整之質、渾厚之品」，具有三個特徵：一是真情實景；二是境外有象，言外有意；三是言意渾融，詞應「內含深意，外具神韻」。

在宋詞翻譯中譯者要力求再現原詞意境的神韻美。神韻也是中國翻譯美學的一個重要範疇，包含作者神韻、原作神韻、譯者神韻、譯作神韻四個方面。作家神韻是作品神韻的精神實質和內涵，譯者要把握和再現原作的神韻，首先要深刻領會作家主體的神韻，瞭解其精神境界、思想情操、個性化的藝術氣質和審美理想。林語堂認為文學翻譯要達意傳神，神既指作品的字神，也包括作家的風度神韻，它是作家的性靈即自我。在中國翻譯界劉士聰（2002）倡導的翻譯韻味說獨樹一幟，對翻譯神韻的論述最為全面和深刻，他認為譯文韻味是作家、原作、譯者、譯作、譯文讀者互動的產物，這一過程可表示為：作者神韻→作品韻味→譯者所感受的原作韻味→譯作韻味→譯語讀者所感受的譯作韻味。不同的作家因氣質和情趣的個性化差異，其主體神韻千姿百態。譯者應優先選擇那些與自己氣質和情趣相近的作家，這樣容易產生精神共鳴，把握和再現原作神韻時才能得心應手。譯者要深入瞭解作家創作時的思想狀態和情感體驗，進入其內心世界，力求達到心靈契合和情感共鳴，這一過程是譯者以內心之神去把握作者之神，這種入神體驗能帶給譯者一種強烈的翻譯慾望和衝動。

中國傳統美學推崇作家平和淡遠的個性氣質，強調藝術家要神清氣爽、品味淡雅。作家主體神韻是一種人格的充實美，表現為作家豐富的情感、深厚的藝術修養、充沛的想像和淵博的學識。作家通過提升思想境界，陶冶情操，提高審美品位和藝術修養能不斷充實自我人格，這是一個養神的修煉過程。中國傳統譯學也十分強調譯者的藝術修養和精神境界，認為譯者應通過讀書和藝術

實踐來充實自我人格。林語堂認為讀書能開闊眼界，培養個性，擺脫俗氣。劉士聰（2002）強調譯者應具備人文素質、審美素質和語言素質，譯者只有閱讀一流的文學作品，欣賞一流的文學語言，才能提高藝術修養和語言素養，成為一流的譯者。

　　作家將自己個性化的氣質和情趣融入作品，就構成作品神韻，它是作家神韻的外化，表現為一種語言的神韻，它融合了音韻美、畫境美、情境美、意境美。音韻美指作品和諧的音律、韻律與節奏所產生的一唱三咏、回環往復的旋律美，能使讀者回味無窮。詩歌的音韻美既包括音調、音步、韻式、擬聲詞等要素，還指詩人思想情感起伏變化所產生的內在節奏和旋律。中國詩歌美學強調讀者朗讀作品，感受其音律美和節奏美，把握其所蘊涵的畫境美、情境美、意境美（內在神韻）。中國傳統譯學也強調譯者誦讀原作，感受和體會其音韻和節奏，在完成譯作後還要反覆朗讀，看其是否傳達了原作的韻律美、節奏美和內在的畫境美、情境美、意境美。在宋詞翻譯中譯者要深入感受原詞意境所包含的韻味，通過移情體驗被原詞意境所感動，然后力求通過譯語將其傳達給譯語讀者。

　　宋詞意境的神韻美是一種含蓄蘊藉的朦朧美，具有以下特點：①宋詞注重表現真情真意，但並不直抒其情，而是曲達其情。比較而言，唐詩境闊，感情奔放，宋詞境幽，感情內收，比唐詩更為朦朧含蓄。②宋詞繼承和發揚了中國古詩寄托、比興的手法，將其推向了藝術的高峰。宋詞善於通過寄托和比興手法達到千回百轉、情景交融、韻味悠長的藝術效果。③宋詞意境的朦朧集中體現在婉約詞中，常描寫「縹緲之情思」、「綽約之美人」、「隱約之事物」，其意境「幽深隱微」，「圓美流轉」。宋詞意境的朦朧美表現為一種虛實相生的含蓄美，是實境與虛境的有機融合。實境包含有形的實景和無形的虛景，實景與虛景相互觸發，將宋詞的實境引向虛境。它表現的是象外之象，是作品實境與實境之間的空白。

　　詞境是由實境與虛境、有境與無境、顯境與隱境構成的意象複合結構。詞境的朦朧美是清晰性與模糊性的融合，詞人通過描寫相對清晰的實象（實境）去暗示朦朧的虛象（虛境），通過有境、顯境去表現無境、隱境。宋詞意境虛實相融、有無相生的朦朧美具有一種召喚性，讀者欣賞宋詞時作品的實境與虛境在其頭腦中相互觸發，把讀者的想像和聯想不斷引向更深遠廣闊的審美空間。宋代詞人為表現意境的朦朧美，善於提煉作品語言，力求使其凝練含蓄，激發讀者的想像和聯想去填補作品畫面中的空白。宋詞繼承了中國古詩借景抒情、寓情於景的傳統，景、象、情、理的結合達到了圓融化一的境界。與唐詩

相比，宋詞的韻味更為悠長，詩意更為含蓄，意境的層次更為豐富，更有深度感。宋詞虛境包含淺層虛境和深層虛境，宋詞在意境表現上善於將讀者從作品實境引向淺層虛境，最后進入深層虛境，因此詞境是一個動態的生成過程，可表示為：實境→淺層虛境→深層虛境。在宋詞翻譯中譯者要細心品味原詞的語言，深刻領會原詞意境虛實相融的朦朧美，從淺層虛境進入其深層虛境，然后力求通過譯語將其再現出來，留給譯語讀者品味的空間。

宋詞意境包含了深刻的文化內涵，反應了中華民族的文化心理和思想情感，呈現出三種文化形態：

第一種是豪放詞所表現的儒家意境的陽剛美、崇高美。儒家文化強調人要遵從社會的道德準則和行為規範，提倡奮鬥不息的進取精神。懷有儒家理想的詩人俯仰宇宙，感悟人生，面對宏偉雄渾的大自然，內心激發起奮發拼搏的壯志豪情和建功立業的遠大志向，其作品傳達出宇宙的蒼茫感、生命的滄桑感、歷史的憂患感。況周頤認為詞之「大」境表現了作者宏大的氣魄和高雅的風度。陳廷焯認為「詞之高境，亦在沉鬱，然或以古樸勝，或以衝淡勝，或以巨麗勝，或以雄蒼勝」，豪放詞富於英雄主義精神，其意境就是「以雄蒼勝」，以氣勝。

第二種是婉約詞所表現的道家意境的陰柔美、衝淡美。道家美學認為道是控製世界萬物的基本規律，它使陰陽相諧，五行相調。人必須順其自然，與自然保持和諧，保存自我天性。人只有返璞歸真，迴歸自然，才能達到天人合一、隨心所欲的境界。中國古代文人大都儒道兼濟，內儒外道，達則為國效力，窮則歸隱田園，逍遙林泉。比較而言，宋代豪放詞抒發的是詩人指點江山、激揚文字的一種知識分子群體共有的愛國情懷和拼搏精神；婉約詞表達的是詩人賞花吟月、彈琴聽曲的個體趣味和情懷，婉約詞婉、隱、曲的風格特點更能體現道家的審美意境。況周頤認為詞之「拙」境表現了樸素自然之美，「樸質為宋詞之一格」。陳廷焯認為「詞之高境，亦在沉鬱，然或以古樸勝，或以衝淡勝，或以巨麗勝，或以雄蒼勝」，婉約詞的道家意境就是「以衝淡勝」。

第三種是宋詞所表現的佛家意境的理趣美。佛家文化宣揚一種生命宇宙觀，主張人擺脫塵世，擯除俗念，對宇宙和人生進行靜觀和禪悟。主體通過妙悟、頓悟以直觀生命的本質，最終達到大徹大悟的境界。佛家美學是一種心境美學，佛家之心境是主體內心的空境，追求一種神韻和空靈澄靜的境界。認為主體通過禪悟達到心靈的空寂寧靜。宋代詞人蘇軾融合了儒、道、佛的文化思想和審美情趣，其詩詞富於禪趣和禪意。

宋詞的深層意境包含了詩人深刻的宇宙生命體驗，表現了漢民族的文化宇宙觀。中國傳統文化認為宇宙是天地、氣、道、陰陽五行、太極、乾坤，倡導天人合一、天人同構、天人同感，把宇宙觀融入人生價值觀，把宇宙體驗、天地感應提升到生命體驗的高度。中國傳統文化認為宇宙是功能化、動態化、生成化而非純物質性的，天地萬物源於道，生於氣，宇宙是氣化萬物所生。中國傳統文化觀中的宇宙是道德化、價值化、倫理化的，是一個對立統一的和諧整體，陰陽、五行、天地萬物與人和諧共生。在中國文學史上漢魏六朝詩歌就已經表達了詩人深刻的宇宙天地意識和生命體驗。宋詞繼承和發揚了漢魏詩歌感悟宇宙人生的傳統，在意境表現上將時間空間化，空間時間化，其宇宙意境更為深遠闊大，表現了宇宙的蒼茫厚重感。蘇軾、辛棄疾等人的詞作表現了一種人生境界，蘊含了深刻的詩意哲理內涵。譯者對宋詞的審美闡釋融合了文化詩學研究，譯者對宋詞所包含的文化思想內涵必須有深刻的研究和領會，力求通過譯語將其傳達給譯語讀者。

　　本書第四章探討宋詞情感美的闡釋和再現。宋詞繼承和發揚了中國古詩抒情言志、溫柔敦厚的傳統，既強調詩人的真情流露，又注重情感表達的含蓄蘊藉。沈祥龍認為「詞出於古樂府，得樂府遺意，則抑揚高下，自中乎節，纏綿沉鬱，脗恰其情」。宋詞美學的核心思想是真，況周頤認為「真字是詞骨」。宋詞以婉約為本質特色，其抒情的特點是婉、隱、曲。比較而言，唐詩尤其是初唐和盛唐詩激情奔放，詩人俯仰宇宙，感悟人生，其情感雄壯外張。中晚唐詩的情感歸於平靜恬淡，溫婉柔和，隱晦內斂。宋詞常令人愁腸欲斷，其情感表達富於含蓄美和朦朧美，詞風近於晚唐詩。譯者對宋詞情感美的闡釋是感言起興，飽含感情地朗讀原詞，從其音律和節奏中感受詩人情感心理的起伏變化，細心體會作品字裡行間所蘊含的情感意味。這一過程可表示為：感言→興→神思→興會。

　　譯者通過移情體驗與詩人心心相印，情投意合，精神相融。宋詞的情感表達注重表現一種深境、靜境、幽境，中國詞學強調詞人的虛靜體驗，創造詞境首先要「人靜簾垂」，然后「澄懷息機」，最后「萬緣俱寂」（況周頤）。譯者闡釋宋詞的情感美要靜與動、冷與熱相結合，既要激情亢奮，與詩人（原詩人物）共歡笑，同悲傷，又要虛靜凝神，澄懷味象，細心玩味和參悟原詞的深遠意境和詩意哲理內涵。譯者要努力提高自身的道德修養，培養積極向上的人生態度，淨化審美情感，提高審美趣味。譯者通過移情體驗深刻感受原詞的情感美，然后通過譯語將其傳達給譯語讀者，以打動其心靈，陶冶其情操，塑造其人格，使其靈魂得到昇華。宋詞是詩人情感體驗的產物，宋詞譯文則是詩

人情感和譯者情感融合的產物。譯者要力求再現原詞借景抒情、寓情於景的藝術手法，傳達出詩人的真情真意。

詩歌是民族文學的精華，是民族文化的重要組成部分，反應了特定時代下民族的精神風貌、思想追求和文化價值觀。宋代是中國古代文化高度繁榮興盛的時期，宋代文化對宋詞創作產生了深刻的影響，宋詞記錄了宋代漢民族的心路歷程。譯者要深刻把握宋詞的文化內涵和審美情感，這是一種文化詩學闡釋，譯者必須深入瞭解原作所反應的歷史時代背景、社會人文風貌、民族文化精神，通過譯語應盡可能忠實地保留原詞的文化特色，讓譯語讀者瞭解宋詞的文化風貌。宋詞所表達的文化情感主要包括「親近自然，與物為春」、「對時間的生命體驗」（傷春感懷、黃昏情結、悲秋感懷）、「思念故土」、「相愛情思」、「愛國濟世的儒家情感」、「逍遙隱世的道家情感」、「宋詞的詩意哲理」等。

就親近自然、與物為春而言，中國詩人在寫景狀物上表達了對大自然的親近和依戀，表達了漢民族對大自然的深刻體驗，表現了鮮明的文化特色。中國社會是傳統的農業經濟，漢民族對土地有強烈的依賴性，在歷史進程上形成了內向保守的大陸性文化，表現出強烈的土地情結。中國詩人對大自然的變化的感受特別細膩深刻。一方面，中國詩人親近自然，感物起興，與物為春，與天地萬物相融相合，獲得精神的愉悅；另一方面，中國詩人面對世事滄桑、社會的動盪、生活的艱辛、仕途的不濟感到內心苦悶和失意，於是逍遙林泉，寄情山水，心靈得到撫慰。

就時間體驗而言，中國詩人與大自然相親相近，相依相偎，對自然景物的四季變化特別敏感，獲得一種深刻的時間和生命體驗。比較而言，唐詩尤其是初唐和盛唐詩表達了蓬勃的青春朝氣，晚唐詩則傳達了英雄遲暮的感受，而宋詞既有豪放派的奮發進取，也有婉約派的傷春悲秋。就傷春而言，陽光明媚、萬物復甦的春天既讓中國詩人愉悅歡欣，但更多的是悲時懷人。宋詞常通過描寫春草、春花、春雨、春閨等審美意象來表達春愁、春思、春苦、春夢，其情感表達比唐詩更細膩婉轉，更有韻味，如張先《千秋歲》（「惜春更把殘紅折，雨輕風聲暴，梅子青時節」）。與春相比，落葉飄零、萬木枯黃的秋天更能讓中國詩人深感人生苦短，韶華易逝，其生命體驗更為深刻。中國文學中的秋既指大自然之秋，也指人生之秋、國家民族之秋，中國文人常通過描寫秋色、秋聲、秋葉、秋草、秋風、秋蟲、秋雨、秋氣等來表達秋心、秋思、秋懷，以大自然之秋喻指人生之秋、國家民族之秋。宋詞中有大量悲秋的佳作名篇，如柳永的《八聲甘州》、王安石的《桂枝香》、辛棄疾的《醜奴兒》等。就黃昏情

結而言，黃昏月影是中國古詩常見的審美場景，既是一種自然場景，也喻指人生之黃昏，積澱了漢民族深厚的文化心理。宋詞對黃昏的描寫比唐詩更為細膩，個性更為鮮明，情感更為豐富，既有溫馨甜蜜的感受，也有纏綿悱惻的傷感。宋代詞人常採用比興手法，托物言志，以黃昏之景來寄托自己報國無門、壯志未酬的失意和惆悵。

就思鄉情結而言，中國文化的特點是家國一體，這種家本位的文化使漢民族留戀故土，珍惜親情。中國古詩的傷春、悲秋、黃昏體驗都傳達了強烈的鄉愁鄉思。中國詩人留戀和平安寧的家園，即便為了仕途常宦遊天下，內心仍牽掛故土，他們珍惜家庭生活的幸福溫馨，同時又胸懷國家民族之安危，兼故小家和大家。宋詞也有大量描寫思鄉情懷的佳作，李清照、葉夢得、朱敦儒等詞人在北宋滅亡后流落江南，他們經歷了故土淪陷、流離失所的痛苦，思念故園，胸懷收復故國、重振江山的雄心壯志。

情愛相思是詩歌古老而永恆的主題，中國古詩從《詩經》開始就有對愛情的描寫。受傳統文化的影響，中國古詩描寫愛情強調溫柔敦厚，發乎情而止乎禮義，含蓄蘊藉，情味深長。中國詩人描寫愛情既表達情思，抒發離愁別緒，也傳達對社會和人生的深刻感悟，寄托人生理想和追求。在中國詩人的情感世界中婚姻和家庭佔有舉足輕重的位置，愛情的甜蜜、婚姻的幸福、家庭的美滿、事業的成功是他們追求的人生理想。宋詞以婉約為本色，描寫情愛相思具有先天的優勢，溫庭筠、柳永、周邦彥、李清照的婉約詞以及蘇軾、辛棄疾、陸遊的豪放詞都有描寫愛情的佳作。

宋詞情感的文化特色更明顯地體現在愛國濟世的儒家情感和逍遙隱世的道家情感上。就儒家情感而言，儒家文化追求仁愛，關注社會現狀，關懷黎民百姓的安危幸福，強調奮勇進取、積極入世。中國文人胸懷報國之志，但往往命運多舛，仕途不濟，因此常詠物抒懷，憑吊懷古，追思先賢。以蘇軾、辛棄疾、陸遊為代表的豪放詞表達了愛國憂民的人文情懷和報國濟世的豪情壯志。就道家情感而言，道家美學看重個體自由，追求主體與宇宙天地相交融的生命體驗（「逍遙遊」）。中國文化強調內聖外王、內誠外仁，中國詩人往往內儒外道，人生得意時憂國憂民，兼濟天下，實現人格的向外張揚，仕途不順時則逍遙林泉，縱情山水，人格內收，保存高潔的品格。因此中國詩人融儒家、道家理想於一身。宋詞的審美情感是內斂型的，宋代詞人通過情感的內收能對人生和社會進行更沉靜的反思和玩味，對人類和個體的生命價值有更深刻的認識和體悟。蘇軾、辛棄疾、張孝祥等詞人的作品表達了深刻的人生體驗和生命感悟，達到了一種詩意哲理的高度。

本書第五章探討宋詞風格美的再現。宋詞的風格特點主要表現為：①詞是長短句，變化靈活，富於節奏感。②詞以婉曲含蓄為本色，賦少而比興多。比較而言，唐詩境界闊大，有陽剛之美，宋詞意境幽遠，有陰柔之美，詩莊詞媚。③宋詞風格具有鮮明的個性化特徵，宋詞經歷了從唐五代詞到北宋詞和南宋詞的發展過程，湧現了眾多風格各異、流派不同的傑出詞人。王國維對此作了全面的點評，認為溫庭筠和韋莊的詞風格「精豔」，但意境不如馮延巳的詞深刻。晏殊詞遜於歐陽修的詞，周邦彥的詞工於意境，自成一家。歐陽修、蘇東坡、秦少遊、黃庭堅的詞雖意趣高遠，但都不如周詞「精工博大」。蘇軾人格高尚，其詞意境曠遠（「東坡之曠在神」）。辛棄疾的詞豪放，姜夔的詞失之於「隔」。④宋代詞人的風格往往不是單一的，而是融合了多種風格，婉約派詞人不乏豪放雄渾的佳作，豪放派詞人也擅長寫溫婉柔美的作品，如蘇軾既有「江山如畫，一時多少豪杰」的豪放之詞，也有「縈損柔腸，困酣嬌眼」的柔情纏綿之詞。⑤宋詞風格具有鮮明的時代特徵。唐五代詞以婉約詞風為主，主要詞人包括李白、白居易、溫庭筠、韋莊、歐陽炯、馮延巳、李景、李煜等。李白有《菩薩蠻》、《憶秦娥》兩首詞，黃升評價其為「百代詞曲之祖」，王國維認為「太白純以氣象勝」。白居易的詞有《長相思》兩首和《望江南》兩首，詞風婉轉悠長，情感真摯。李煜詞以情勝，表達了真情至情、深情婉情，情真意切，情景交融，感人至深，雖思想格調不高，但能千古流傳，「詞至李後主而境界始大，感慨遂深」，其詞乃「血書」也。馮延巳是五代婉約詞重要代表，其「堂廡極大，開北宋一代風氣」。馮詞婉麗而略帶傷感的風格對歐陽修和秦觀產生了深刻影響。

　　北宋是婉約詞和豪放詞共同繁榮發展的時期，潘德輿認為詞「濫觴於唐，暢於五代，而意格之閎深曲摯，則莫勝於北宋」。中國傳統詞學對北宋詞的評價高於五代詞和南宋詞。比較而言，北宋詞意境宏大，南宋詞意境深沉，朱彝尊認為「詞至北宋而大，至南宋而深」。朱崇才在《詞話理論研究》（2010）中評價北宋詞「自然而深厚」，有「高渾之境」。北宋主要詞人有晏殊、晏幾道、柳永、範仲淹、蘇軾、張先、秦觀、歐陽修、周邦彥、賀鑄等。晏殊詞風婉麗，晁無咎評價晏詞「風調閒雅」，王國維認為晏詞「昨夜西風凋碧樹，獨上高樓，望盡天涯路」意境「悲壯」。晏幾道詞風婉麗，王國維評價其詞「其淡語皆有味，淺語皆有致」。歐陽修詞風清朗明麗，其詞「於豪放之中有沉著之致，所以尤高」。張先詞意境優美，韻味悠長，陳廷焯評價其詞「有含蓄處，也有發越處。但含蓄不似溫韋，發越不似豪蘇、膩柳」。

　　柳永是北宋長調詞的代表，其詞感情真摯，情景交融，情境、意境、畫境

渾然一體。王國維認為「長調自以周、柳、蘇、辛為最工」。蘇軾是北宋豪放詞最傑出的代表，其人格高尚曠達，其詞意境曠遠，「東坡之曠在神」，屈原、陶淵明、杜甫、蘇軾四位詩人「其人格亦自足千古」。蘇詞最大特點是以詩為詞。秦觀詞迷離渺遠，有蘇詞之婉麗，但氣格纖弱，無蘇詞之豪放沉著，王國維認為「少游詞最為淒婉」。周邦彥是北宋婉約詞重要代表，精於詞律，其詞「精壯頓挫」、「曼聲促節」、「清濁抑揚」、「言情體物，窮極工巧」，《蘇幕遮》「水面清圓，一一風荷舉」能得「荷之神理」。

　　宋詞到南宋時期逐漸從繁盛走向衰落，總體而言，南宋詞的藝術成就和影響力稍遜於北宋詞。王國維對南宋詞的評價不如唐五代詞和北宋詞，「詞以境界為最上，有境界則自成高格，自有名句」，唐五代詞「有句而無篇」，南宋詞「有篇而無句」，北宋詞「有篇有句」。比較而言，北宋詞婉麗明快，南宋詞蒼涼悲愴。南宋詞人主要有李清照、朱敦儒、辛棄疾、陸遊、姜夔、吳文英等。李清照是跨越北宋和南宋的傑出女詞人，婉約派傑出代表，早期詞風清新淡雅，后期詞風悲涼哀婉。辛棄疾是南宋豪放詞的傑出代表，其詞既有儒家的英雄主義精神和豪邁氣概，又有道家的閒情逸致，王國維認為東坡詞曠，稼軒詞豪，「蘇、辛，詞中之狂」，「幼安之佳處，在有性情，有境界」，辛詞的最大特點是以文為詞。姜夔詞風飄逸灑脫，張炎評價其詞「如野雲孤飛，去留無跡」，「不惟清空，而且騷雅，讀之使人神觀飛越」，陳廷焯認為白石「多於詞中寄慨」，其「感慨全在虛處，無跡可尋」，「白石長調之妙，冠絕南宋」，而王國維認為白石詞「如霧裡看花，終隔一層」，「有隔霧看花之恨」。吳文英和史達祖同為姜派詞人，吳詞善寫閨情，周濟評價夢窗詞「奇思壯採，騰天潛淵」。姜夔評價梅溪詞「奇秀清逸，有李長吉之韻」，陳廷焯認為梅溪詞有「清真高境」，表現了清雋之思、幽艷之筆。陸遊為辛派詞人，詞風兼有豪放和婉約兩派，劉克莊評價放翁詞「其激昂感激者，稼軒不能過；飄逸高妙者，與陳簡齋、朱希真相頡頏；流麗綿密者，欲出晏叔原、賀方回之上」。

　　在宋詞翻譯中譯者要深入瞭解詩人的思想和藝術個性，深刻把握原作的藝術風格和語言修辭特點，力求通過譯語將其準確地再現出來，讓譯語讀者瞭解詩人的思想和精神風貌。

第一章　宋詞的源起和發展

在中國文學史上宋詞與唐詩齊名，並列為中國古詩藝術的兩座高峰。宋詞脫胎於唐詩，直接得益於唐詩的偉大成就，清代學者張惠言在《詞選序》中認為詞「蓋出於唐之詩人，採樂府之音以制新律，因系其詞，故曰詞」，王國維在《人間詞話》中認為「詞源於唐而大成於北宋」。詞的起源最早可追溯到隋唐時期的民間曲子詞，到中晚唐出現了文人詞，代表詞人有劉禹錫、白居易、溫庭筠、韋莊等。葛曉音在《唐詩宋詞十五講》中認為晚唐詩「新的表現方式和口語化的傾向，與自由的長短句結合在一起，便促成了詞的產生」[1]。按照歷史發展進程，詞的演變包括三個階段：唐五代詞、北宋詞和南宋詞。朱崇才在《詞話理論研究》（2010）中全面深入地探討了詞的起源和發展，蔡鎮楚在《中國古代文學批評史》（1999）中總結了學界關於詞起源的八種觀點。

第一節　唐五代詞

唐五代是詞的發展初期，主要詞人包括李白、白居易、溫庭筠等唐代詞人和韋莊、歐陽炯等西蜀花間詞人以及馮延巳、李景、李煜等南唐詞人。李白詞作不多，但詞界評價很高，黃升在《唐宋諸賢絕妙詞選》中認為李白「二詞為百代詞曲之祖」，沈祥龍在《論詞隨筆》中評價李白詞「以氣格勝」，王國維在《人間詞話》中認為「太白純以氣象勝」。在晚唐詞人中溫庭筠成就最高，沈祥龍評價飛卿詞「以才華勝」，張惠言在《詞選序》中認為「唐之詞人，溫庭筠最高，其言深美閎約」。劉熙載在《藝概》中認為飛卿詞「精妙絕人」，陳廷焯在《白雨齋詞話》中認為「飛卿詞全祖《離騷》，所以讀絕千古」。溫庭筠與韋莊詞風相近，並稱「溫韋」，陳廷焯認為詞乃「樂府之變調，

風騷之流派也。溫、韋發其端,兩宋名賢暢其緒」,韋莊詞「意婉詞直」。王國維則認為唐五代詞人中馮延巳成就最高,其詞風直接影響了北宋詞人歐陽修。

南唐后主李煜在政治上平庸無能,但極有文學才華和造詣,其詞雖思想格調不高,但情真意切,情景交融,感人至深,所以能千古流傳。王國維對李后主評價很高,「詞至李后主而境界始大,感慨遂深」,后主詞乃「血書」。況周頤在《蕙風詞話》中認為「真字是詞骨」,用此話來評價后主詞最為恰當,陳廷焯認為「后主詞,思路淒婉,詞場本色」。當代學者張利群在《詞學淵粹——況周頤〈蕙風詞話〉研究》(1997)中指出,況周頤強調詞要表達真情、至情、深情、婉情,李后主的詞正是表達了真情真意。葛曉音在《唐詩宋詞十五講》中認為李煜詞「聲調諧婉,詞意明暢」,善於用「清麗的語言、白描的手法和高度的藝術概括力」表達「某種人生經驗」[2],能引起讀者廣泛的共鳴。

第二節　北宋詞

北宋是宋詞的繁榮期,湧現了眾多傑出詞人,包括晏殊、晏幾道、柳永、範仲淹、蘇軾、張先、秦觀、歐陽修、周邦彥、賀鑄等。晏殊、晏幾道繼承了晚唐詞婉麗的風格,清代《靈芬館詞話》將詞歸納為華美、清綺、幽豔、高雄四派,評價晏殊(元獻)詞「風流華美、渾然天成,如美人臨妝,卻扇一顧」。葛曉音在《唐詩宋詞十五講》中認為晏殊善於「用細膩的感受和警練的詞句準確地概括出普遍的人生感觸」,詞風「委婉含蓄,凝重平穩」,「雍容華貴、清新委婉」。[3] 晏幾道(小山)詞風近於晏殊,王國維在《人間詞話》中引用清末學者馮玉祥的話來評價小山詞:「其淡語皆有味,淺語皆有致。」

範仲淹是北宋著名的政治家和詩人,其詞風剛勁蒼涼。歐陽修是唐宋古文八大家之一,工於詩、詞、文,詞風婉麗,《靈芬館詞話》認為歐陽修(永叔)與晏殊詞風同為「風流華美、渾然天成,如美人臨妝,卻扇一顧」。王國維認為「歐公《蝶戀花》字字沉響,殊不可及」,永叔詞「於豪放之中有沉著之致,所以尤高」。張先(子野)被詞家譽為「張三影」,其詞意境優美,韻味悠長,《靈芬館詞話》認為張先、姜白石為清綺詞風的代表,其詞「一洗華靡,獨標清綺,如瘦石孤花,清笙幽磬石,入其境者,疑有靈仙」。陳廷焯在《白雨齋詞話》中評價子野詞「有含蓄處,也有發越處。但含蓄不似溫韋,發

越不似豪蘇、膩柳」。

在北宋詞人中柳永自成一派，他將宋詞長調推向了高峰，極大地擴展了宋詞的藝術表現空間。柳詞感情真摯，情景交融，情境、意境、畫境渾然一體，劉熙載在《藝概》中評價柳詞「細密而妥溜，明白而家常，善於敘事，有過前人」。葛曉音在《唐詩宋詞十五講》中認為柳詞創造了「以白描見長、鋪敘層次分明、細緻而又直露的藝術表現手法」，往往「曲盡形容、淋灕盡致、不求含蓄，但講究結構嚴謹、層次清楚、首尾完整、工於點染」[4]柳詞以俚俗體詞風獨樹一幟，袁行霈在《中國詩歌藝術研究》中認為柳詞能「貼近事之情、人之心來寫，貼而有切，有一種不隔之美」[5]。

在北宋詞人中蘇軾成就最高、影響最大，其人格高尚曠達，陳廷焯在《白雨齋詞話》中認為蘇軾「心地光明磊落，故詞極超曠，而意極和平」。王國維評價說，東坡詞曠，稼軒詞豪，認為屈原、陶淵明、杜甫、蘇軾四位詩人「其人格亦自足千古」。蘇詞的最大特點是以詩為詞，袁行霈在《中國詩歌藝術研究》中認為蘇詞有「詩的沉鬱、詩的豪放與詩的淳樸」，表現了「男性的深沉蘊藉與沉著含蓄」，蘇詞「是向外部的廣闊世界馳騁，恢弘闊大，表現出超越時空的強烈要求」。[6]葛曉音在《唐詩宋詞十五講》中認為蘇詞「不但提高了詞品，開闊了詞境，而且使詞的抒情藝術達到高度的個性化」，蘇詞「豪放、瀟灑、飄逸」，表現「抒情主人公爽朗的笑容、恢宏的度量、從容的神情和雄健的氣魄」。[7]李澤厚在《美學三書》中認為蘇軾詩詞表達了一種人生空漠感，是「對整個存在、宇宙、人生、社會的懷疑、厭倦、無所希冀、無所寄托的深沉喟嘆」，詩人追求「樸質無華、平淡自然的情趣韻味」，並將其提升到「透澈了悟的哲理高度」。[8]

秦觀是北宋婉約詞的重要代表，其詞境迷離渺遠，劉熙載評價秦詞「有小晏（幾道）之妍，得《花間》、《尊前》遺韻，卻能自出清新」，王國維認為「少遊詞最為淒婉」。秦觀與歐陽修詞風相近，並稱「歐秦」。葛曉音在《唐詩宋詞十五講》中認為秦詞「清麗婉約，情韻兼勝，但偏於柔美纖細」，善於「創造淒婉動人的意境，用辭情聲調微妙地表達出抒情主人公細膩的感受」，秦詞「構思煉意十分新巧微婉」，能「景中含情，情中見景」，其「寫景多有巧思，善於選擇富有感染力的典型景象烘托情思，往往達到不言情而情自無限的境地」。[9]

北宋的周邦彥和南宋的姜夔是被詞界評論最多的兩位詞人。周邦彥詞風婉約，精於詞律，周濟在《宋四家詞選》中認為「清真，集大成者也」，王國維認為美成詞「精壯頓挫」，讀來「曼聲促節」、「清濁抑揚」，富於音律美和聲

韻美，美成「言情體物，窮極工巧」，為「詞中老杜」，其詞感人至深，這是他對周詞的最高評價。王國維在《人間詞話》中常將周美成與姜夔進行比較，認為周詞高於姜詞，周詞《蘇幕遮》「水面清圓，一一風荷舉」能得「荷之神理」，而白石詞「有隔霧看花之恨」。

第三節　南宋詞

　　南宋是宋詞從繁榮逐漸走向衰落的時期，既有李清照、朱敦儒等南渡詞人，更湧現了張元干、辛棄疾、陸遊、姜夔、史達祖、吳文英、周密等優秀詞人。總體而言，南宋詞的藝術成就和影響力稍遜於北宋詞。李清照是跨越北宋和南宋的偉大詞人、婉約詞的傑出代表。早期詞風清新淡雅。后期詞風悲涼哀婉。葛曉音在《唐詩宋詞十五講》中認為李清照后期詞的悲哀是「深入到骨髓的」，其詞風「纏綿淒苦，深沉感傷」。李清照所著《詞論》，是中國文學史上第一篇詞學研究專論，其核心思想為詞應「合乎音律、詞語高雅、風格典重、有情致、有故實、善鋪敘、表現精致」。[10]辛棄疾是南宋豪放詞最傑出的代表，與北宋蘇軾並稱「蘇辛」，其詞既傳達了儒家的英雄主義精神和豪邁氣概，又流露出道家的閒情逸致。範開在《稼軒詞序》中評價辛詞如「春雲浮空，卷舒起滅，隨所變態」。劉熙載評價辛棄疾「風節建豎，卓絕一時」。王國維認為東坡詞曠，稼軒詞豪，「蘇、辛，詞中之狂」，「幼安之佳處，在有性情，有境界」。陳廷焯認為「辛稼軒，詞中之龍也。氣魄極雄大，意境卻極沉鬱」，「格調之蒼勁，意味之深厚」。辛詞的最大特點是以文為詞，葛曉音在《唐詩宋詞十五講》中認為辛詞風格「以豪放為主而又變化多端，富於浪漫色彩和作者的獨特個性」，善用比興手法，大量運用典故，達到了「詩詞散文合一的境界」。[12]朱崇才在《詞話理論研究》（2010）中深入探討了豪放詞風的內涵，認為豪指意氣、氣概，偏重內容，放指創作手法，偏重形式。

　　姜夔是南宋婉約詞重要代表，宋代張炎在《詞源》中以「清空」評價白石，認為其詞「如野雲孤飛，去留無跡」，「不惟情空，而且騷雅，讀之使人神觀飛越」。王國維在《人間詞話》中以詞境的隔與不隔評價姜詞，認為白石詞「如霧裡看花，終隔一層」。陳廷焯對白石評價很高，認為白石「多於詞中寄慨」，其「感慨全在虛處，無跡可尋」，其「長調之妙，冠絕南宋」。比較而言，周美成善寫實境，姜白石善寫虛境，美成詞境厚，白石詞境空。宋末詞人分為豪放詞風的辛派和清雅詞風的姜派，前者有陸遊、劉辰翁、文天祥等，后

者有史達祖、吳文英、周密等。

第四節　中國傳統詞學理論

中國傳統詞學研究的主要成果最早有李清照的《論詞》、張炎的《詞源》。李清照在《論詞》中提出詞別是一家，自有其風格，張炎在《詞源》中提出「清空」論。中國詞學研究的繁榮期是清代，湧現了陳廷焯、劉熙載、況周頤、周濟、沈祥龍、謝章鋌、王士禎等學者。劉熙載在《藝概》中探討了詞的文體風格，認為詞應「傳神寫照」。況周頤在《蕙風詞話》中探討了詞心、詞境、詞骨、詞筆、詞徑、詞眼、詞律等，強調詞的藝術感染力，認為「真字是詞骨」，詞「多發於臨遠送歸，故不勝其纏綿悱惻」，詞「貴有寄托」，「身世所感，通於性靈」，性靈即寄托。詞不僅言長，而且言曲，善於通過寄托手法達到千迴百轉、韻味悠長的藝術效果，言情之詞須「情景交煉」，方有「深美流婉之致」，寫景貴「淡遠有神」，言情貴「蘊藉有致」。陳廷焯在《白雨齋詞話》中提出了詞境的「沉鬱」說，認為沉鬱乃詞之高境、勝境、化境。周濟在《宋四家詞選》中提出了詞的「寄托出入」說，評價了周邦彥、辛棄疾、史達祖、吳文英四位詞人。沈祥龍在《論詞隨筆》中認為詞善於詠物，「借物以寓性情，凡身世之感，君國之憂，隱然寓於其內」，詞「以自然為尚」，「比興多於賦」。王士禎認為詞「尚女音，重婉約，以婉曲、輕倩、柔媚、幽細、纖麗為本色」，以清切婉麗為宗。謝章鋌認為詞人「當歌對酒，而樂極哀來，捫心渺渺，閣淚盈盈，其情最真」。

近代學者王國維在《人間詞話》中將中國詞學研究推向了最高峰。他提出了境界說，以境界的隔與不隔作為評價詩詞藝術成就高低的標準，對大量詞人、詞作作了精彩點評。當代學者張利群在《詞學淵粹——況周頤〈蕙風詞話〉研究》（1997）中深入探討了況周頤《蕙風詞話》的審美思想論、情感論、真實論、意境論、構思論、立意論、風格論、方法論、語言論、作家論、欣賞論、批評論、思維論、藝術辯證法、主體論、詞律論等。朱崇才在《詞話理論研究》（2010）中全面探討了詞學的理論和方法，研究內容包括詞的本質和起源論、價值和功能論、風格和流派論、品格和境界論、音律和格律論。蔡鎮楚的《中國古代文學批評史》（1999）將詞的創作理論歸納為六個方面：一是「情貴真」，詞表達了作者內心的真情真意；二是「煉意」，詞人在創作時反覆煉字煉句、煉意煉味；三是「寄托」，詞人善於通過比興手法抒情言志；

四是「情景」，宋詞善於表現一種情景交融的意境；五是「詞貴協律與審韻」，宋詞音韻婉轉，節奏鮮明；六是「詞有三法」，宋詞強調章法、句法、字法，作品結構前后銜接，融為一體。

註釋：

[1] 葛曉音. 唐詩宋詞十五講 [M]. 北京：北京大學出版社，2003：209.
[2] 葛曉音. 唐詩宋詞十五講 [M]. 北京：北京大學出版社，2003：228.
[3] 葛曉音. 唐詩宋詞十五講 [M]. 北京：北京大學出版社，2003：231.
[4] 葛曉音. 唐詩宋詞十五講 [M]. 北京：北京大學出版社，2003：244.
[5] 袁行霈. 中國詩歌藝術研究 [M]. 北京：北京大學出版社，1996：317.
[6] 袁行霈. 中國詩歌藝術研究 [M]. 北京：北京大學出版社，1996：332.
[7] 葛曉音. 唐詩宋詞十五講 [M]. 北京：北京大學出版社，2003：257-260.
[8] 李澤厚. 美學三書 [M]. 合肥：安徽文藝出版社，1999：160-161.
[9] 葛曉音. 唐詩宋詞十五講 [M]. 北京：北京大學出版社，2003：260-265.
[10] 朱崇才. 詞話理論研究 [M]. 北京：中華書局，2010：173-175.
[11] 葛曉音. 唐詩宋詞十五講 [M]. 北京：北京大學出版社，2003：261-262.
[12] 葛曉音. 唐詩宋詞十五講 [M]. 北京：北京大學出版社，2003：316-324.

第二章 宋詞意象美的闡釋和再現

第一節 宋詞的意象美

一、中國古詩的意象美

在中國美學理論中意象是一個十分重要的範疇,它最早指易象。《周易》裡說:「聖人立象以盡意」,易象包含了「四象」。南北朝學者王弼深入分析了言、象、意之間的關係,認為象是溝通言與意之間的橋樑,劉勰在《文心雕龍》裡首次正式使用「意象」這一概念(「窺意象以運斤」)。唐代殷璠提出興象說,興象就是詩人在靈感激發下所創造出的審美意象,能帶給讀者豐富的想像,有興象的詩歌能「神來,氣來,情來」。宋代蘇軾強調詩文創作應「隨物賦形」,意象創造應重神似不重形似。明代李東陽認為詩應「意象具足」,何景明強調意與象應融合無間(「意象應曰合,意象乖曰離」),王廷相的意象論最為有名,他提出「詩貴意象瑩透」。陸時雍在《詩鏡》中強調「意廣象圓」,胡應麟評價五言古詩「意象渾融」。清代王世貞明確指出「古詩之妙,專求意象」。

在詩歌意象中意是象的內核,象是意的載體,清代王夫之認為「意猶帥也」。與意象相比,情景是中國詩學更常用的術語,大量學者闡述了情與景相融相合的關係,尤其以王夫之和王國維的情景理論影響最大,成就最高。錢鐘書在《談藝錄》中論述了詩歌中聲、象、意的關係:「詩者,藝之取資於文字者也。文字有聲,詩得之為調為律;文字有義,詩得之以侔色揣稱者,為象為藻,以寫心宣志者,為意為情。」雷淑娟在《文學語言美學修辭》中認為意象是「在主觀之意和客觀之象相互作用下,以直覺思維的形式而瞬間生成藝術表象」,意象之意是「情理交融的『情志』,是充溢著情感、情緒的思致」。[1] 意象不是意與象的簡單相加,而是二者的交融契合,吳晟在《中國意象詩探

索》中指出，意象是詩人「內在情緒或思想與外部對象相互熔化、融合的複合物，是客觀物象主觀化表現」，它「凝聚了詩人對物象形態和類屬的識別與選擇，以及與『意』對應、熔化的審美聯想和哲學思辨」。[2]

詩歌意象是傳意之象，也是傳情之象，黃書泉在《文學批評新論》中強調意象是傳情之象，是「情意感性呈現的符號」，它「深蘊著詩人主觀的情感和意緒」。[3]陳聖生在《現代詩學》中認為詩的本質「呈現於文本或口語中詩意的表現、詩的意象性語言的運作和詩的風格的形成之中」，詩是「用意象語言呈現出來的原創性的思維」。[4]辜正坤在《中西詩比較鑒賞與翻譯理論》中認為詩歌富於義象美（「字詞句或整首詩的意蘊、義理作用於大腦而產生的美感」），它分為小義象（「單個的字詞句所顯示的意蘊、義理」）和大義象（詩篇「整體所昭示的意蘊、義理」）。[5]詩歌意象富於暗示性，能夠激發讀者的想像力，在其頭腦中喚起生動優美的藝術畫面。胡經之在《文藝美學》裡認為文學語言是形象的、美的語言，能「完美地表現『意象』，能由它的觸發而把讀者帶入藝術勝境」，作家運用語言「狀難寫之景，如在目前；含不盡之意，見於言外」[6]。歸納起來，詩歌的意象是象、意、情、理有機融合所形成的一種審美意象。詩歌的意象美是指詩歌的文字符號通過觸發讀者的想像和聯想、在其頭腦中所再現出的畫面和場景，它包含了事、情、意、理、味，構成情境、意境、韻味等。

二、宋詞的意象美

前面談道，宋詞從唐詩演化發展而來，詞是詩的一種變體。比較而言，詩莊詞媚，唐詩莊重雄闊，尤其是初唐和盛唐詩表現了一種審美空間的擴張力，境象闊大，富於陽剛之美。宋詞溫婉嫵媚，與晚唐詩風格相近，多描寫細膩微小的意象，表現了一種審美空間的內收，富於陰柔之美。譚德晶在《唐詩宋詞的藝術》中認為唐詩境闊，宋詞言長，即情韻悠長，宋詞在刻畫意象、寫景抒情時將意、景、情「融匯在傾訴式的語句中」，使其「獲得流動感，獲得音樂性的抒情力量」，宋詞意境往往「融匯在詞的整體性的抒情旋律之中」。[7]李澤厚在《美學三書》中比較了詞境與詩境，認為詩常「一句一意或一境」，「含義闊大，形象眾多」，所以詩境闊大雄渾；詞常「一首（或一闋）才一意或一境，形象細膩，含義微妙」[8]，所以詞境尖新細窄。

宋詞意象具有以下特點：

一是多描寫女性形象，譚德晶在《唐詩宋詞的藝術》中認為宋詞善於描寫女性的外貌美、情態和心理，有大量富於女性特色的意象，如蛾眉、簾幕、

香閨、裙襦等。袁行霈在《中國詩歌藝術研究》中認為曲院、小窗、尊前、花間是詞的典型環境，殘月、細雨、碧蕪、霜華是詞的典型景色，羅裙、熏籠、雲鬟、粉淚是詞的典型事物。[9]婉約詞最擅長描寫女性意象，如溫庭筠《菩薩蠻》上闋：

　　水精簾裡頗黎枕，暖香惹夢鴛鴦錦。江上柳如煙，雁飛殘月天。

　　作品中「水精簾裡頗黎枕，暖香惹夢鴛鴦錦」描寫女子閨房的裝飾和器具，「江上柳如煙，雁飛殘月天」描寫江上的春景。比較而言，唐詩多描寫大漠雄關、邊塞風情，其審美意象富於陽剛之氣；宋詞多描寫女性和閨樓意象，表達春思、春夢、春愁，其審美意象富於陰柔之美。唐詩氣壯，慷慨悲歌；宋詞情深，兒女情長。唐詩以氣勝；宋詞以情勝，詩豪詞婉。

　　二是多描寫人文意象。在中國詩歌史上宋詞最富於人文氣息，最善於通過詠物詞的比興寄託手法來表現詩人的人格美，多描寫梅、蘭、竹、菊等君子意象，在此意義上，詩莊詞雅。胡曉明在《中國詩學之精神》中指出，秦漢詩歌是「宗教世界之理性化」，晉、唐詩歌是「經驗世界之心靈化」，宋詩詞是「對象世界之人文化」，明代詩歌是「人文世界之自然化」。[10]蘇軾在《卜算子》上闋中寫道：

　　缺月掛疏桐，漏斷人初靜。誰見幽人獨往來，飄渺孤鴻影。

　　蘇軾是豪放詞的代表，也寫了大量優秀的婉約詞，多表達了思念故土、牽掛親人的情感體驗和逍遙林泉、縱浪大化的道家審美情趣。《卜算子》上闋中「梧桐」、「幽人」、「孤鴻」都是宋詞的常見意象，「梧桐」、「孤鴻」常暗喻詩人的孤獨寂寥，如南唐后主李煜的《相見歡》（「寂寞梧桐，深院鎖清秋」），陸遊的《沈園》（「曾是驚鴻照影來」）等。在中國傳統文化中「幽人」是道家的人格理想，蘇軾以「幽人」自喻，表現了自己高雅的情趣和超凡脫俗的人格道德境界。晚唐詩人司空圖在《二十四詩品》中也描寫了「幽人」意象，表現了一種詩的幽境，宋詞受其影響，把幽境全面提升到了詩歌意境的高度，使其成為宋詞最顯著的藝術特色之一。

　　三是其刻畫意象既追求畫面的優美明麗，也注重傳達一種含蓄朦朧的韻味，善於通過寄託手法達到千回百轉、韻味悠長的藝術效果。清代況周頤在《蕙風詞話》中認為詞有「深美流婉之致」，追求「蘊藉有致」、「情景交煉」、

「淡遠有神」，追求「菸水迷離之致」、「迷離恍惚之妙」。劉熙載在《藝概》中認為「詞，淡語要有味，壯語要有韻，秀語要有骨」。比較而言，婉約詞重味、韻，豪放詞重骨、氣，劉熙載認為詞應表現空靈之境，他評價蘇東坡的《水調歌頭》「空靈蘊藉」。朱崇才在《詞話理論研究》（2010）中認為婉約詞的「婉」有三層含義：①婉表現女性美，如秦少遊的詞「婉媚風流」；②婉有曲、順之美，如柳永詞「音律諧婉，語意妥帖」；③婉有淒清幽深之致，如李後主的詞「含思淒婉」。婉約的「約」也有三層含義：①婉約詞常描寫「縹緲之情思」、「綽約之美人」、「隱約之事物」；②婉約詞常用比興手法，「幽深隱微」、「圓美流轉」、「曲盡其情」；③婉約詞讀來余音繞梁，回味無窮。[11]北宋詞人晏殊在《踏莎行》下闋中寫道：

　　翠葉藏鶯，朱簾隔燕，爐香靜逐遊絲轉，一場愁夢酒醒時，斜陽卻照深深院。

　　主人公在閨房裡聽著屋外的鶯歌燕語，她以酒澆愁。春夢醒來，已是夕陽斜照，她感嘆時光流逝。詩人用「藏」、「隔」、「靜」、「遊絲」、「深深院」表現了一種朦朧蘊藉的幽境、靜境、深境，這正是宋詞意境的顯著特點。張晶在《審美之思——理的審美化存在》中認為宋代繪畫傳達了「遠」、「逸」、「韻」的內涵，「畫中之象是主觀意蘊的象徵，畫境是士大夫性靈情思的凝晶」。[12]宋詞深受宋代繪畫美學的影響，其意境富於朦朧含蓄的畫境美。宋詞寫景狀物善於表現一種遠景，宋代畫家郭熙提出山水畫要表現「三遠」（高遠、深遠、平遠），畫家遠觀山水，才能把握和表現其靈動之美。「三遠」中「平遠者衝淡」，其「衝融平淡的意境正是精神無所牽掛、超脫自由的虛空之境」。

　　宋詞的意象美得益於漢字的獨特優勢：第一，漢語是象形文字，漢字可以直接並置，詩人通過漢字（意象）的並置可以創造一種蒙太奇似的視覺效果；第二，漢語是意合語言，漢詩中描寫意象的漢字之間往往省略關聯詞而直接並置，這樣各意象之間的關係變得模糊含蓄，產生一種朦朧悠長的韻味。辜正坤在《中西詩比較鑒賞與翻譯理論》中認為，欣賞漢詩「宛如覺得一個個電影鏡頭牽動我們的視線上下左右、忽遠忽近、流動不居地掃視各種景象」，詩人「或故意將某些畫面前置，或故意將某些畫面后置，或通過某種修辭手段（如對仗形式之類）將畫面並置而產生互相對立但又互相補充的張力審美效果。」[13]龔光明在《翻譯思維學》中認為詩人既「著重『繪』，即再現大自然的色彩」，又「著力『畫』，即把客體的視覺色彩融化入主體的情愫表現中去，

換言之，詩歌的繪畫圖式是詩人用生理視覺和心理視覺看世界的方式」。吳晟在《中國意象詩探索》中認為漢語意象詩「『略形貌而取神骨』，目的是消解『象』含義的清晰性、指向性和單純性，造成模糊性、不確定性和多義性。因此，詩中意象充滿了審美激活力，超越了『象』的原始義、本義和轉義，具有『象外之意』」。[14]

第二節　宋詞意象美的審美闡釋

一、宋詞意象的藝術創造

詩人對詩歌意象的創造是一個逐漸深入的過程：首先，詩人體驗生活，在頭腦中累積起感性印象（物象），然后詩人發揮想像和聯想，對其進行藝術變形，使其昇華為審美意象，通過描繪生動優美、情景交融的畫面和場景，來傳達自己的審美感受，烘托一種意境和氛圍。最后，詩人把頭腦中構思成熟的審美意象外化為語言符號。這一過程可表示為：生活物象→審美意象→審美意境→語象。

中國傳統詞學理論認為詩詞意象的創造是詞人內心情感與外在景物相互交融的過程，清代學者馮煦在《蒿庵論詞》中提出了「詞心」說，認為「無詞境，即無詞心」，他對秦觀詞評價很高（「他人之詞，詞才也；少遊之詞，詞心也」）。蔡鎮楚在《中國古代文學批評史》中認為詞心是指「詞人心靈深處最為柔婉神微細膩的審美感受」，它源於詞人的「才性、修養、閱歷以及外界事物的觸動」[15]，他將清代詞學的創作論歸納為六個方面：一是「情貴真」，詞人通過創作表達自己內心的真情真意；二是「煉意」，詞人在創作時反覆煉字煉句、煉意煉味；三是「寄托」，清代學者周濟提出的詞「寄托」說，認為詞人善於通過比興手法抒情言志；四是「情景」，宋詞繼承了中國古詩情景交融的傳統，劉熙載在《藝概》中認為「詞或前景后情，或前情后景，或情景齊到，相間相融，各有其妙」；五是「詞貴協律與審韻」，詞人在創作中力求作品音韻婉轉；六是「詞有三法」，即章法、句法、字法，詞人在創作中力求作品在結構上前后銜接，融為一體。

清代學者況周頤在《蕙風詞話》中對詞心深有體會（「吾聽風雨，吾覽江山，常覺風雨、江山外，有萬不得已者在。此萬不得已者，詞心也」），作者生動地描述了詞人創作的構思過程。張利群在《詞學淵粹——況周頤〈蕙風

詞話〉研究》（1997）中將其歸納為「靜—寂—朗—觸—失」：詩人首先內心虛靜，排除雜念，然後神思萬里，靈機勃發（朗），與所構思的景象畫面融為一體，物我化一（觸），最后詩人從構思狀態進入文字表達階段（失）。詞的構思和醞釀是詞人審美體驗的過程，吳建民在《中國古代詩學原理》中認為審美體驗是詩人「對審美對象的體會、感受、領悟的過程」，也是詩人「情感生命與審美對象的精神意蘊逐步渾融合一的過程」。[16]它包含三個階段：

　　第一階段是聽之以耳，詩人對生活進行審美感知和體驗，獲得具體的感性形象，這叫「格物」，即詩人通過審美觀照把握客體的外部形貌特徵。

　　第二階段是聽之以心，詩人發揮審美想像和聯想，通過移情體驗與客體達到精神的共鳴和契合，這叫「味象」，即詩人「以清澄純淨、無物無欲的情懷，在非功利、超理智的審美心態中，品味、體驗、感悟審美對象內部深層的情趣意蘊、生命精神」。[17]詩人感物起興，虛靜凝神，神遊於藝術想像的世界中。

　　第三階段是聽之以氣，詩人進入一種生命體驗，與客體相融相合，達到「暢神」的最高境界，這叫「物化」，即詩人「忘去自身，使自我通過審美體驗而進入審美對象的生命世界，從而對審美對象的本質精神、生命情感等作最透澈把握」，達到一種「極物之真」的「物我渾然的審美妙境」，「使審美對象的生命情韻以純美的形式展現出來」。[18]陳新漢在《審美認識機制論》中認為聽之以氣是主體對客體的心靈觀照，氣是主體「虛靜的耐心狀態」，主體內心虛靜才能「通過審美客體實現對於宇宙生命本體即『道』的把握，達到『大美』或『至美至樂』的最高審美境界」。[19]

　　中國美學把詩人的審美體驗稱為「興」，強調詩人感物起興，最終達到「遊」的境界。胡經之在《文藝美學》中談道：「當興發感行勃然而起時，主體迅速突破對審美對象外形式掌握，而去以其心靈的味覺去『體味』內形式的意蘊」，主體與客體交融重疊，「將自己所統攝的宇宙之氣和內在呈現的生命之氣吹入藝術對象之中，建立一個生氣灌註的完整的藝術世界，達到『包括宇宙、總攬萬物』、激情溢滿、意象紛至沓來、不可遏止的境界。」主體與客體「靈犀相通，『情往似贈，興來如答』，體精察微，洞奧知玄」，在客體上「注入了自己的人格和生命」，「與對象之間消除了疏遠和對峙，產生出一種忘懷一切的自由感」，這種「精誠專一，體味杳冥之境界，是過去、現在、未來瞬間統一」，主體「獲得高度的精神自由解放，超越現即時空，達到一種悠遠無限的『遊』的境界」。[20]王可平在《心師造化與模仿自然》中認為，中國美學強調主體發揮「心靈與視覺、聽覺交融的感受能力，去領悟物象與心靈的

相通融之處」，以「盡可能親近的情懷與對象交會，讓自己的生命意識無滯無礙地流入對象之中，體察著對象的親和及同自身一樣的生命氣息，進入身與物化的境界。」[21]

二、譯者對宋詞意象美的闡釋

譯者對宋詞意象的審美闡釋也是一個逐漸深入的過程，可表示為：語象→生活物象→審美意象→審美意境。它也包含了三個階段：

（一）聽之以耳：闡釋語象

譯者欣賞詩歌時直接面對的審美對象是作品的語言符號，它是詩人藝術創作的終點和譯者審美闡釋的起點。詩人感物起興，譯者則是感言起興，對原詩語言聽之以耳，發揮再造想像和聯想，在頭腦中將其還原成生動形象的畫面和場景，這是一個「尋言」過程。詩歌語言是音美、形美、意美的完美融合，詩歌通過外在的富於圖形視覺美和音韻節奏美的文字符號來表現內在的意美（淺層的事、象和深層的意、情、理、味、境）。吳建民在《中國古代詩學原理》（2001）中探討了詩歌的聲律美和辭採美，辜正坤在《中西詩比較鑒賞與翻譯理論》（2003）中探討了詩歌的視象美和聲象美。中國古詩歷來有詩、樂、舞一體的傳統，追求音韻美和節奏美。中國美學十分強調朗讀和品味在文學鑒賞中的重要性。劉勰在《文心雕龍》中說「吟咏滋味，流於字句」，司空圖認為「辨於味，而后可以言詩」。朱熹強調「玩味義理」，認為讀詩要「諷咏以昌之，涵咏以體之」，歐陽修強調讀詩要「心得意會」。

詞源於詩，但更強調音律美，清代學者張惠言在《詞選序》中認為詞「蓋出於唐之詩人，採樂府之音以制新律，因系其詞，故曰詞」。吳西林在《蓮子居詞話》中談道：「詞之興也，先有文字，從而婉轉其聲，以腔就辭者也」。嚴雲守在《詩詞意象的魅力》（2003）中探討了詩歌的音律美，認為在中國詩歌史上，《詩經》是詩與樂的第一次聯姻，漢樂府是第二次聯姻，宋詞是第三次聯姻。譯者闡釋宋詞，首先要把握其形美和音美。宋詞語言能帶給讀者悅耳悅目的美感，宋詞的音韻節奏美只有通過朗讀才能感受到。譯者應飽含感情地誦讀原詞，反覆吟咏，感受其語言節奏和韻律，將自己的情感灌註到原詞的字裡行間，使抽象的文字符號變得富於生氣和活力，這是一種品評玩味的過程。張世榮在《漫談維吾爾詩歌傳統及其翻譯》中認為，譯者朗讀原詩能感受其「音樂節奏（即音步）、韻律、格調、風格」，「更重要的是在反覆朗讀的過程中，詩中那些曾激發過詩人靈感的東西也將會激發起譯者譯詩的靈感，譯文的腹稿（包括譯文應採用的語言、節奏、韻律、意境）也隨之而漸漸明

晰起來，這樣譯出的詩往往與原詩比較接近。」[22]

（二）聽之以心：闡釋審美意象（淺層意境）

譯者對原詞語言聽之以耳，把握其形美和音美。在此基礎上譯者對原詞聽之以心，發揮想像和聯想，通過移情體驗在頭腦中再現出原詞意象所表現的畫境和情境。中國美學將主體的想像和聯想活動稱為神思，它是指主體被客體的審美特質觸發所產生的一種「興會」、「神遇」的心理和情感活動。劉勰《文心雕龍》說：「形在江海之上，心存魏闕之下。神思之謂也，文之思也，其神遠矣……故思理為妙，神與物遊。神居胸臆，而志氣統其關鍵；物沿耳目，而辭令管其樞機……夫神思方運，萬塗競萌，規矩虛位，刻鏤無形，登山則情滿於山，觀海則情溢於海，我才之多少，將與風雲而並驅矣。」神思就是主體神與物遊。潘知常在《中西比較美學論稿》中認為神思是主體「感物而動，與物浮沉，最終主客交融的心醉神迷」。

吳建明在《中國古代詩學原理》中認為神思是指「主體感情與藝術表象相融相遊、和諧運動、向著審美意象方向發展的心理活動」，具有三個特徵：一是「以藝術表象為運思實體，以審美情感為運思動力」；二是虛擬虛構性，神思是「藝術表象向審美意象過渡的過程」；三是神思具有「超越時間、自由馳騖的特徵」。[23] 龍協濤在《文學閱讀學》中認為讀者「惟有靠靈犀相通的心去細審把玩，方能悟出詩人深藏的潛臺詞。當讀者調動自己的審美經驗跨越空白地帶，豁然貫通時，就會得到強烈的審美快感」，這時讀者「俗慮全消，榮辱皆忘，靈肉俱釋，真正達到了與欣賞對象情性相通、生命交感、靈氣往來的境界」。[24] 劉華文在《漢詩英譯的主體審美論》中認為詩人感物象而起興，其作品是詩人與「天地之間、心物之間相互感應的結果」，譯者感意象而起興，他與原詩的互動是「主體間性的審美感應」。[25]

宋詞傳達了作者深刻的審美體驗，它是詞人運用虛實相生的手法表達出的一種生命體驗。中國傳統詞學強調詞「意內而言外」，清代周濟認為讀詞者要善於把握作者的寄托手法，深刻領會作者的「用心」（「學詞先以用心為主」）。譯者闡釋宋詞要深刻把握作者通過作品意象所展現的淺層意境，這是一個探索原詞詩意的審美過程，於德英在《「隔」與「不隔」的循環：錢鍾書「化境」論的再闡釋》中認為文學翻譯是一種物我交融的體道過程，是「融『我』於具體之實象，並進而拓展至無形之虛象的體悟過程」，是「取象盡言、象不盡意、境生象外這一由實漸虛的審美歷程」。譯者的審美認識是一個闡釋的循環過程，是一種象思維，具有物我交融的體驗性，是一種「體悟性的『生命』哲學思維方式」，譯者「通過具體的語言和形象，體味原文的言外之意、象外

之旨」。譯者在「與原文物我交融、互觀共感中體悟原文的『詩意』,從整體上把握原文的審美格式塔」。[26]

(三) 聽之以氣:闡釋深層意境(詩意哲理內涵)

譯者對原詞聽之以心,把握其意象所展現的畫境和情境(淺層意境),在此基礎上譯者對原詞聽之以氣,體悟其深層意境(詩意哲理內涵)。龍協濤在《文學閱讀學》中認為文學欣賞是一種超語言的「妙賞」,讀者「不落言筌」,獲得「離形去智、忘懷一切的自由感」,讀者沉浸在「『終不許一語道破』的神妙的審美境界,頗類似禪的拈花微笑、直透木心」,他認為讀者的闡釋過程是:尋言→得意→忘言,分別對應於聽之以耳→聽之以心→聽之以氣。

讀者得意而忘言,這是讀者「頃刻間的豁然『貫通』」,「在一剎那與作者的心靈契合,體悟到了宇宙之本體」,讀者通過精神的提升和超越達到對作品形而上的「玲瓏透澈之悟」,「從現象到本體,由剎那到永恆,自在與自為合一,客體與主體相融,使精神昇華到澄明悠遠的境界」。[27]王明居在《唐代美學》中認為詩歌深層意境的闡釋是一種妙悟,它是主體「心靈智慧的湧動」,主體對客體「情有獨鍾、反覆揣摩,終於豁然開朗、大徹大悟,這是對自然價值、人生真諦的哲學體驗」,主體體驗到「心神的舒暢、情致的酣暢、興味的濃鬱」。[28]宋詞深層意境的妙悟需要闡釋者妙想遷得,神與物遊,超以象外,得其環中。

譯者對宋詞意象的審美闡釋具有三個特點:綜合性、個性化和無限性。筆者在《文學翻譯探索》(2004)中對這三個特點作了較為深入的分析。就綜合性而言,譯者對宋詞的審美闡釋融合了藝術欣賞和學術研究,結合了理性分析和審美感悟。蔡鎮楚在《中國古代文學批評史》中將清代詞學的鑒賞論歸納為七個方面:一是「論作者之世,思作者之人」,即孟子所說的知人論世。譯者闡釋宋詞首先要深入瞭解作品的創作背景、詞人的審美理想和藝術個性。二是「貴取其精華,還其糟粕」,譯者要多讀宋詞中的佳作名篇,對那些思想情趣不高的作品要加以鑑別。三是「讀詞須細心體會」,清代學者蔡嵩雲提出讀詞需要讀者「真賞」的眼光。譯者闡釋宋詞要細心玩味,反覆體會。四是「詞眼」,詩有詩眼,詞則有詞眼,詞人在創作中煉字煉句、煉意煉味,煉的就是詞眼,它需要譯者的反覆玩味和思索。五是「尤須審其節奏」,詞富於音律美和聲韻美,它融入了情感美,譯者要飽含深情地誦讀原詞,蔡嵩雲認為賞詞是一種「美聽」的審美體驗過程。六是「作者用心」與「讀者用心」[29],這指的就是審美闡釋的個性化特點。不同的譯者其審美體驗存在個體性差異,有時對同一首詞會有不同的理解。七是「取前人名句意境俱佳者」,況周頤在

《蕙風詞話》中強調讀者熟讀前代詞人的作品（「讀前人雅詞數百闋，令充積吾胸臆，先入而為主，吾性情為詞所陶冶」）。他談到了讀者賞詞的審美思維心理過程：

第一步：讀者「取前人名句意境俱佳者，將此意境締構於吾想望中」。
第二步：讀者「澄思渺慮，以吾身入乎其中而涵咏玩索之」。
第三步：讀者「心靈與相浹而俱化」。

張利群在《詞學淵粹——況周頤〈蕙風詞話〉研究》（1997）中將其概括為三個階段：

賞詞的感受、接受階段：「取前人名句意境俱佳者」。
賞詞的想像、聯想階段：「將此意境締構於吾想望中」。
賞詞的思索、回味、理解階段：讀者「澄思渺慮，以吾身入乎其中而涵咏玩索之，吾心靈與相浹而俱化」。[30]

譯者對宋詞的審美闡釋是一個不斷感受、想像、聯想、思索、回味、理解和判斷的過程，它具有無限深化的特點。就闡釋客體而言，優秀的宋詞其思想藝術內涵無限豐富，往往是難以窮盡的；就闡釋主體而言，譯者隨著知識閱歷的不斷豐富、審美鑒賞能力的不斷提高，其對原詞的理解和感悟會不斷深化，譯者應力求使自己對作品的理解盡可能貼近詞人的原意。

第三節　宋詞意象美的再現

譯者闡釋宋詞的意象美，要充分調動自己的審美感官，尤其是內在視覺，即審美想像，在頭腦中再現出原詞意象所展現的優美畫面和場景，把握其畫境、情境、意境，領悟原詞的詩意哲理內涵。在此基礎上譯者充分發揮譯語的表現力，力求忠實生動地再現和傳達原詞所表達的詩情畫意，這是一個再現原詞詩意的過程。宋詞翻譯就是詩意的發現之旅和再創造之旅，文學翻譯的本質是詩意的再生。於德英在《「隔」與「不隔」的循環——錢鐘書「化境」論的再闡釋》中認為詩意「在本源上是動態的、差異的、虛實相生的，唯有通

過往復循環的、物我交融的整體感悟和重構言、象、意的審美意境方能把握和創生『詩意』」。文學翻譯的過程是「詩意跨越時空之旅」，這是「譯者通過與構成原文生命體的言、象、意展開闡釋的循環，體驗和感悟原文的審美格式塔，並在譯入語中通過形象化的語言，再造審美格式塔，創生另一言、象、意緊密融合的文學文本──譯文的過程」。[31] 在宋詞英譯中，作為譯入語的英語是形合語言，其句子的各組成要素之間通過關聯詞銜接起來，其語義邏輯關係清晰明確。在宋詞英譯中譯者不應一味地將原詞意象的朦朧意味明晰化，而應最大限度地挖掘英語的表現潛力，盡可能地再現宋詞意象的朦朧含蓄美。

一、宋詞意象通感美的再現

在中國古詩中通感是一種常用的藝術表現手段，詩人在作品中將屬於不同感覺域的視覺意象、聽覺意象、嗅覺意象、觸覺意象、味覺意象等聯通，創造出詩歌意象的一種綜合美感，帶給讀者獨特的審美感受。西漢學者劉向在《修文》中認為審美體驗包含「目悅、耳悅、心悅」，「三者存乎心、暢乎體、形乎動靜」。錢鐘書在《管錐篇》中認為通感是「尋常眼、耳、鼻三覺亦每通有無而忘彼此，所謂『感受之共產』，即如花，其入目之形色、觸鼻之氣息，均可移音響以揣稱之……五官感覺真算得有無相通，彼此相生了」。奚永吉在《文學翻譯比較美學》中認為文學家「利用感受相通的規律充分調動人們的聽覺、視覺、觸覺、味覺、嗅覺和意覺等感知系統去擴大審美範圍，從各個角度去捕捉審美形象，使讀者在欣賞過程中產生如聞其聲、如睹其形、如嗅其味、如觸其物、如臨其境等的實感」[32]。王明居在《唐代美學》中認為通感是「在感官相通的基礎上反覆玩味的結果，是審美主體的情感、思緒、心智對審美客體的誘惑產生積極感應的結果」[33]。宋代詩人也善於運用通感手法來增強作品意象的表現力。溫庭筠、韋莊、李清照、吳文英等婉約派詞人常描寫香霧繚繞的閨樓、春雨籠罩的深院，善於將視覺意象、聽覺意象、嗅覺意象融為一體，帶給讀者一種整體的審美效果，如溫庭筠的《更漏子》：

柳絲長，春雨細，花外漏聲迢遞。驚塞雁，起城烏，畫屏金鷓鴣。

香霧薄，透幕簾，惆悵謝家池閣。紅燭背，繡簾垂，夢長君不知。

溫詞上闋，柳絲、畫屏、金鷓鴣為視覺意象，漏聲為聽覺意象，春雨為視

覺和聽覺意象。柳絲細長，春雨綿綿，漏聲不斷，帶給讀者一種綿延無盡的感覺，烘托了婦人內心纏綿無盡的春思，她聽著細雨淅瀝，輾轉難眠。下闋，香霧為嗅覺和視覺意象，幕簾、紅燭為視覺意象。閨房裡紅燭靜靜地燃燒，香霧繚繞，香氣透過幕簾傳到屋外，婦人沉浸在無盡的相思中。在宋詩詞中描寫通感意象最負盛名的當數林逋的《梅花》，下面是原詩和許淵冲的譯文：

眾芳搖落獨喧妍，占盡風情向小園。
疏影橫斜水清淺，暗香浮動月黃昏。
霜禽欲下先偷眼，粉蝶如知合斷魂。
幸有微吟可相狎，不須檀板共金尊。

You bloom alone when flowers fade far and near;
You queen it over all the garden day and night.
Sparse shadows slant across the shallow water clear.
And gloomy fragrance floats at dusk in dim moonlight.
Seeing your purity, white birds alight and peer;
Knowing your sweetness, butterflies would lose their heart.
Only a luck poet's your companion dear.
Put sandal clappers and golden goblets apart!

在中國文化中梅、蘭、竹、菊被譽為四君子，詩人通過咏梅表達了對高尚人格的追求。原詩第二聯「疏影橫斜水清淺，暗香浮動月黃昏」歷來為詩家所激賞，「疏影橫斜」的視覺描寫與「暗香浮動」的嗅覺描寫相融合，創造出一種朦朧迷離的意境美。原詩為咏物詩，詩人咏梅抒懷，許譯用第二人稱you，傳達了詩人與梅花的親近感，富於感染力。許譯首聯，flowers fade far 壓頭韻，再現了「眾芳搖落獨喧妍」中疊韻「喧妍」的音美，fade far and near 與 bloom alone 再現了群花凋零與梅花獨放的鮮明對比。You queen it over all the garden day and night 中 queen it over 再現了梅花艷壓群芳、獨領風騷的姿態，day and night 與上文 far and near 形成對仗結構，一寫時間，一寫空間，具有形美和意美。

第二聯，sparse 與 shadows、slant、shallow，fragrance 與 floats 押頭韻，再現了「暗香浮動月黃昏，疏影橫斜水清淺」中雙聲「清淺」、「黃昏」的音美，sparse shadows 與 gloomy fragrance 傳達了「疏影」、「暗香」的視覺美和嗅覺美，

slant 與 float 再現了「橫斜」、「浮動」的動感美，dim 與 gloomy 相呼應，傳達了原詩景象朦朧迷離的意境。第三聯，seeing your purity 與 knowing your sweetness 形成對仗結構，富於形美，alight and peer 與 lose their heart 含蓄地再現了「霜禽欲下先偷眼，粉蝶如知合斷魂」所描寫的梅花閉月羞花、沉魚落雁的迷人芳姿。第四聯，dear 傳達了詩人對梅花的讚賞和喜愛之情。

二、宋詞意象結構的再現

詩歌的審美意象往往不是單一的，而是組成一個意象群，它包含一個中心意象和若干從屬意象。各從屬意象相互關聯，對中心意象起渲染和烘托作用。詩歌意象通過聯接、融會等方式產生互動關係，傳達一種總體含義，它大於各意象含義的簡單總合。嚴雲受在《詩詞意象的魅力》（2003）中認為詩歌意象組合需遵循「意為主」、「有機性」、「層深性」等原則，「意為主」是指詩人按照作品內在的思想情感脈絡來排列組合意象，以表現作品整體的藝術意境。宋代詞人以作品抒發主人公心理情感的變化為內在脈絡（意脈），來安排作品的意象結構。清代學者況周頤在《蕙風詞話》中強調詞要「立意」，認為「句中有意即佳」，「意內言外」，「取題神外，設境意中」，詞的立意要新、要深、要真、要婉、要實。吳建民在《中國古代詩學原理》（2001）中認為詩歌內容的構成要素包括情、志、意、神、理、物、事等，其中意是一種「生命感」，一種「生命意味」，詩歌有「意」，能激發起讀者的生命體驗。

「有機性」原則是指詩歌的意象結構是一個有機整體，各意象之間「相互聯繫、映襯，整個意象系統應當有內在的生氣貫注、流布」。宋代詞人在安排作品意象結構時善於疏密有致，況周頤認為詞要力求表現「事外遠致」、「菸水迷離之致」，為此詞人要善於運用「虛實相間」、「疏密相間」、「真幻相間」等表現手法。劉熙載在《藝概》中強調詞的章法，認為詞的結構要注重「奇正、空實、抑揚、開合、工易、寬緊」，詞人要善於「冷句中有熱字，熱句中有冷字，情句中有景字，景句中有情字」。

「層深性」原則是指詩歌的意象結構應有層次和深度，詩人通過作品表層的畫境、情境誘導讀者去挖掘作品深層的意境，為讀者提供「盡可能廣遠的心馳神遊的審美空間」[34]。詩歌的深層意境往往是一種虛境，表現了一種空白之美，誘導讀者去填補。中國傳統詞學認為婉約是詞的本質特色，詞境是婉約之境，是一種靜境、幽境、深境。宋詞善於在動境中融入靜境，在實境中融入虛境，欣賞宋詞總能帶給讀者一種尋幽探密、曲徑通幽、回味無窮的感受。劉熙載在《藝概》中認為「詞以煉章法為隱，煉字句為秀」，章法就是意象組

合,「章法隱」是指意象組合要力求表現象外之象、景外之景、味外之味,「字句秀」是指作品的每一個意象要栩栩如生。況周頤在《蕙風詞話》中認為詞境包含三個層次:低層為一般意境、中間層意境(「空靈可喜」)、深層意境(「高絕」)。張利群在《詞學淵粹——況周頤〈蕙風詞話〉研究》(1997)中認為這三層意境分別是「情景之境」、「言外之境」、「靜穆之境」。

　　詩詞意象的組合有多種方式,嚴雲受在《詩詞意象的魅力》中歸納了承接、疊加、剪接、對比、輻射等意象組合方式,其中承接是指詩歌意象「按照事件或事件片斷的過程布列」,意象之間相互承接,「脈絡清晰,層次分明」。[35]辛棄疾的《青玉案》運用意象承接手法,生動地描寫了元宵節(燈節)的熱鬧場面和作者的深刻感受:

東風夜放花千樹,更吹落,星如雨。寶馬雕車香滿路。
鳳簫聲動,玉壺光轉,一夜魚龍舞。

蛾兒雪柳黃金縷,笑語盈盈暗香去。眾裡尋她千百度,
驀然回首,那人卻在燈火闌珊處。

　　作品上闋從「東風夜放花千樹」到「一夜魚龍舞」描寫人們成群結隊出門賞燈、元宵節漸入高潮的過程和人們通宵達旦賞燈遊玩的熱鬧場面。「花千樹」、「星如雨」描寫萬盞明燈璀璨奪目,千花盛開,繁星點點,蔚為壯觀。「寶馬雕車香滿路」描寫達官貴婦們坐著豪華的馬車,她們的身上香氣四溢。「鳳簫聲動,玉壺光轉,一夜魚龍舞」寫明月朗照,絲弦聲聲,人們盡情觀賞龍燈飛舞。下闋從「蛾兒雪柳黃金縷」到「燈火闌珊處」描寫元宵節漸入尾聲,作者在熙熙攘攘的人潮中尋覓「美人」,卻不經意間發現她在「燈火闌珊處」。「蛾兒雪柳黃金縷,笑語盈盈暗香去」與上闋的「寶馬雕車香滿路」相照應,描寫達官貴婦們珠光寶氣,光彩照人。「眾裡尋她千百度,驀然回首,那人卻在燈火闌珊處」寫詩人所追尋的「美人」遲遲不見其身影,詩人千尋百覓,卻在不經意地回頭一瞬間,發現她在燈火闌珊處,悄然獨立。下面是李清照的《一剪梅》和許淵冲的譯文:

紅藕香殘玉簟秋,輕解羅裳,獨上蘭舟。
雲中誰寄錦書來?雁字回時,月滿西樓。

花自飄零水自流。一種相思，兩處閒愁。
此情無計可消除，才下眉頭，卻上心頭。

Fragrant pink lotus fade; autumn chills mat of jade.
My silk robe doffed, I float
Alone in orchard boat.
Who in the cloud would bring me letters of brocade?
When swans come back in flight
My bower's steeped in moonlight.

As fallen flowers drift and water runs their way,
One longing overflows
Two places with same woes.
Such sorrow can by no means be driven away;
From eyebrows kept apart,
Again it gnaws my heart.

　　原作是李清照寫給丈夫趙明誠的一首詞，作品上闋寫詩人思念遠方的夫君，她泛舟河上，以解憂思。她望見大雁南飛，渴望得到丈夫的音信。下闋寫詩人對丈夫苦苦思念，難以釋懷，「此情無計可消除，才下眉頭，卻上心頭」化用了北宋詞人範仲淹的《御街行》（「都來此事，眉間心上，無計相迴避」）。作品的意象結構採用了承接手法，上闋從詩人「輕解羅裳，獨上蘭舟」，到望見大雁南飛，「月滿西樓」，下闋詩人的心理情感變化（「才下眉頭，卻上心頭」）。許譯上闋，Fragrant pink lotus fade; autumn chills mat of jade 中 fade 與 jade 押頭韻，具有音美，chills 明寫秋意寒冷，暗寫詩人內心淒冷。My bower's steeped in moonlight. 用 steep 生動地傳達了「月滿西樓」的場景。下闋 One longing overflows / Two places with same woes 中 overflows 與 woes 押韻，傳達了充溢在詩人內心的相思情愁，富於音美和意美。Such sorrow can by no means be driven away 用 by no means 語氣強烈，傳達了詩人的孤苦無助。From eyebrows kept apart / Again it gnaws my heart 用 gnaws 傳達了詩人被相思情愁反覆折磨的心理體驗。

　　詩詞意象的疊加是指詩人「把具有相同或相近的色調、氣氛、情趣、傾向的意象重複使用，連接輟合」，可以「營構成鮮明的圖卷」[36]，獲得同向強

化的效果。疊加是中國古詩詞常見的意象組合方式，被以龐德為代表的西方意象派詩歌大量借鑑和運用。清代學者王士楨認為詞「尚女音，重婉約，以婉曲、輕倩、柔媚、幽細、纖麗為本色」，宋代婉約詞善於通過大量女性特色的意象，如蛾眉、簾幕、香閨、裙襦等，來表現女性形象，傳達其内心情感。韋莊與溫庭筠的詞都善於運用意象疊加手法來描寫女性形象，下面是韋詞《歸國遙》：

> 金翡翠，為我南飛傳我意。罨畫橋邊春水，幾年花下醉？
> 別后只知相愧，淚珠難遠寄。羅幕綉帷鴛被，舊歡如夢裡。

作品中「金翡翠」、「羅幕」、「綉帷」、「鴛被」都是閨樓女性意象，展現了思婦春夢的場景。辛棄疾在《摸魚兒》中運用意象疊加手法來表達自己内心的苦悶和彷徨：

> 更能消幾番風雨，匆匆春又歸去。惜春長怕花開早，何況落紅無數。春且住，見說道，天涯芳草無歸路。怨春不語，算只有殷勤。
> 長門事，準擬佳期又誤，蛾眉曾有人妒。千金縱買相如賦，脈脈此情誰述。君莫舞，君不見，玉環飛燕皆塵土！閒愁最苦，休去倚危欄，斜陽正在，菸柳斷腸處。

辛棄疾屢遭奸臣排擠，難以施展報國之才，内心十分苦悶，《摸魚兒》就抒發了詩人蹉跎歲月、報國無門的痛苦心情。作品上闋描寫晚春時節細雨紛紛，落花飄零，詩人觸景傷情，感嘆歲月無情。「風雨」、「落紅」、「芳草」等意象的描繪和「春」字的疊用，渲染了一種傷春悲時的情感氛圍。下闋寫詩人感嘆自己報國無門，壯志難酬。「長門事」、「相如賦」涉及一個典故：漢武帝陳皇后被君王冷落，她出重金請當時的著名文人司馬相如寫了一篇《長門賦》，希望能重新獲得皇帝的歡心。「玉環飛燕」分別指唐朝的楊貴妃和漢成帝的皇后趙飛燕，均為中國古代的美人。詩人用「蛾眉曾有人妒」暗喻自己才華出眾，卻遭奸臣嫉妒陷害。「玉環飛燕皆塵土」暗喻那些奸佞小人終將被歷史所唾棄。作品結尾，「危欄」、「斜陽」、「菸柳」等意象渲染了一種惆悵失落的情感氛圍。前面分析了溫庭筠的《更漏子》，下面是原詞和許淵冲的譯文：

柳絲長，春雨細，花外漏聲迢遞。驚塞雁，起城烏，畫屏金鷓鴣。

　　香霧薄，透幕簾，惆悵謝家池閣。紅燭背，綉簾垂，夢長君不知。

See willow tendrils long;
Hear vernal drizzle light,
As water clock beyond the flowers drips all night.
The wild geese start along
With crows on city wall
And golden partridges on the screen in painted hall.

The fragrant mist outspread
Seeps through the tapestry
Of my pavilion by the pond and saddens me.
Out burned the taper red;
Brocaded screens hang low;
I dream of you so long, but you don't know.

　　原詞上闋寫柳絲細長，春雨綿綿，漏聲不斷，帶給讀者一種綿延無盡的感覺，烘托了婦人內心纏綿無盡的春思，她聽著細雨淅瀝，輾轉難眠。許譯 See willow tendrils long / Hear vernal drizzle light / As water clock beyond the flowers drips all night 中 tendrils、drizzle、drips 通過元音［i］傳達了原詞意象「柳絲」、「細雨」、「漏聲」帶給讀者的一種細長、細小、細微的視覺和聽覺感受。原詞下闋寫閨房裡紅燭靜靜地燃燒，香霧繚繞，香氣透過幕簾傳到屋外，婦人沉浸在無盡的相思中。許譯 fragrant mist、tapestry、my pavilion by the pond、the taper red、hang low 保留了原詞的香閨意象，富於視覺美和嗅覺美。

　　對比是指詩人通過意象在內涵和色調上的強烈對比來表現「自身的經歷的重大曲折，或理想與現實的矛盾」[37]。對比是中國傳統的懷古詩常用的意象組合方式，宋代王安石的《桂枝香・金陵懷古》、元代薩都剌的《滿江紅・金陵懷古》、《念奴嬌・登石頭城》都運用了意象對比手法，嘆古悲今。王詞《桂枝香・金陵懷古》寫道：

登臨送目，正故國晚秋，天氣初蕭。千里澄江似練，翠峰如簇。徵帆去棹殘陽裡，背西風，酒旗斜矗。彩舟雲淡，星河鷺起，畫圖難足。

念往昔，繁華競逐，嘆門外樓頭，悲恨相續。千古憑高對此，漫嗟榮辱。六朝舊事隨流水，但寒煙衰草凝綠。至今商女，時時猶唱，后庭遺曲。

在一個深秋的傍晚詩人登高望遠，金陵城的美景盡收眼底，「千里澄江似練，翠峰如簇。徵帆去棹殘陽裡，背西風，酒旗斜矗。彩舟雲淡，星河鷺起，畫圖難足」寫現在的金陵城美景依舊，然而詩人並沒有為眼前的景色所陶醉，他撫今追昔，思緒萬千。金陵是中國六朝古都，歷來是繁華富貴之地，它見證了封建王朝的盛衰興亡。歷代統治者往往在國家興盛之時就開始驕奢淫逸，縱情聲色，不理國事，以至於朝政腐敗，國力衰竭，最終落到國破家亡的下場。更讓詩人擔憂的是，當今統治者並沒有以史為鑒，依舊沉迷酒色，荒淫無度，「至今商女，時時猶唱，后庭遺曲」描寫的是現在的意象，詩人以政治家深邃的歷史眼光和敏銳的洞察力，借古諷今，勸告當今統治者不要重蹈前人的覆轍。歷史無情，詩人不幸言中，北宋被金人所滅，山河淪落，國破家亡。詩人通過現實意象—歷史意象—現實意象之間的轉換和對比，賦予作品厚重的歷史感和深刻的哲理內涵。下面是許淵冲的譯文：

  I climb a height
  And strain my sight
  Of autumn late it is the coldest time;
  The ancient capital looks sublime.
  The limpid river, beltlike, flows a thousand miles;
  Emerald peaks on peaks tower in piles.
  In the declining sun sails come and go;
  In the west wind wineshop flags flutter high and low.
  The painted boat
  In clouds afloat,
  Like stars in Silver River egrets fly.
  What a picture before the eye!

> The days gone by
> Saw people in opulence vie.
> Alas! Shame came on shame under the walls,
> In palace halls.
> Leaning on rails, in vain I utter sighs
> O'er ancient kingdoms' fall and rise.
> The running water saw the Six Dynasties pass,
> But I see only chilly mist and withered grass.
> E'en now the songstresses still sing
> The songs composed by captive king.

原詞表現了清代學者陳廷焯在《白雨齋詞話》中所說的「沉鬱」之境。辜正坤在《中西詩比較鑒賞與翻譯理論》（2003）中認為王詞《桂枝香》有兩個妙處：一是善於用典，如「千里澄江似練」化用了南北朝詩人謝朓的「澄江靜如練」；二是政治寓意現實性強，該詞「氣勢沉雄，體氣剛健」。原詞上闋中，「登臨送目」淺層義是寫詩人登樓遠眺，深層義則是指詩人站在歷史的高度，洞察社會，剖析人生。許譯 I climb a height / And strain my sight 中 height 與 sight 押韻，strain 與 sight 形成頭韻，富於音美。height 既指高樓，又暗喻詩人在洞察社會和歷史上的思想高度。sight 既指詩人登樓遠眺時的視野，又暗指詩人深邃的歷史眼光，富於意美。The ancient capital looks sublime 中 sublime 表現了金陵城晚秋景色的壯麗，The limpid river, beltlike, flows a thousand miles / Emerald peaks on peaks tower in piles 中 limpid、beltlike、emerald 再現了金陵城秀山麗水的景色，peaks on peaks 描繪了金陵城重巒疊嶂的景象。In the declining sun sails come and go / In the west wind wineshop flags flutter high and low 中 sun / sails、west / wind、wineshop、flags / flutter 構成頭韻，具有音美，come and go 與 high and low 形成對仗。Like stars in Silver River egrets fly 沒有將「星河」譯為 Milky Way，而是靈活地處理為 Silver River，這樣 silver 具有鮮明的視覺美，又與 river 押韻，與 stars 形成頭韻，富於音美，What a picture before the eye! 用感嘆句式，語氣強烈，可謂「江山如此多嬌，引無數英雄競折腰」。

原詞下闋描寫了封建王朝的盛衰興亡，詩人感嘆社會和歷史的滄桑變化。許譯將「念往昔／繁華競逐」處理為 The days gone by / Saw people in opulence vie，將「六朝舊事隨流水」處理為 The running water saw the Six Dynasties pass，都採用了英語的特殊表達結構 something see，用無生命的 something 作主語，使

其擬人化（see），賦景以情，傳達了原詞所蘊含的深刻意境：歲月悠悠，河水靜靜地流淌，它們都目睹了人世間的滄桑變化。唐代張若虛《春江花月夜》中的「江月何年初照人」描寫詩人睹月思人，感嘆人世滄桑、歲月流逝，許譯 When did the moon first see a man by riverside? 也採用 something see 的表達法，傳達了原詩深刻的人生哲理，有異曲同工之妙。Alas! Shame came on shame under the walls 用感嘆詞 alas，語氣強烈，shame on shame 通過 shame 的疊用強調歷代統治者腐化墮落，導致國破家亡，蒙受恥辱。But I see only chilly mist and withered grass 與上文的 The running water saw the Six Dynasties pass 通過動詞 saw 與 see 在時態上的變化傳達了詩人對人世滄桑、歲月無情的深刻體驗和感受。原詞「至今商女，時時猶唱，后庭遺曲」描寫當今統治者沒有以史為鑒，依舊沉迷酒色，荒淫無度，讓詩人感到憂心忡忡，許譯 E'en now the songstresses still sing / The songs composed by captive king 中 songstresses、still、sing、songs 形成頭韻，清輔音［s］傳達出了原詞憂鬱傷感的情感氛圍，具有音美和意美。下面是元代詞人薩都剌的《滿江紅·金陵懷古》和楊憲益的譯文：

　　六代豪華，春去也，更無消息。空悵望，山川形勝，已非疇昔。王謝堂前雙燕子，烏衣巷口曾相識。聽夜深，寂寞打孤城，春潮急。

　　思往事，愁如織，懷故國，空陳跡。但荒煙衰草，亂鴉斜日。玉樹歌殘秋露冷，胭脂井壞寒螀泣。到如今，惟有蔣山青，秦淮碧。

> The splendor of the Six Dynasties
> Gone with the passsing of spring.
> And no more heard of again.
> In vain I look with regret at the mountains and rivers
> And all the well-known places,
> But they are no longer as in the past.
> Two swallows play before the fomer houses of Wang and Xie,
> In the Lane of Black Uniformed Guardsmen,
> And look familiar.
> Late at night I hear the rising tide
> Surging still against the lonely citadel.

When I think of the past

My mind is beset by many sorrows.

Only traces left of those former kingdoms

In ruins amid the mist and withered grass.

The sun sets and the crows fly in confusion;

No more the song about jade trees and flowers in the back court.

Only the autumn dew grows chill,

Only the ruins of the Rouge Well,

As the cold insects chirp and weep.

But the Jiang Mountain remains green.

The Qinhuai River azure and serene.

　　該詞在藝術表現手法上受唐代劉禹錫的《石頭城》、《烏衣巷》以及宋代王安石《桂枝香》的影響。原詞上闋描寫古都金陵已繁華不再,「王謝堂前雙燕子,烏衣巷口曾相識」化用了劉禹錫的「烏衣巷口夕陽斜」、「舊時王謝堂前燕」,而「聽夜深,寂寞打孤城,春潮急」化用了劉詩「潮打空城寂寞回」、「夜深還過女牆來」,描寫金陵城人去樓空,寂寥淒清。下闋通過「荒菸」、「衰草」、「亂鴉」、「斜日」、「秋露」、「胭脂井」等意象描寫了金陵城現在的衰敗景象,與「蔣山青,秦淮碧」形成強烈對比,人是物非,歷史滄桑。「但荒菸衰草,亂鴉斜日」化用了王安石的「徵帆去棹殘陽裡」、「但寒菸衰草凝綠」,而「玉樹歌殘秋露冷」化用了唐朝杜牧《泊秦淮》中的「商女不知亡國恨,隔江猶唱后庭花」,其用典源於陳代君主陳叔寶的《玉樹后庭花》。

　　楊譯上闋 Gone with the passing of spring / And no more heard of again / In vain I look with regret at the mountains and rivers / And all the well-known places / But they are no longer as in the past 表現金陵古城的繁華已成往事。Two swallows play before the fomer houses of Wang and Xie, 用 former 暗示了昔日王導、謝安等貴族的豪宅現已變成了普通百姓的居所,往日熙攘的烏衣巷也變得冷清寂寥。Late at night I hear the rising tide / Surging still against the lonely citadel 用 still 與上文的 gone、no more heard of again、no longer as in the past 形成對比描寫山河依舊,潮起潮落,而人類社會卻充滿了滄桑巨變。

　　下闋,My mind is beset by many sorrows 中 beset by many sorrows 傳達了詩人目睹昔日繁華的金陵古城如今破敗不堪的景象時的悲傷和惆悵。Only traces left of those former kingdoms 中 former kingdoms 與上闋的 fomer houses 前后呼應。In ruins amid the mist and withered grass / The sun sets and the crows fly in confusion 中 ruins、withered grass、confusion 再現了原詞所描繪的金陵城凋零破敗的景象。No more the song about jade trees and flowers in the back court 中 no more 與上闋的 And no more heard of again 相呼應，杜牧、王安石詩詞中所描寫的商女歌聲暗示了金陵城歌舞昇平的表面所潛藏的社會危機，而薩都剌詩中所描繪的金陵城已淪入元人之手，國破家亡，秦淮河上已聽不見商女的歌聲了。Only the autumn dew grows chill / Only the ruins of the Rouge Well / As the cold insects chirp and weep 將 only 放在兩行的句首，與上文 Only traces left of those former kingdoms 相呼應，only 的疊用語氣強烈，傳達了詩人思古悲今時的沉重心情，chill / cold 傳達了原詞所渲染的淒涼冷清的氛圍，chirp and weep 既描寫寒蟬的悲鳴，又暗寫詩人心中的悲泣。But the Jiang Mountain remains green / The Qinhuai River azure and serene. 用 green、azure and serene 與上文的 ruins、withered grass、confusion、chirp and weep 再現了原詞所描寫的大自然的寧靜美麗與金陵城的破敗荒涼、淒清陰鬱之間的鮮明對比。下面是薩都剌《念奴嬌·登石頭城》和卓振英的譯文：

　　石頭城上，望天低吳楚，眼空無物。指點六朝形勝地，惟有青山如壁。蔽日旌旗，連雲檣櫓，白骨粉如雪。一江南北，消磨多少豪杰。

　　寂寞避暑離宮，東風輦路，芳草年年發。落日無人松徑裡，鬼火高低明滅。歌舞樽前，繁華鏡裡，暗換青青髮。傷心千古，秦淮一片明月。

　　Atop the Rocky city I gaze
　　As far as Wu and Chu merge with the skies;
　　The world, which seems deviod of content, comes in sight.
　　Of the Six Dynasties what is still to be seen?
　　Only wall-like mountains green remain on the historic site.
　　The masts of galleys, which might have touch'd the clouds,
　　And the banners, which might have hidden the sun,
　　Have just left behind bones snow-white.
　　How many heroes, north and south of the river,
　　Had been ruin'd or reduc'd to a hopeless plight?

Each year in spring, with grasses growing lush

On its corridors, the royal summer resort,

Now desert'd, presents a sorry sight.

And after sunset, along the abandon'd paths below pines,

Will-o'-the-wisp ghastly rolls on, now dim, now bright.

Ere exquisite wine cups, the youth of men of th' hour

Had faded away, and in mirrors th' raven locks

Of pincely souls, sapp'd by song and dance, had turn'd white.

Forever gone is the heart-rending past, but lo,

O'er the Qinhuai River the moon, as before, is shining bright!

原詞上闋寫詩人登上金陵城放眼遠眺，思接千古，感慨萬千，「望天低吳楚，眼空無物，指點六朝形勝地，惟有青山如壁」氣象闊大，「蔽日旌旗，連雲檣櫓，白骨粉如雪。一江南北，消磨多少豪杰」化用了宋代蘇軾的《念奴嬌·赤壁懷古》：

大江東去，浪淘盡，千古風流人物。故壘西邊，人道是，三國周郎赤壁。亂石穿空，驚濤拍岸，卷起千堆雪。江山如畫，一時多少豪杰！

遙想公瑾當年，小喬初嫁了，雄姿英發。羽扇綸巾，談笑間，牆櫓灰飛煙滅。故國神遊，多情應笑我，早生華發。人間如夢，一尊還酹江月。

但薩詞與蘇詞在意境上有所不同，蘇軾生活在繁華鼎盛的北宋，其詞頌揚了馳騁疆場、叱咤風雲的歷史英雄人物，表達了昂揚向上的英雄主義精神，具有激情澎湃的陽剛之美。薩都剌生活於元朝，當時宋朝已亡，昔日繁花似錦的金陵古城經歷兵荒馬亂，早已蕭條破敗。在詩人看來，戰爭導致國破家亡，讓無數英雄豪杰命喪黃泉。原詞下闋，「寂寞」、「無人」、「鬼火高低明滅」與「東風」、「芳草」、「松徑」、「歌舞」、「繁華」、「青青」、「明月」形成強烈對比，描寫詩人目睹金陵城如今的荒涼冷清，想像其當年的繁華興旺，內心悲楚憂傷。

卓譯上闋 As far as Wu and Chu merge with the skies 用 merge with the skies 再

現了原詞所描繪的吳楚大地遼闊的景象，The masts of galleys, which might have touch'd the clouds / And the banners, which might have hidden the sun / Have just left behind bones snow-white 再現了原詞「蔽日旌旗，連雲檣櫓，白骨粉如雪」所描繪的畫面。How many heroes, north and south of the river / Had been ruin'd or reduc'd to a hopeless plight? 中 ruin'd、hopeless plight 準確地傳達了原詞「消磨多少豪傑」的含義，hopeless plight 與 bones snow-white 相呼應，傳達了詩人對殘酷無情的戰爭的批判和對命喪黃泉的英雄豪傑的痛惜。

下闋 Each year in spring, with grasses growing lush / On its corridors, the royal summer resort / Now desert'd, presents a sorry sight 中 desert'd、sorry sight 與 lush 形成對比，與上闋的 hopeless plight 相呼應，再現了原詞所描繪的昔日行宮如今的荒涼破敗的景象。And after sunset, along the abandon'd paths below pines / Will-o'-the-wisp ghastly rolls on, now dim, now bright 中 abandon'd、ghastly 與上文的 desert'd、sorry sight 相照應，再現了行宮寂寥陰森的景象。Ere exquisite wine cups, the youth of men of th' hour / Had faded away, and in mirrors th' raven locks / Of pincely souls, sapp'd by song and dance, had turn'd white 中 had faded away 與 had turn'd white 表現了貴族將相縱情聲色，虛擲光陰，最終老大徒傷悲。Forever gone is the heart-rending past, but lo / O'er the Qinhuai River the moon, as before, is shining bright! 中 forever gone 放在句首，與 as before 再現了原詞古與今的對比，語氣強烈，表達了詩人對歷史和人生的無限感慨，heart-rending 傳達了詩人內心的悲愴。

輻射是指詩歌意象群中「中心意象特別突出，居於支配地位，其他的意象處於環繞、映襯、延伸的地位，或者是對中心意象的具體渲染、強化」[38]。在中國古詩中有大量詠物言志的作品，詩人以自然景物中的花草林木等為中心意象和抒情對象，採用比興手法，寄託自己的思想情感。宋詞的文體特點是婉約蘊藉，曲達其情，在詠物言志的手法運用上達到了很高的藝術成就。以詠梅為例，宋詩詞有不少佳作，如林逋的《梅花》、陸遊的《卜算子》、姜夔的《疏影》和《暗香》等。姜夔的兩首詠梅詞分別化用了林逋的「暗香浮動月黃昏，疏影橫斜水清淺」，是宋詞中的詠梅名篇。蘇軾的《洞仙歌》是一篇詠柳詞，下面是原詞和許淵沖的譯文：

江南臘盡，早梅花開后。分付新春與垂柳。細腰肢自有入格風流，仍更是骨體清英雅秀。

永豐坊那畔，盡日無人，誰見金絲弄晴晝？斷腸是飛絮時，綠葉

成陰，無個事，一成消瘦。又莫是東風逐君來，便吹散眉間一點春皺。

By the end of the year at the Southern shore
When early mume blossoms disappear,
The newcome spring dwells on the weeping willow tree,
Its slender waist reveals a personality free.
And what is more,
Its trunk appears more elegant and free.

Along the way
There is no sightseer all the way.
Who'd come to see your golden thread in sunlight sway?
Your heart would break to see catkins fly,
Your green leaves make a shade of deep dye.
Having nothing to do,
You would grow thinner, too.
If you come again with vernal breeze now,
It would dispel the vernal grief on your brow.

　　原詞上闋寫早春時節楊柳抽出新條，隨風飄舞，婀娜多姿，風流雅致。詩人不僅採用擬人手法，把楊柳比作身材苗條的美女，而且還描寫了楊柳的風姿神韻（「骨體清英雅秀」）。下闋寫柳絮紛飛，但無人前來賞柳，作者用擬人手法描寫楊柳寂寞孤苦，愁腸欲斷，只有東風能驅散其憂傷。在宋詞翻譯中譯者要深刻剖析原詞的意象組合結構，把握中心意象與從屬意象的內在聯繫，通過譯語力求保留原詩的意象結構，傳達其思想情感內涵。許譯上闋，Its slender waist reveals a personality free 中 personality free 傳達了「人格風流」的含義，Its trunk appears more elegant and free 中 elegant and free 傳達了「清英雅秀」的含義，兩個 free 強調了楊柳超凡脫俗的氣質和自由不羈的風格。譯文下闋用第二人稱 you，再現了原詞的擬人手法，Who'd come to see your golden thread in sunlight sway 中 sunlight sway 押頭韻，sway 再現了楊柳隨風起舞的婀娜身姿，具有音美和意美。Your green leaves make a shade of deep dye 中 deep dye 押頭韻，具有音美。

剪接是指詩歌的各意象之間存在時間和空間的轉換跳躍，詩人「對意象的選擇與組織完全衝破了時空的局限，遵循情意運動的旋律與節奏，自由聯接」，「運用剪輯組合，在作品中穿插進過去或懸想的種種意象，能拓展意境界的時、空界域，增加作品的厚重感」。[39] 宋詞繼承和發展了中國古詩的比興手法，通過大量用典評古論今，其審美意象在時間和空間上富於跳躍性。在宋詞翻譯中譯者要深刻把握原詞意象在時間與空間上的結構安排，通過譯語力求傳達出詩人思想情感的發展脈絡。下面是賀鑄的《青玉案》和許淵冲的譯文：

　　凌波不過橫塘路，但目送芳塵去。錦瑟華年誰與度？月橋花院，瑣窗朱戶，只有春知處。

　　飛雲冉冉蘅皋暮，彩筆新題斷腸句。試問閒愁都幾許？一川菸草，滿城風絮，梅子黃時雨。

Never, never again
Will you tread on the waves along the lakeside lane!
I follow with my eyes
The fragrant dusts that rise.
With whom are you now spending your delightful hours,
Playing on zither string,
On a bridge'neath the moon, in a yard full of flowers,
Or at the curtained window of a crimson bower,
A dwelling only known to spring?

At dusk the floating cloud leaves the grass-fragrant plain;
With blooming brush I write heart-broken verse again.
If you ask me how deep and wide I am lovesick,
Just see the misty stream where weed grows thick,
The town o'erflowed with willowdown that wafts on breeze.
The drizzling rain that yellows all mume trees!

　　賀鑄是北宋的重要詞人，清代《彥周詩話》評價說：「世間有《離騷》，惟賀方回、周美成時時得之」，賀、周詞風「最奇崛」。賀鑄與秦觀等蘇門詞人關係密切，詞風相近，葛曉音在《唐詩宋詞十五講》中認為賀詞「懷古言

志、抒寫閒情往往與自己失意的遭遇聯繫在一起，清雋婉約處有接近秦觀的一面」。賀詞上闋描寫主人公獨居深院，思念遠方的愛人，想像她輕盈的體態。「凌波不過橫塘路」化用了北魏曹植《洛神賦》中的「凌波微步，羅襪生塵」。「錦瑟」是中國古詩詞中一個常見的文化意象，常用以表達詩人對逝去的美好年華的追憶，賀詞「錦瑟華年誰與度」化用了唐朝李商隱的《錦瑟》（「錦瑟無端五十弦，一弦一柱思華年」）。賀詞下闋寫主人公想書信傳情，表達自己對愛人的深深思念。「試問閒愁都，一川菸草，滿城風絮，梅子黃時雨」化用了宋代寇準的「梅子黃時雨如霧」，歷來為詩家所激賞，詩人採用象徵手法和意象並置手法，通過「菸草」、「風絮」、「梅子」、「黃時雨」等意象寄托主人公剪不斷、理還亂的思緒，葛曉音評論說：「從字面看，一望無垠的平川上菸霧朦朧中的草、空中紛飛的花絮、梅子黃時連綿不停的如霧如菸的雨，都是寫春夏之交的梅雨季節典型的景物特徵，而就其比喻來看，又將綿綿不絕、迷蒙紛亂而又充塞天地無所不在的閒愁形象地表現出來了。」[40]

　　許譯上闋，Never, never again 採用倒裝句式，將兩個 never 放在句首，Will you tread on the waves along the lakeside lane！語氣強烈，傳達了主人公對遠方愛人的苦苦思念。原詞中「月橋」、「花院」、「瑣窗」、「朱戶」描寫了中國古詩中特有的深院意象，許譯 a bridge'neath the moo /a yard full of flowers / curtained window / a crimson bower 保留了原詞的意象。由於漢、英之間的語言差異，許譯沒有保留原詞的意象並置結構，而是運用了 on、beneath、in、at 等英語介詞，不如原詞含蓄。下闋，At dusk the floating cloud leaves the grass-fragrant plain 中 fragrant 與上闋 The fragrant dusts that rise 中的 fragrant 相呼應，With blooming brush I write heart-broken verse again 中 blooming brush 形成頭韻，具有音美。If you ask me how deep and wide I am lovesick 中 deep and wide 強調主人公對愛人的情思深沉而無邊無際，Just see the misty stream where weed grows thick 中 misty stream 再現了川流的霧靄朦朧，weed grows thick 描寫了碧草的繁盛，thick 與 lovesick 相呼應，表現主人公的情思（lovesick）像茫茫碧草一樣無邊無際，青草越碧綠茂盛，主人公的情思越深沉（thick）。The town o'erflowed with willow-down that wafts on breeze 用 o'erflowed 再現了原詞所描繪的花絮滿天飛舞的場面，也暗示了主人公內心無盡的惆悵，The drizzling rain that yellows all mume trees！用 yellow 作動詞，譯法靈活。許譯用第二人稱 you，傳達了主人公對遠方愛人的強烈感情，富於感染力。

　　在宋詞英譯中，作為譯入語的英語是形合語言，其句子的各組成要素之間通過關聯詞銜接起來，其語義邏輯關係清晰明確。在宋詞英譯中譯者不應一味

地將原詞意象的朦朧意味明晰化，而應最大限度地挖掘英語的表現潛力，盡可能地再現宋詞意象的朦朧含蓄美。下面是周邦彥的《瑞龍吟》和許淵冲的譯文：

　　章臺路，還見褪粉梅梢，試花桃樹。坊陌人家，定巢燕子，歸來舊處。

　　黯凝佇，因念個人癡小，乍窺門戶。清晨淺約宮黃，障風映袖，盈盈笑語。

　　前度劉郎重到，訪鄰尋裡，同時歌舞。惟有舊家秋娘身價如故。吟箋賦筆，猶記燕臺句。知誰伴名園露飲，東城閒步？事與孤鴻去。探春盡是，傷離意緒。官柳低金縷，歸騎晚，纖纖池塘飛雨。斷腸院落，一簾風絮。

Along the street to Mansion green
Some twigs of faded mumes can still be seen
And peach trees try to put forth blossoms sweet.
So quiet are the houses on the street;
The swallows seeking rest
Come back to their old nest.

I stand still, lost in thought of you,
So young, so fond, who came
To peep through cracks between the door and its frame.
At dawn, just thinly powdered in the yellow hue,
Against the wind you try to hide
Your face in sleeves, giggling aside.

I who once came now come again;
Neighboring houses still remain.
Where I saw you sing and dance then.
Only the Autumn Belle of yore
Enjoy a fair fame as before.

Trying a pen, I write a poem new.
Can I forget the old one writ for you?
If I but knew
Who is drinking with you in a garden of pleasure,
Or strolling now with you east of the town at leisure!
The past is gone
With lonely swan.
I seek for spring
Only to find past sorrow lingering.
The willows bend with their leaves painted gold;
I come away as it is late and cold.
The poolside drizzle grieves.
Back to the heartbreaking courtyard,
I saw a scenery willowdown weaves
As wind blows hard.

在宋代詞人中，蘇軾以詩為詞，辛棄疾以文為詞，柳永和周邦彥則以賦為詞，其景物描寫善於鋪陳。周濟在《宋四家詞選》中認為「清真，集大成者也」，王國維在《人間詞話》中認為美成詞「精壯頓挫」，讀來「曼聲促節」，「清濁抑揚」，音韻婉轉，美成「言情體物，窮極工巧」，為「詞中老杜」，其詞感人至深。袁行霈在《中國詩歌藝術研究》中認為周詞「渾厚典重、藏鋒不露」，其鋪陳形成回環往復的結構，「情濃意蜜，綢繆宛轉，剪不斷，化不開」。[41] 葛曉音在《唐詩宋詞十五講》中認為周詞「講究藝術構思和表現手法」，「筆筆勾勒，字字刻畫，句句鍛煉」，善於「咏物寫景」，「不但寄托較深，而且刻畫形象傳神逼真」，「工於寫物，而能做到情辭兼勝」，不僅煉字，而且「講究章法，長調立意分明，章法穩妥，復以細筆襯托，愈勾勒愈渾厚。」[42]

周詞《瑞龍吟》為長調詞，共三片。首片寫主人公故地重遊，物是人非，他觸景生情，思念起昔日的情人。周詞以善於用典而著稱，「章臺路」在中國古詩中常指代冶遊尋歡之地，如歐陽修《蝶戀花》（「玉勒雕鞍遊冶處，樓高不見章臺路」）。第二片寫主人公回憶當年與情人見面時的場景：「初窺門戶時笑語盈盈的天真爛漫，以及淡妝掩映在風袖中的情態，都很細緻生動。」（葛曉音）第三片寫主人公思念昔日的情人，內心無比惆悵悲苦，「前度劉郎重

到」化用了唐代劉禹錫《再遊玄都觀》(「玄都觀裡桃千樹,盡是劉郎去后栽」),而「一簾風絮」化用了宋代賀鑄《青玉案》(「一川菸草,滿城風絮,梅子黃時雨」)。用典是中國古詩的傳統,宋詞富於文化氣息,宋代詞人飽讀詩書,善於向前輩詩人學習,將其詩中典故巧妙地融入自己的詞中而不露痕跡。

許譯首片,And peach trees try to put forth blossoms sweet 用 sweet 既描寫桃花的芬芳,又傳達了主人公重遊故地時內心的喜悅。So quiet are the houses on the street 用倒裝句式,將 so quiet 放在句首,強調四周環境的安寧靜謐。第二片,So young, so fond, who came 中 so young, so fond 用排比結構強調了主人公對昔日情人的愛憐之情。Against the wind you try to hide / Your face in sleeves, giggling aside 用象聲詞 giggle 描寫了昔日情人銀鈴般的笑聲,hide、aside 生動地再現了她羞澀的神態。第三片,Only the Autumn Belle of yore / Enjoy a fair fame as before 中 Belle 採用歸化譯法,帶有西方文化色彩,fair / fame 形成頭韻,具有音美。Can I forget the old one writ for you? 用問句形式,表達主人公對昔日情人難以忘懷。If I but knew / Who is drinking with you in a garden of pleasure / Or strolling now with you east of the town at leisue! 用虛擬式和疑問感嘆句式,語氣強烈,傳達了主人公對昔日情人的深深懷念。With lonely swan / I seek for spring / Only to find past sorrow lingering 用 only to 結構和現在分詞 lingering,表現主人公在春日踏青賞花,但對昔日情人的思念卻久久纏繞在心間,揮之不去。I come away as it is late and cold 中 cold 既描寫傍晚天氣轉涼,又暗寫主人公內心淒涼孤苦,The poolside drizzle grieves / Back to the heartbreaking courtyard 中 grieves、heartbreaking 傳達了主人公內心的悲傷痛苦,I saw a scenery willowdown weaves 中 a scenery willowdown weaves 含蓄朦朧,帶給讀者無盡的想像空間。

三、宋詞意象情感美的再現

(一) 中國傳統詞學的情感論

中國傳統詩學高度重視詩歌的情感美,在中國古代詩樂一體,《樂記》、《詩大序》認為音樂起於志,發於情,情與歌、舞、言、聲、音之間存在一種密切的生發關係,鐘嶸在《詩品》中說:「氣之動物,物之感人,故搖蕩性情,形諸舞咏。」唐代白居易認為詩根於情,明代王夫之認為「詩以道情」,李東陽、李夢陽提出格調說,認為詩有七難,最難者是「情以發之」,徐楨卿認為詩包含情、氣、聲、詞、韻五個要素,其中情是核心要素。李贄提出了童

心說，強調文學要表現真情、真意、真心，對后世文學產生深遠影響。戲曲大師湯顯祖反理倡情，認為「理在而情亡」，強調「情生詩歌，而行於神」。

宋詞是中國古詩藝術的高峰，達到了情景交融、境象渾然的藝術高度。宋代詩學強調真，詩人以真心感受自然，其作品以真情動人，表露詩人的真實靈魂。宋詞的審美情感往往蘊涵了詩人對宇宙、天地、人生的深刻反思，達到了人生哲理的高度。中國詞學繼承了傳統詩學抒情言志的特點，清代學者張惠言在《詞選序》中認為詞因情而生（「緣情造端，興於微言，以相感動。極命風謠裡巷男女哀樂，以道賢人君子幽約怨悱不能自言之情，低徊要眇以喻其志」）。沈祥龍在《論詞隨筆》中認為詞「借物以寓性情，凡身世之感，君國之憂，隱然寓於其內」。謝章鋌認為詞人「當歌對酒，而樂極哀來，捫心渺渺，閣淚盈盈，其情最真」。王國維在《人間詞話》中以性情和境界為標準評價了大量詞人的作品。況周頤在《蕙風詞話》中認為「真字是詞骨」，詞「多發於臨遠送歸，故不勝其纏綿悱惻」。言情之詞須「情景交煉」，方有「深美流婉之致」，言情貴「蘊藉有致」。張利群在《詞學淵粹——況周頤〈蕙風詞話〉研究》（1997）中指出，詞要表達「真情、至情、深情、婉情」，詞之情包含四個層次：第一層次為性情，即樸素之情；第二層次是至真之情，即真實自然之情；第三層次是至正之情，即以理性為導向的情感；第四層次為至情，即深厚純正之情。[43]

（二）詞人創作中的情感體驗

詞的意象是表意之象、傳情之象，它是詩人情感體驗的產物。詩人的情感體驗貫穿於創作的三個階段：體物感興、藝術構思、語言表達。在體物感興階段，詞人體驗生活，感受宇宙、天地和人生，在頭腦中累積起那些讓他特別感動的物象，陸機《文賦》認為詩「緣情而綺靡」，詩人「遵四時以嘆逝，瞻萬物而思紛，悲落葉於勁秋，喜柔條於芳春」。劉勰《文心雕龍》認為詩人「登山則情滿於山，觀海則意溢於海」。吳建民在《中國古代詩學原理》中認為詩人「玄覽自然萬物，感嘆四時往復變化，產生或悲或喜的紛紛思緒」。

朱光潛在《詩論》中認為詩的意象（意境）產生於主體之情趣與外在景物的融合，主體「凝神觀照之際，心中只有一個完整的孤立的意象，無比較，無分析，無旁涉，結果常致物我由兩忘而同一，我的情趣與物的意態遂往復交流，不知不覺之中人情與物理互相滲透」。主體通過移情體驗將內心之情意融入大自然之景物，與其水乳交融，渾然一體，主體「可以看出內在的情趣和外來的意象相融合而互相影響。比如，欣賞自然風景，就一方面說，心情隨風景千變萬化」，「就另一方面說，風景也隨心情而變化生長，心情千變萬化，

風景也隨之千變萬化，惜別時蠟燭似乎垂淚，興到時青山亦覺點頭……情景相生而且相契合無間，情恰能稱景，景也恰能傳情，這便是詩的境界。」[44]況周頤在《蕙風詞話》中強調言情之詞須「情景交煉」，詩人之情與大自然之景相互交融。詩人投入深沉真摯的感情去感受生活，當其情感體驗累積到一定程度，就會形成一股強大的力量，在詩人內心激發起強烈的、難以遏制的創作慾望和衝動，來表達對生活的深切感受。

　　中國傳統詩學認為藝術創作是心物感應的過程，是一種「興」的過程。劉華文在《漢詩英譯的主體審美論》（2005）中認為詩人的審美感應包含三種：一是以客體為中心的物本感應，即詩人被生活景象所觸動；二是以主體為中心的心本感應，即詩人帶著特定的情緒去體驗生活；三是主客不分的心物融合感應，即詩人的內心情感與外在生活場景之間產生共鳴。胡經之在《文藝美學》中認為詩人「對審美對象產生積極的審美注意」，通過虛靜、凝神達到虛心澄懷，對審美對象作「精細入微、獨到殊相的審美觀照」，最後在「凝神之瞬間，主體對客體的外在形式（色、線、形、音等）產生了直覺的審美愉悅，勃然而起一種興發感動之情。這種感物起興的興發激盪，使主體迅速進入一種激情之中」。[45]張惠言在《詞選序》中說詞「緣情造端，興於微言，以相感動」，說的就是詞人有感而發、有情而生的感興體驗。

　　詞人創作的第二步是藝術構思。詩人發揮想像和聯想，投入審美情感對頭腦中的生活印象進行藝術加工，使其昇華為審美意象，來表現生動優美、情景交融的畫面和場景。它是詩人心中之景、情中之景，是詩人生命情感體驗的結晶，融合了畫境美、情境美、意境美。李詠吟在《詩學解釋學》中認為文學創作是一種意象思維或象徵思維，它離不開「新異、獨創、鮮明、燦爛、驚人的意象，離不開關於意象的象徵性情感。意象與情感構成一種親密關聯」。詩人與大自然心心相印，賦予自然景物以生命和靈性，詩人之情與自然之景水乳交融，這就形成了詩的意境，朱光潛在《詩論》中指出：「情景相生而且相契合無間，情恰能稱景，景也恰能傳情，這便是詩的境界。」

　　詩歌意境的情感美賦予作品藝術感染力，它表現了一種藝術真實，其核心是情感真實，胡經之在《文藝美學》中指出，作家的情感體驗「發自肺腑，真率誠摯猶如水晶，而絕不稍加掩飾扭曲、摻假作偽。要達到如此之真，則作家非得體驗得深，愛得真，恨得切，體味人生真切入微，表現自己的真情摯意，才能『一情獨往，萬象俱開』，達到對對象內在真實和世界真假的真切把握。只有主體審美體驗的真，才能最後創作出真情景意的藝術作品。」[46]吳建民在《中國古代詩學原理》中認為詩人的藝術構思「以鑄造生動活潑、充滿

生命情韻的審美意象為根本目的，詩人通過構思，將勃勃躍動的情感意緒、生命精神注入對應的藝術表象之中，從而使主體生命精神對象化，由此而創構出體現著詩人生命精神的審美意象」[47]。情感真實是詩歌藝術感染力的根本所在，陳聖生在《現代詩學》中認為詩歌追求情真、景真、事真、意真，具有「融情入理、情景交融和情事互映」的特點，帶給讀者「富有哲理之情」的審美快感，它是真和善的統一，是「可以感覺的思想和具有深邃思想的情感」。[48]

況周頤在《蕙風詞話》中認為詞「陶寫乎性情」，表現一種藝術情感的真實，詞人的藝術構思包括以下階段：「有意即佳」，即詞人創作時內心要有真情真意，有感而發；「意內言外」，即詞人把自己內心的真情真意用栩栩如生的語言表達出來；「設境意中」，即詞表現了一種情景融合的審美意境（「善言情者，但寫景而情在其中」）。張利群在《詞學淵粹——況周頤〈蕙風詞話〉研究》（1997）中將詞的藝術情感真實歸納為四個方面：一是虛實相交的「真幻」說，即詞的藝術真實是一種想像真實、理想真實、情理真實；二是天人合一的「真率」說，即詞追求自然天成與藝術技巧的結合（「自然從追琢中出」）；三是情景交融的「逼真」說，即詞追求情真、景真、意真；四是形神統一的「生氣」說，即詞形神兼備才有生氣（「詞小而不纖，最有生氣」）。

況周頤認為詞人的藝術構思是體情立意的過程，張利群將其歸納為五個方面：一是立意要新，即詞所表現的意境、情境要新穎獨特，富於個性；二是立意要深，即詞要表現「重」、「拙」、「大」三種詞境中的厚重、凝重之境；三是立意要真，即況周頤所說的「情真，景真，所作必佳」；四是立意要婉，詞以婉約為本色，故「不勝其纏綿悱惻」，詞須「情景交煉」方有「深美流婉之致」，詞言情貴「蘊藉有致」；五是立意要實，即詞應虛實相生，不宜一味求虛，流於晦澀。[49]

詞人創作的第三步是語言表達。詞人在體物感興和藝術構思的基礎上將自己（作品主人公）的情感體驗外化為生動形象的語言文字符號，將構思成熟的審美意象外化為語象。《毛詩序》說：「詩者，志之所之也，在心為志，發言為詩，情動於中而形有言。」詩歌語言飽含了作者深沉真摯的情感，富於藝術感染力，張惠言在《詞選》中認為「意內而言外，謂之詞」，周濟強調詞要有寄托，詞的語言要有深刻寓意。況周頤在《蕙風詞話》中強調詞的語言要「淡淡著筆，音外卻有無限感愴」，「以清遒之筆，寫慷慨之懷」。語言表達是一種修辭審美藝術，詞人反覆煉字煉句、煉意落味，力求作品情真、景真、意深、味濃、韻厚。

中國古詩表達情感常採用賦、比、興的手法，宋詞繼承和發揚了這一手法，將其推向了藝術的高峰。在中國古詩中賦就是鋪陳景物意象，宋代柳永、周邦彥等人的長調詞大量運用了賦的手法，通過意象的鋪排渲染和烘托作品的情感氛圍。比是指詩人以此物比喻他物，來委婉含蓄地表達思想情感，宋代蘇軾、陸遊、姜夔等人的詠物詞大量運用了比物言志的手法，以含蓄地抒發內心的情感。興是指詩人感物起興，神遊於詩歌的藝術世界中，通過興寄手法抒發情懷。胡經之在《文藝美學》中談道，主體之興從「起初的動發興騰」上升到神思，它是一種「激盪的、神祕的、高妙的」體驗，主體的情思「超越現即時空，悠遊於心靈所獨創的時空中奇思妙想，無遠弗界」，主體「身在此而心在彼，可以由此及彼，不受身觀局限，停止感官知覺以凝神妙想。在時間上情思能無限無礙地悠遊到過去、未來，在空間上，可窺到四荒八極，而意象紛呈」，最后達到興會的境界。這個過程可表示為：感物→興→神思→興會。

詩人情感體驗在最高層次上是一種人與物化的生命體驗，主體與客體「靈犀相通，『情往似贈，興來如答』，體精察微，洞奧知玄」，主體在客體上「注入了自己的人格和生命」，與對象之間「消除了疏遠和對峙，產生出一種忘懷一切的自由感」，這種「精誠專一，體味杳冥之境界，是過去、現在、未來瞬間統一」，主體「獲得高度的精神自由解放，超越現即時空，達到一種悠遠無限的『遊』的境界」。[50] 詩人通過興的手法能使作品獲得一種時間和空間上的審美意境，蘊含一種深刻的人生哲理。宋代蘇軾、辛棄疾等人的詞善於運用寄興的手法，表現一種宇宙時空的蒼茫感和歷史人生的厚重感。

(三) 宋詞情感美的闡釋和再現

譯者闡釋宋詞的意象美時通過移情體驗深刻感受詞人（作品人物）的情懷和志趣，觸摸其靈魂，分享其快樂，分擔其愁苦，達到精神的契合。翁顯良在《譯詩管見》中談道：「詩言志，賦詩言己之志；譯詩則言人之志，這就要求以作者之心為心。而要以作者之心為心，不能不知人論世」；「譯詩固然要做他人的夢，詠他人的懷，但在一定程度上也要做自己的夢，詠自己的懷。不做他人的夢，不詠他人的懷，隨心所欲，無中生有，實行作者未必然，譯者未必不然，就不能稱為譯。不做自己的夢，不詠自己的懷，無所感悟，言不由衷，就不能成為詩；譯詩而不能成為詩，恐怕也難以稱為譯。」[51]

張成柱在《文學翻譯中的「情感移植」》中認為文學翻譯需要情感移植，譯者對原作「反覆閱讀與體驗，化他人作品之實為我體驗之虛——思想、情感、氣氛、情調等等，也就是克服譯者與作者、譯者與作品之間的時空差、智能差、風格差以及情感差」，譯者必須「切切實實地進行體驗，體驗出原作字

裡行間所包含的情感」，只有「那種珍視文學、有較高文學修養、有靈感悟性、有熱忱感情和美學追求、有豐富社會經驗和鑑別能力的人才有可能完成這種移情體驗，才能化他作為我所有，從而邁出文學翻譯中關鍵的第一步」。譯者充分發揮形象思維和抽象思維，他「對表象的捕捉與拈連，靠形象思維和生活經驗的累積；對模糊美的發現與挖掘，靠抽象思維和才情；對情調、感情的體察與感受，靠敏銳而正直的藝術心靈。表象、模糊美和情感的糅合、發酵和釀制，得出準確而生動的移情體驗，為移情的翻譯打好堅實的基礎」[52]。

情感體驗貫穿譯者藝術再創造活動的整個過程，它激發譯者的創造慾望和藝術靈感。龔光明在《思維翻譯學》中認為譯者的情感體驗能「促成意象由心理向符號的轉化，在其中起組織和協調的作用，並賦予語言意象以勃勃的生氣和感染力」，譯者「藝術情感的激越是其翻譯藝術靈感迸發的前階」，譯者闡釋原作時「在意象觸發、形成與轉換的過程中」，通過「灌情、移情、宣洩」等方式「使其生氣灌注賦予翻譯藝術思維以獨特的感召力，甚至在思維創造中進入迷狂狀態」，在譯語表達階段，譯作意象的「生成與轉換有賴於譯者情操作它的質地，也有賴於情境的協調和情緒的推動」[53]。晚唐詞人韋莊的作品善寫閨房春思，下面是《歸國遙》和許淵冲的譯文：

金翡翠，為我南飛傳我意。卷畫橋邊春水，幾年花下醉？
別后只知相愧，淚珠難遠寄。羅幕綉帷鴛被，舊歡如夢裡。

Halcyon, fly!
Fly south and carry word for me:
Beside the painted bridge where spring river goes by,
When can we 'neath the flowers drink again with glee?

Since you left, all I've known is but regret,
But I can't send my tears afar by rivulet.
Gauze curtain, broidered screen and lovebird quilt
Past joys like dreams can't be rebuilt.

原詞上闋，「金翡翠」指的是翠鳥，思婦希望它飛到南方，帶去對情人的思念之情。下闋寫翠鳥南飛，卻遲遲沒有帶回遠方情人的音信，思婦望眼欲穿，內心無比惆悵。許譯上闋，Halcyon, fly / Fly south and carry word for me 保

留了原詞的祈使句式，fly 的疊用語氣強烈，傳達了主人公對遠方情人的深刻思念。When can we 'neath the flowers drink again with glee 保留了原詞的問句形式，glee 傳達了婦人對昔日與情人飲酒賞春的美好時光的留戀之情。下闋，Since you left, all I've known is but regret 中的 but 強調思婦內心的失落和遺憾。原詞「淚珠難遠寄」寫主人公雖思念遠方情人，卻無鴻雁傳書，只能以淚洗面，許譯 But I can't send my tears afar by rivulet 中的 but 與上一行的 but 相呼應，傳達了主人公孤苦無助和無可奈何的心情。Past joys like dreams can't be rebuilt 用否定句，與上闋的 When can we 'neath the flowers drink again with glee 相呼應，思婦本希望與遠方情人團聚，重溫往昔的美好時光（drink again with glee），而如今隨著時間的流逝，她已經夢想破滅（can't be rebuilt），內心絕望。唐代王勃和宋代王安國分別寫了一首《滕王閣》和《題滕王閣》，兩首詩可謂珠聯璧合，王勃詩寫道：

> 滕王高閣臨江渚，佩玉鳴鑾罷歌舞。
> 畫棟朝飛南浦雲，珠簾暮卷西山雨。
> 閒雲潭影日悠悠，物換星移幾度秋。
> 閣中帝子今何在？檻外長江空自流。

原詩「滕王高閣臨江渚」描寫了滕王閣依江而立、居高臨下的雄偉氣勢和景象，表現了一種空間美。「佩玉鳴鑾罷歌舞」寫詩人想像歷史上滕王閣曾經是一派絲竹聲聲、歌舞升平的熱鬧景象，而如今人去樓空，物是人非，意象的描寫從視覺美轉到聽覺美。「畫棟朝飛南浦雲，珠簾暮卷西山雨」，詩人的視線移向遠方，從描寫高景轉向描寫遠景，大自然的風風雨雨、雲起雲落喻示人世的滄桑。「閒雲潭影日悠悠，物換星移幾度秋」，詩人感嘆歲月無情，從空間意象的描寫轉為對時間（日悠悠、星移）的體驗。「閣中帝子今何在？檻外長江空自流」，詩人感嘆歷史上的英雄豪傑已如流水逝去，光陰荏苒，韶華易逝，詩人渴望早日實現自己的理想抱負。下面是王安國詩和許淵冲的譯文：

> 滕王平昔好追遊，高閣依然枕碧流。
> 勝地幾經興廢事，夕陽偏照古今愁。
> 城中樹密千家市，天際人歸一葉舟。
> 極目滄波吟不盡，西山重疊亂雲浮。

Prince Teng was fond of visiting each pretty scene;
His lofty tower still o'erlooks the river green.
The ups and downs of dynasties have come in view;
The setting sun slants, laden with griefs old and new.
The town is thick with trees that shade a thousand shops;
The horizon is dotted with a sail that flops.
Endlessly I sing of waves stretching out of sight
And watch o'er Western Hills cloud upon cloud in flight.

許譯首聯 Prince Teng was fond of visiting each pretty scene / His lofty tower still o'erlooks the river green 中 lofty 與 o'erlooks 再現了滕王閣巍峨雄偉的氣勢。The ups and downs of dynasties have come in view / The setting sun slants, laden with griefs old and new 中 setting sun slants 壓頭韻，富於音美，laden with griefs 傳達了詩人內心無盡的悲愁。原詩「城中樹密千家市／天際人歸一葉舟」中「千家市」與「一葉舟」形成多與少的對比，強調了旅人獨自飄泊在外的淒涼和悲楚，許譯 The town is thick with trees that shade a thousand shops / The horizon is dotted with a sail that flops 再現了原詩的對仗結構和對比手法，flop 意思是 move or fall clumsily, helplessly or loosely，生動地再現了小舟艱難前行的場景，Endlessly I sing of waves stretching out of sight / And watch o'er Western Hills cloud upon cloud in flight 中 endlessly 放在句首，語氣強烈，既寫詩人吟咏不盡（sing），又寫滔滔江水奔流不息，綿延不絕（stretching），And watch o'er Western Hills cloud upon cloud in flight 中 cloud upon cloud 再現了原詩所描寫的白雲漫漫的景象。

註釋：

[1] 雷淑娟. 文學語言美學修辭［M］. 上海：上海財經大學出版社，2004：120-121.

[2] 吳晟. 中國意象詩探索［M］. 廣州：中山大學出版社，2000：14-15.

[3] 黃書泉. 文學批評新論［M］. 合肥：安徽大學出版社，2001：294.

[4] 陳聖生. 現代詩學［M］. 北京：社會科學文獻出版社，1998：84-96.

[5] 辜正坤. 中西詩比較鑒賞與翻譯理論［M］. 北京：清華大學出版社，2003：28.

[6] 胡經之. 文藝美學［M］. 北京：北京大學出版社，1999：325-330.

［7］譚德晶. 唐詩宋詞的藝術［M］. 上海：學林出版社，2001：227.

［8］李澤厚. 美學三書［M］. 合肥：安徽文藝出版社，1999：155.

［9］袁行霈. 中國詩歌藝術研究［M］. 北京：北京大學出版社，1996：322.

［10］胡曉明. 中國詩學之精神［M］. 南昌：江西人民出版社，2001：2.

［11］朱崇才. 詞話理論研究［M］. 北京：中華書局，2010：173-175.

［12］張晶. 審美之思——理的審美化存在［M］. 北京：北京廣播學院出版社，2002：188.

［13］辜正坤. 中西詩比較鑒賞與翻譯理論［M］. 北京：清華大學出版社，2003：12.

［14］吳晟. 中國意象詩探索［M］. 廣州：中山大學出版社，2000：50-51.

［15］蔡鎮楚. 中國古代文學批評史［M］. 長沙：岳麓書社，2003：540.

［16］吳建民. 中國古代詩學原理［M］. 北京：人民文學出版社，2001：78-96.

［17］吳建民. 中國古代詩學原理［M］. 北京：人民文學出版社，2001：86.

［18］吳建民. 中國古代詩學原理［M］. 北京：人民文學出版社，2001：78-96.

［19］陳新漢. 審美認識機制論［M］. 上海：華東師範大學出版社，2002：141.

［20］胡經之. 文藝美學［M］. 北京：北京大學出版社，1999：170-179.

［21］轉引自：馬奇. 中西美學思想比較研究［M］. 北京：中國人民大學出版社，1994：238.

［22］轉引自：林煌天. 中國翻譯辭典［M］. 武漢：湖北教育出版社，1997：1123.

［23］吳建民. 中國古代詩學原理［M］. 北京：人民文學出版社，2001：54-56.

［24］龍協濤. 文學閱讀學［M］. 北京：北京大學出版社，2004：91，132.

［25］劉華文. 漢詩英譯的主體審美論［M］. 上海：上海譯文出版社，2005：159-164.

［26］於德英.「隔」與「不隔」的循環：錢鐘書「化境」論的再闡釋［M］. 上海：上海譯文出版社，2009：242-248.

［27］龍協濤. 文學閱讀學［M］. 北京：北京大學出版社，2004：91，132.

［28］王明居. 唐代美學［M］. 合肥：安徽大學出版社，2005：8.

［29］蔡鎮楚. 中國古代文學批評史［M］. 長沙：岳麓書社，2003：542-545.

［30］張利群. 詞學淵粹——況周頤《蕙風詞話》研究［M］. 桂林：廣西師範大學出版社，1997：169-170.

［31］於德英.「隔」與「不隔」的循環：錢鐘書「化境」論的再闡釋［M］. 上海：上海譯文出版社，2009：182.

［32］奚永吉. 文學翻譯比較美學［M］. 武漢：湖北教育出版社，2001：287.

［33］王明居. 唐代美學［M］. 合肥：安徽大學出版社，2005：8.

［34］嚴雲受. 詩詞意象的魅力［M］. 合肥：安徽教育出版社，2003：301.

［35］嚴雲受. 詩詞意象的魅力［M］. 合肥：安徽教育出版社，2003：307-308.

［36］嚴雲受. 詩詞意象的魅力［M］. 合肥：安徽教育出版社，2003：311-320.

［37］嚴雲受. 詩詞意象的魅力［M］. 合肥：安徽教育出版社，2003：320.

［38］嚴雲受. 詩詞意象的魅力［M］. 合肥：安徽教育出版社，2003：326.

［39］嚴雲受. 詩詞意象的魅力［M］. 合肥：安徽教育出版社，2003：326.

［40］葛曉音. 唐詩宋詞十五講［M］. 北京：北京大學出版社，2003：267.

［41］袁行霈. 中國詩歌藝術研究［M］. 北京：北京大學出版社，1996：337-344.

［42］葛曉音. 唐詩宋詞十五講［M］. 北京：北京大學出版社，2003：280-284.

［43］張利群. 詞學淵粹——況周頤《蕙風詞話》研究［M］. 桂林：廣西師範大學出版社，1997：50-63.

［44］朱光潛. 詩論［M］. 合肥：安徽教育出版社，2003：43-44.

［45］胡經之. 文藝美學［M］. 北京：北京大學出版社，1999：70.

［46］胡經之. 文藝美學［M］. 北京：北京大學出版社，1999：170-179.

［47］吳建民. 中國古代詩學原理［M］. 北京：人民文學出版社，2001：33.

［48］陳聖生. 現代詩學［M］. 北京：社會科學文獻出版社，1998：84-96.

［49］張利群. 詞學淵粹——況周頤《蕙風詞話》研究［M］. 桂林：廣西師範大學出版社，1997：106-109.

［50］胡經之. 文藝美學［M］. 北京：北京大學出版社，1999：70-71.

［51］林煌天. 中國翻譯辭典［M］. 武漢：湖北教育出版社，1997：1095.

［52］許鈞. 翻譯思考錄［M］. 武漢：湖北教育出版社，1998：277.

［53］龔光明. 翻譯思維學［M］. 上海：上海社會科學院出版社，2004：60，90-91.

第三章　宋詞意境美的闡釋和再現

第一節　中國傳統詩學中的意境論

在中國詩學史上，意境作為審美範疇是由唐朝詩人王昌齡首次正式提出的，他認為詩歌包含物境（詩歌所描寫的自然和人文景物）、情境（物境中融入的詩人情感，是畫意中的詩情）、意境（物境和情境所蘊涵的詩人深刻的人生感悟和生命體驗）。詩人體驗生活，與山水相感應（「人心至感，必有應說，物色萬象，爽然有如感會」），化山水之景為內心之景，化萬物之象為內心之境象（「欲為山水詩，則張泉石雲峰之境，極麗絕秀者，神之於心，處身於境，視境於心，瑩然掌中，然后用思，了然境象，故得形似」）。詩人創造意境需要「三思」（「一曰生思，久用精思，未契意象，力疲智竭；放安神思，心偶照鏡，率然而生。二曰感思，尋味前言，吟誦古制，感而生思。三曰取思，搜求於象，心入於境，神會於物，因心而得」），詩歌要描寫「天然物色」，就要表現其「真象」。

唐代皎然從佛境闡發詩境，認為詩人意靜神王，其詩作才能「採奇於象外」，詩歌意境有取境與造境兩種。司空圖認為詩歌意境是一種神境，它縹緲模糊，難以把握（「蓋絕句之作，本於詣極，此千變萬狀，不知所以神而自神也，豈容易哉」，「神而不知，知而難狀」），詩歌追求象外之象、味外之旨、韻外之致（「不著一字，盡得風流」），他在《二十四詩品》中描寫了二十四種意境，揭示了意境中形與神、言與意、虛與實、動與靜、有與無、情與景、剛與柔的辯證關係，把詩歌意境提升到了詩人的人格修養和生命境界的高度。

前面第一章談道，詩歌意象描繪了一幅生動感人的畫境和情境，畫境與情境有機融合所表現出的藝術境界和氛圍就是詩歌的意境，它包含意、象、情、景、神、味、理等基本要素。清代王夫之認為意境是情景相融（「情景名為

二,而實不可離。神於詩者,妙合無垠。巧者則有情中景,景中情……景中生情,情中含景,故曰,景者情之景,情者景之情也」)。謝榛認為「景乃詩之媒,情乃詩之胚,合而成詩」。詩歌意境是意之境、情之境,意和情是詩歌意境的核心和靈魂,普聞認為「天下之詩,莫出乎二句:一曰意句,二曰境句。境句易琢,意句難制。境句人皆得之,獨意句不知其妙者,蓋不知其旨也」。

第二節　意境的審美特性

　　詩詞意境的創造是一個動態的創生過程,唐代王昌齡認為詩人要經過「三思」的體驗過程,從詩歌的表層物境深入到情境,最后達到深層意境。詩人在創作出作品后,其意境還只是一種潛在的存在,需要讀者的闡釋活動將其激活,詩詞意境是詩人藝術創造與讀者再造性闡釋共同作用的產物,它的產生取決於三個條件:一是詩人通過描繪生動優美的畫面、運用虛實結合的手法來傳達深刻的思想和真摯的情感,通過渲染藝術氛圍來傳達一種深刻的人生哲理內涵;二是詩人將審美情感體驗外化為生動形象的語言;三是讀者闡釋詩歌時與詩人(詩中人物)進行移情體驗,發揮想像和聯想,在頭腦中把作品文字符號轉換成生動逼真的畫面,感受和體會其詩意哲理內涵。

　　蒲震元在《中國藝術意境論》中認為意境具有「因特定形象的觸發而紛呈疊出的特點,它常常由於象、象外之象、象外之的相互生發與傳遞而聯類不窮。意境存在於畫面及其生動性或連續性之中,它是特定形象及其在人們頭腦中表現的全部生動性或連續性的總和。換句話說,意境就是特定的藝術形象(符號)和它所表現的藝術情趣、藝術氣氛以及它們可能觸發的豐富的藝術聯想與幻想的總合」,意境的創造與鑒賞依賴於一種「內傾超越式的無限意象生成心理」,「通過虛實相生的藝術形象、符號的觸發,能達成對大宇宙生命創化流行規律的體悟,出現意味層或理趣層審美,整態藝術意境的創造方得以完成」,中國古詩善於通過「多重、多類表象交織」產生觸發聯想的功能,還「通過實境中不同的直接畫面的並置或對比等,產生類比感、接近感、發展感、哲理感,並進而觸發更為複雜的象外聯想」。[1]

　　意境的最大特點是虛實相生,詩詞意境是實境與虛境的有機融合,實境包含有形的實景和無形的虛景,以實境表現虛境,實景與虛景相互觸發,將詩詞的實境引向虛境,傳達一種象外之意、味外之旨。張少康在《古典文藝美學論稿》裡認為意境是「以有形表現無形,以有限表現無限,以實境表現虛境,

使有形描寫和無形描寫相結合，使有限的具體形象和想像中的無限豐富形象相統一，使再現真實實景與它所暗示、象徵的虛境融為一體。從而造成強烈的空間美、動態美、傳神美，給人以最大的真實感和自然感」[2]。張晶在《審美之思》中認為詩歌意境具有無窮之意，一方面，詩歌「在不同的審美主體的特殊體驗中」形成不同的審美境界；另一方面，「特定的審美主體在不同情境下」形成不同的審美境界。[3]

李國華在《文學批評學》中認為意境的特點是虛實結合，它是作品中「滲透著作者含蓄、豐富的情思，又能誘發讀者想像和思索的、和諧廣闊的自然和生活圖景」，其基本特徵是「意與境互相滲透、和諧統一，具有豐富、蘊藉的情思內容，能啟發讀者的思索和想像」[4]。龔光明在《翻譯思維學》中認為意境由意象群組合而成，它「渾融諸意象，而超越於意象之和」，它是「兩者整體性的融合，並且因這種融合而產生了虛實相生的結構效應」[5]。胡經之在《文藝美學》中將詩詞意境美的表現形態分為三類：一是朦朧美，具有「以少見多、以小見大、化虛為實、化實為虛」的效果；二是情性美，意與境的結合達到「完整統一，和諧融洽，自成一個獨立自在的意象境界」，它「蘊含著無窮之味，不盡之意，可以使人思而得之，玩味無窮」；三是韻味美，它是「意與境的和諧統一」所產生的韻味，存在於「直接意象和間接意象的和諧統一中」。[6]

譚德晶在《唐詩宋詞的藝術》中認為詩詞境界有三個特徵：一是「呈現性」，即詩人為了表達「情緒感受或者某種意念」，「將這種種情緒感受、意念，融匯、蘊含在意象、形象或者畫面、場景中，讓情緒感受等通過意象、場景等的呈現而自然地『揮發』出來，讓人在欣賞美的形象的同時，去咀嚼、吟味其中蘊含的意味，並受到感染」；二是空間性，它指詩人「通過意象呈現等方式帶給我們的一種藝術空間，對讀者而言，是憑藉一種出神的藝術直覺和想像，而在『眼前』、在大腦屏幕中幻現出來的一種虛幻空間」，在詩歌中「意象、情景、場景等的直接呈現」是境界形成的基礎，「虛幻的空間」是境界展開的形式；三是情緒性，「情緒的彌漫、充溢特性」是境界的靈魂，情緒性來自於「詩中的意象」和「產生於詩中與意象配合的其他的抒情性語言和抒情旋律」。[7]

第三節　中國傳統詞學的意境論

在中國詞學史上，宋代張炎的《詞源》較早地論述了詞之意境，倡導詞

應有清空之境,「詞要清空,不要質實,清空則古雅峭拔,質實則凝澀晦昧」,認為蘇東坡的《水調歌頭》(「明月幾時有」)、王安石的《桂枝香》(「登臨送目」)、姜夔的《疏影》(「苔枝綴玉」) 皆「清空中有意趣」。清代沈祥龍評價說,清是「不染塵埃」,空是「不著色相」,「清則麗,空則靈」。周濟在《宋四家詞選》中則認為質實也是詞的一種境界,與清空各有其審美價值,「初學詞求空,空則靈氣來;既則格調求實,實則精力彌漫」。

清代詞學代表了中國傳統詞學研究的最高峰,產生了大量詞學意境研究的重要論著,如劉熙載的《藝概》、陳廷焯的《白雨齋詞話》、況周頤的《蕙風詞話》、王國維的《人間詞話》等。劉熙載在《藝概》的《詞概》中認為詞追求情景交融(「詞或前景後情,或前情後景,或情景齊到,相間相融,各有其妙」)。陳廷焯在《白雨齋詞話》中認為沉鬱為詞之化境、高境、勝境(「詞之高境,亦在沉鬱,然或以古樸勝,或以衝淡勝,或以巨麗勝,或以雄蒼勝:納沉鬱於四者之中,故是化境」),沉鬱表現為古樸、衝淡、巨麗、雄蒼四種風格,他評價辛棄疾的詞「氣魄極雄大,意境卻極其沉鬱」。

況周頤在《蕙風詞話》中提出了詞境說,在中國詞學意境論中佔有極其重要的地位。作者認為詞境「以深靜為至」,優秀的詞作能「融情入景,得迷離淌恍之妙」,詞應「淡遠取神」。詞境應追求重、拙、大,「重」指詞的意境應凝重,「凝重中有神韻」,神韻乃「事外遠致也」;拙指詞的意境應表現樸素自然之美,「宋詞名句,多尚渾成」,「樸質為宋詞之一格」;「大」指詞的意境應表現作者宏大的氣魄和高雅的風度。宋詞的意境論強調作者情真意深,表現真情真境,況周頤認為「真字是詞骨」,詞「多發於臨遠送歸,故不勝其纏綿悱惻」。詞不僅言長,而且言曲,善於通過寄托手法達到千回百轉、韻味悠長的藝術效果,言情之詞須「情景交煉」,方有「深美流婉之致」,寫景貴「淡遠有神」,言情貴「蘊藉有致」。

王國維在《人間詞話》中以中國傳統詩學的情景交融說為基礎提出了境界說,將中國詩學意境論推向了最高峰。作者認為詩詞的意象與情趣融為一體則有境界(「不隔」),兩者分離則有象無境(「隔」)。朱光潛在《詩論》中指出:「情趣與意象恰相熨帖,使人見到意象,便感到情趣,便是不隔。意象模糊零亂或空洞,情趣淺薄或粗疏,不能在讀者心中現出明瞭深刻的境界,便是隔。」[8] 王國維以境界說為標準評價了大量中國古代詩詞,他認為宋代姜夔(白石)、吳文英(夢窗)、史達祖(梅溪)的詞失於隔(「白石寫景之作,如『二十四橋仍在,波心蕩,冷月無聲』,『數峰清苦,商略黃昏雨』,『高樹晚蟬,說西風消息』,雖格韻高絕,然如霧裡看花,終隔一層。梅溪、夢窗諸家

寫景之病，皆在一『隔』字」)。他評價陶淵明、謝靈運、蘇軾、黃庭堅的作品，認為「陶、謝之詩不隔，延年則稍隔矣。東坡之詩不隔，山谷則稍隔矣。『池塘生春草』、『空梁落燕泥』等二句，妙處唯在不隔。詞亦如是」。王國維認為同一詞人的作品也有「隔」與「不隔」之分，「即以一人一詞論，如歐陽公《少年遊》咏春草上半闋雲：『闌干十二獨憑春，晴碧遠連雲。千里萬里，二月三月，行色苦愁人。』語語都在眼前，便是不隔；至雲『謝家池上，江淹浦畔』，則隔矣。白石《翠樓吟》：『此地，宜有詞仙，擁素雲黃鶴，與君游戲。玉梯凝望久，嘆芳草，萋萋千里。』便是不隔。至『酒祓清愁，花消英氣』，則隔矣」。

　　王國維在《人間詞話》中還提出了有我之境和無我之境。詩詞意境中的情景融合有兩種表現形態：一種是情趣勝於意象，詩人「以我觀物，故物皆著我之色彩」，這是有我之境，如馮延巳的「淚眼問花花不語，亂紅飛過秋千去」、秦觀的「可堪孤館閉春寒，杜鵑聲裡斜陽暮」；另一種是意象勝於情趣，詩人「以物觀物，故不知何者為我，何者為物」，這是無我之境，如陶淵明的「採菊東籬下，悠然見南山」、「寒波澹澹起，白鳥悠悠下」。王國維認為意境之有我與無我只是相對而言，一切景語皆情語，詩人有真情，其作品才能富於詩情畫意，感染讀者，「境非獨謂景物也，喜怒哀樂，亦人心中之一境界。故能寫真景物、真感情者，謂之有境界，否則謂之無境界……昔人論詩詞，有景語、情語之別。不知一切景語，皆情語也。」陸遊《卜算子》寫道：「驛外斷橋邊，寂寞開無主。已是黃昏獨自愁，更著風和雨。無意苦爭春，一任群芳妒。零落成泥碾作塵，只有香如故。」梅花獨自綻放，獨自凋落，既是自然之景，也喻指詩人的人生處境。

　　中國傳統詩詞的意境有不同的表現形態，黃念然在《中國古典文藝美學論稿》中的《中國藝術意境的生成》一文中認為詩歌的意境是一個審美生成的過程，是一種「凝定」狀態，它表現為「情景交融」、「興象渾融」、「形神兼備」、「虛實相生」。[9]袁行霈在《中國詩歌藝術研究》中認為詩歌的情景交融有三種類型，第一種是情隨境生，詩人「生活中遇到某種物境，忽有所悟，思緒滿懷，於是借著對物境的描寫把自己的情意表達出來，達到意與境的交融」[10]龔光明在《翻譯思維學》稱其為景中藏情式，詩人「藏情於景，一切都通過逼真的畫面來表達，雖不言情，但情藏景中，往往更顯得情深意濃」[11]，它表現了無我之境。唐五代詞人馮延巳在《謁金門》上闋中寫道：

　　　　風乍起，吹皺一池春水。閑引鴛鴦芳徑裡，手挼紅杏蕊。

馮詞「風乍起，吹皺一池春水」為宋詞名句，辜正坤在《中西詩比較鑒賞與翻譯理論》中評價其「妙絕千古」、「神來之筆」。作品不直接寫婦人傷春感懷，而寫春風吹過，池水泛起漣漪，暗喻婦人內心蕩起情感的漣漪，這就是因景生情。下一句詩人仍然不直接寫婦人春思，而寫「閒引鴛鴦芳徑裡，手挼紅杏蕊」，融情於景。

詩歌情境交融的第二種方式是直抒胸臆式，詞人不描寫或描寫很少的景象，而直接抒發情感，這也叫情中見景式，袁行需稱其為移情入境式，詩人「帶著強烈的主觀感情接觸外在的物境，把自己的感情注入其中，又借著對物境的描寫將它抒發出來，客觀物境遂亦帶上了詩人主觀的情意」[12]。龔光明認為詩人「直抒胸臆，有時不用寫景，但景卻歷歷如繪」，它表現了有我之境。宋代詞人辛棄疾以文為詞，善於在作品的寫景抒情中融入對社會和人生的感悟和體驗，有的作品則直抒胸臆，對人生發出感嘆，如《醜奴兒》上闋：

少年不識愁滋味，愛上層樓。愛上層樓，為賦新詩強說愁。

人年輕時不諳世事，意氣風發，多愁善感，所以會「為賦新詩強說愁」。

詩歌情景交融的第三種方式是情景交融式，詩人借景抒情，景象與情感渾然一體，這也叫情景並茂式，它是無我之境與有我之境的融合，袁行需稱其為「體貼物情，物我情融」。況周頤在《蕙風詞話》中認為詞境包含三個層次：低層的一般意境、「空靈可喜」的中間層意境、「高絕」的深層意境。張利群（1997）認為它們分別是「情景之境」、「言外之境」、「靜穆之境」。其中情景之境有三種表現形態：一是融情景中式，作品寓情於景；二是融景入情式，作品側重抒情；三是情景之佳式，作品情景交融。前面談道，馮延巳的《謁金門》上闋「風乍起，吹皺一池春水。閒引鴛鴦芳徑裡，手挼紅杏蕊」是因景生情。馮詞下闋寫道：

鬥鴨欄杆獨倚，碧玉搔頭斜墜。終日望君君不至，舉頭聞鵲喜。

作品第一句為寫景，「鬥鴨欄杆獨倚」描寫了婦人的孤獨寂寞，「碧玉搔頭斜墜」明寫婦人無心梳妝打扮，暗寫其對夫君的強烈思念。第二句中「終日望君君不至」為直接抒情，「舉頭聞鵲喜」為因景生情，婦人聞喜鵲聲而由愁轉喜。馮詞整個作品兼有因景生情式、移情入景式和情景交融式三種意境表

現形態。況周頤認為情景關係有「景勝」、「意勝」、「境勝」、「度勝」四種形態，張利群（1997）認為融情景中式就是「景勝」，融景入情式就是「意勝」，情景之佳式就是「境勝」和「度勝」。

況周頤提出的「言外之境」，張利群認為也有三種表現形態：一是含蓄蘊藉型，這種詞境富於含蓄美、蘊藉美、寄託美；二是迷離朦朧型，富於朦朧美、空幻美；三是神韻型，富於神致美、韻味美。前面談道，詞的文體特點是「意內言外」，婉約、含蓄、隱晦、朦朧、蘊藉是詞的根本特色。南唐中主李景在《山花子》（第二首）下闋寫道：

　　細雨夢回雞塞遠，小樓吹徹玉笙寒。多少淚珠何限恨，倚闌干。

作品第一句「細雨夢回雞塞遠，小樓吹徹玉笙寒」為名句，辜正坤在《中西詩比較鑑賞與翻譯理論》中評價其「妙絕千古」。婦人思念在千里之外戍邊的夫君，她在小樓上吹起玉笙以排遣內心的孤獨惆悵，卻更覺寒氣襲人。她獨倚闌干，愁緒滿懷，不禁潸然淚下。作品意境迷離遼遠，辜正坤認為馮詞意境帶給讀者一種「清寒、迷蒙的柔美感覺」，評價十分精到。

況周頤提出的「靜穆之境」，張利群（1997）認為包含三個層次：一是心物契合、人境交融的境界；二是超凡脫俗的心境和藝術審美的境界；三是高品味的意境風格形態。宋詞意境的根本特點是靜境、幽境、深境，況周頤主張「詞以深靜為主」，靜穆之境包含「淡穆」之境和「濃穆」之境，「濃穆」之境高於「淡穆」之境。[13] 譚德晶在《唐詩宋詞的藝術》中分析了三種詞境：一是迷離渺遠之境，詞人的抒情是「揮之散之，廣播於外」，寫景是「菸雨迷離、山遠水重」，如上面分析的李景的《山花子》；二是雄渾之境，這是豪放詞的意境，「雄偉壯麗的自然景物與詩人豪放、激昂之情交相融合，具有一種波瀾壯闊的氣勢和雄渾的意境」，[14] 如蘇軾的《念奴嬌》（「大江東去，浪淘盡，千古風流人物」）；三是深靜之境，即況周頤所說的靜穆之境，南唐后主李煜在《搗練子令》中寫道：

　　深院靜，小庭空，斷續寒砧斷續風，無奈夜長人不寐，數聲和月到簾櫳。

作品中「深院靜，小庭空」為靜境，「斷續寒砧斷續風」為動境，詩人以動境烘托靜境。明月朗照，婦人思念夫君，徹夜難眠，她數著砧聲，想挨過這

漫漫長夜。沈祥龍認為詞「借物以寓性情，凡身世之感，君國之憂，隱然寓於其內」，詞「以自然為尚」，「比興多於賦」。李佳認為詞貴曲，王士楨認為詞「尚女音，重婉約，以婉曲、輕倩、柔媚、幽細、纖麗為本色」，以清切婉麗為宗。謝章鋌認為詞人「當歌對酒，而樂極哀來，捫心渺渺，閣淚盈盈，其情最真」，況周頤認為詞「貴有寄托」，「身世所感，通於性靈」。

詞脫胎於詩，比較而言，詩莊詞媚，唐詩境界闊大，有陽剛之美，宋詞意境深遠，有陰柔之美。譚德晶認為宋詞情韻悠長，擅長在刻畫意象、寫景抒情時將意、景、情「融匯在傾訴式的語句中」，使其「獲得流動感，獲得音樂性的抒情力量」，宋詞意境往往「融匯在詞的整體性的抒情旋律之中」[15]李澤厚在《美學三書》中比較了詞境與詩境，認為詩常「一句一意或一境」，「含義闊大，形象眾多」，所以詩境闊大雄渾；詞常「一首（或一闋）才一意或一境，形象細膩，含義微妙」[16]，所以詞境尖新細窄。

第四節　宋詞意境的審美闡釋

一、宋詞語言的品味

譯者欣賞宋詞意境時直接的審美對象是作品的語言符號，譯者闡釋宋詞的起點就是品味作品語言。唐代司空圖在《與李生論詩書》中說：「愚以為辨於味，而后可以言於詩」，宋代朱熹在《詩人玉屑》中談道：「詩須是沉潛諷誦，玩味義理，咀嚼滋味，方有所益。」清代況周頤在《蕙風詞話》中談到了讀詞的方法，他認為「兩宋人詞宜多讀、多看，潛心領會」，還要「用精取閎」，即要讀佳詞好詞。在品詞過程中讀者要「身入景中」，「涵泳玩索」。張利群在《詞學淵粹——況周頤〈蕙風詞話〉研究》（1997）中將況氏的賞詞方法歸納為多讀、精讀（「用精取閎」）、善讀（「身入景中」）、細讀（「涵泳玩索」）四種。

譯者誦讀宋詞，要體會其意、理、情、味，蒲震元在《中國藝術意境論》中認為主體要「捕捉對象的審美特徵，辨識其『滋味』」，把握其真味。蔣成禹在《讀解學引論》中認為讀書須「吟咏、背誦，沉潛思索，涵濡體察，玩味義理，咀嚼滋味」，讀者「既見出詩歌的音節、選詞、造句的功力，更能見出作者之神氣、情感」[17]賴力行在《中國古代文學批評學》中認為文學閱讀是「從語言入手，在對作品的整體意味的反覆玩味中進行幽微的審美心理體

驗，在審美感知中妙達意旨」，考查作品的「詩性特徵」。譯者品味宋詞時首先要內心虛靜，老子說「致虛極，守靜篤」，莊子認為「唯道集虛，虛者心齋也」，劉勰在《文心雕龍》中說「是以陶鈞文思，貴在虛靜。疏瀹無藏，澡雪精神」。袁濟喜在《六朝美學》中認為虛靜是主體闡釋客體時的「精神專一、素樸純淨」態度和「超功利的直覺感悟的心理狀況」。況周頤在《蕙風詞話》中認為詞之意境是靜穆之境，「以深靜為至」，因此譯者品詞必須內心肅靜，澄懷靜心，才能進入作品的靜穆之境，調動審美經驗來感受和體驗原詞，發揮再造想像和聯想將原詞的文字符號轉換成生動的畫面和場景，對其中的空白進行填補。譯者進入原詞意境，運用審美直覺去捕捉其象外之意、言外之味、弦外之響、韻外之旨，在原詞的藝術世界中思接千載，視通萬里。清代學者葉燮在《原詩》中認為詩歌表現了「含蓄無垠」、「思致微渺」、「冥漠恍惚」的模糊美，譯者闡釋詩歌需要「幽渺以為理」，即運用審美直覺去領悟原詩的奧意玄理，「想像以為事」，即發揮想像在頭腦中再現出原詩的畫境、情境和意境，「惝恍以為情」，即運用模糊思維去體驗原詩意境的情感內涵。

二、宋詞意境的體悟

中國傳統美學認為詩詞意境的闡釋是讀者悟道、體道的過程。嚴羽在《滄浪詩話》中說：「大抵禪道惟在妙悟，詩道亦在妙悟」；「惟悟乃為當行，乃為本色。然悟有淺深，有分限，有透澈之悟，有但得一知半解之悟。」張彥遠在《歷代名畫記》中提出「凝神遐想，妙悟自然，物我兩忘，離形去智」。妙悟是一種靈感思維，它是以漸悟為基礎的頓悟，朱光潛在《詩論》中把悟稱為「見」，作詩和讀詩「都必須見到一種詩的境界」，「這裡『見』字最緊要。凡所見皆成境界，但不必全是詩的境界。一種境界是否能成為詩的境界，全靠『見』的作用如何」，「詩的『見』必為『直覺』（intuition）。有『見』即有『覺』」，讀者要「見」出詩歌意境，需要直覺、思考和想像，「作詩和讀詩，都必用思考，都必起聯想，甚至於思考愈周密，詩的境界愈深刻；聯想愈豐富，詩的境界愈美備」。[18]蒲震元在《中國藝術意境論》中認為悟覺思維包含感性直覺和理性直覺，它以「象為基礎、情為仲介、理趣為歸宿」，「在感物興懷中達到神超理得」，主體既「澄懷味象」又「澄懷觀道」。[19]

譯者要深刻領悟宋詞深層意境的哲理內涵，還需要豐富的人生閱歷和見識，即葉燮在《原詩》中所說的才、膽、識、力，其中識就是指深刻的理解力和敏銳的洞察力，「無識，則不能取捨……識以居乎才之先……識為體而才為用……人惟中藏無識，則理、事、情錯陳於前，而渾然茫然，是非可否，妍

媸黑白，悉眩惑而不能辨，安望其敷而出之為才乎？」「今夫詩，彼無識者，既不能知古來作者之意，並不自知其何所興感、觸發而為詩。或亦聞古今詩家之詩，所謂體裁、格力、聲調、興會等語，不過影響於耳，含糊於心，附會於口；而眼光從無著處，腕力從無措處。即歷代之詩陳於前，何所抉擇，何所適從？」譯者識淺，就難以深刻領悟宋詞的深意、深味、深情、深理。

  況周頤在《蕙風詞話》中認為「詞之為道，智者之事」，強調詞人的天分和才能。張利群在《詞學淵粹——況周頤〈蕙風詞話〉研究》（1997）中認為況氏所談到的詞人思維心理結構包含五個層次：第一層是天資；第二層是性情，況周頤認為「詞陶寫乎性情」；第三層是學力，況周頤認為「吾有吾之性情，吾有吾之胸抱，與夫聰明才力」；第四層是閱歷，南唐后主李煜能留下千古名篇，與其坎坷的人生經歷密不可分，所以王國維在《人間詞話》中評價李后主的詞乃「血書」也；第五層是胸抱，即詞人的思想道德和人格境界，王國維對蘇軾和辛棄疾的人格評價很高，認為中國文學史上屈原、陶淵明、杜甫、蘇軾四位詩人其人格「自足千古」。況周頤對詞人的藝術才能提出了很高的要求，譯者闡釋宋詞同樣需要很高的素質和能力，包括廣博的知識、豐富的情感、敏銳的洞察力和高尚的人格境界。

三、宋詞審美的生命體驗

  宋詞的深層意境蘊含了詩人深刻的生命體驗和人生感悟，譯者對宋詞意境的闡釋超越了語言文本層面，進入了詩意體驗和哲理反思的境界，是「詩」與「思」的融合。譯者通過闡釋宋詞意境能豐富審美經驗，深化感性體驗和理性認識，重新審視和認識自我，實現審美人格的重建。胡經之在《文藝美學》中認為，文藝欣賞是闡釋者「深深地為作品通體光輝和總體的意境氛圍感動與陶冶，甚至更進而為對於作者匠心的參化與了悟——在一片恬然澄明之中，作者與讀者的靈魂在宇宙生生不息律動中對話，在一片靈境中達至心靈間的默契」，「真正飽蘊意境的佳作，能給欣賞者以雙重感應：形骸俱釋的陶醉和一念常惺的徹悟。一切偉大的詩都是直接訴諸我們的整體——靈與肉、心靈與官能的。它不獨要使我們得到美感的悅樂，而且要指引我們去參悟宇宙和人生的奧義。而所謂參悟，又不獨簡潔解釋給我們的理智而已，而且要直接訴諸我們的感覺和想像，使我們全人格都受它感化與陶冶。」[20]宋詞意境在深層次上是詩人思想道德和人格的境界，詩人的思想道德和人格越高尚，其作品境界就越高，胡曉明在《中國詩學之精神》中指出，宋代美學強調士人精神的自覺、自尊、自重，注重表現生命人格的充實之美，宋代文人一方面推崇唐代詩

聖杜甫的高尚人格、愛國情懷和社會責任感，另一方面十分欣賞陶淵明詩歌淡遠閒致的情趣，追求一種「順應大化、質性自然的人生智慧」[21]。譯者對宋詞意境的闡釋是對自我人格的陶冶。譯者具有高尚的思想和人格境界，才能與詩人進行心靈的交流。

四、宋詞審美闡釋中氣的體驗

譯者對宋詞深層意境的闡釋是一種氣的體驗。在中國傳統美學中氣是指宇宙萬物的存在狀態，世界萬物因天地之氣而流動變化，東漢王充《論衡》說：「天地，含氣之自然也……天地合氣，萬物自生，猶夫婦合氣，子自生矣。」氣決定了自然萬物的生滅存亡，宋代學者張載在《正蒙》中說：「虛空即氣……太虛無形，氣之本體，其聚其散，變化之客形爾。」天地之氣充盈於客體，形成客體之氣，充盈於主體（人），就形成主體人格之氣，主體用人格之氣去感受客體之氣，《莊子》說：「若一志，無聽之以耳，而聽之以心；無聽之以心，而聽之以氣。聽止於耳，心止於符。氣也者，虛而待物者也，唯道集虛。虛者，心齋也。」胡經之在《文藝美學》中認為中國詩人「以整個自然界作為自己的對象，以取之不盡的宇宙元氣作為自己的養料，就能胸羅宇宙，思接千古，感物起興，使宇宙渾然之氣與自己全部精神品格，全身心之氣進行化合，才能產生審美體驗的元氣（激情）並呈現出興會的生命」，藝術家「用整個生命和靈魂進行表現，一字、一音、一線、一筆，都是藝術家生命燃燒的元氣運動的軌跡」[22]。

中國傳統美學強調主體養氣，即修身養性。《孟子》說：「我善養吾浩然之氣……其為氣也，至大至剛，以直養而無害，則塞於天地之間。」蒲震元在《中國藝術意境論》中指出，養浩然之氣是中國文化的一種理性精神，它「推崇人類自強不息的奮鬥精神」，「追求高尚的人生道德境界」。宋代美學強調主體養心養氣，呂本中說：「涵養吾氣，則詩宏大深遠。」胡曉明在《中國詩學之精神》中認為宋代詩學的風格為健朗，弘揚一種「剛建有力、自強不息、奮勇敢發的人格力量」，宋代詩人通過養氣養心來「化解個人性的哀愁」，「轉心性之偏為心性之圓融」，「由『緣境生哀』變而為『處心不著』」[23]。譯者闡釋宋詞意境，也需要養浩然之氣，努力提高思想道德和人格的境界。

中國傳統美學認為主體對氣的體驗也是一種道的體驗，道是宇宙生命的終極本體，它使氣衝盈於宇宙萬物。道無處不在，無時不在，人可以認識宇宙萬物，對道卻無法闡明，只能參悟和體認，道可意會不可言傳。劉華文在《漢詩英譯的主體審美論》中認為道具有經驗性、自覺性、外指性，它是非思想

性的，而是存在性、實在性的，「彰顯著無限生長的可能性」，是「理性和感性的混雜體，偏重於感性的經驗」。[24] 主體的悟道是一種模糊朦朧的審美體驗，它讓主體達到主客相融、物我不分的化境。莊子《齊物論》說：「昔者莊周夢為蝴蝶，栩栩然蝴蝶也，自喻適志與！不知周也。俄然覺，則遽遽然周也。不知周之夢為蝴蝶與，蝴蝶之夢為周與？周與蝴蝶則必有分矣。此之謂『物化』。」物化就是主體賦予客體以靈性，使其生命化、人格化。王可平在《心師造化與模仿自然》中認為，中國藝術家「以一種盡可能親近的情懷與對象交會，讓自己的生命意識無滯無礙地流入對象之中，體察著對象的親和及同自身一樣的生命氣息——進入身與物化的境界」[25]。宋代學者邵雍提出「以物觀物」，審美主體與自然萬物氣息相通，與物為春，融而為一。宋代美學強調主體以心證道悟道，與大自然心物相印、心物相證，胡曉明在《中國詩學之精神》中指出，宋代美學追求一種「含融大化生機的『大快活』境界」，宋代文人「於愛蓮玩草、弄月吟風、望花隨柳中，將一己生命與宇宙生命打成一片，而獲致一種生命之喜悅」[26]，強調士人精神的自覺、自尊、自重，注重表現生命人格的深度。

第五節　宋詞意境的神韻美

一、中國傳統美學的神韻論

（一）中國傳統美學中的神論

宋詞的意境美主要表現為神韻美、朦朧美、情感美。就宋詞意境的神韻美而言，它涉及了形與神、言與象、韻與味等要素之間的辯證關係，具有一種含蓄朦朧的美學品質。在中國美學史上，神和韻作為審美範疇最初是單獨出現的，到南北朝時期神、韻兩個字才連綴成詞，成為一個整體的審美範疇。就神而言，中國古代文化經典《易經》中已大量使用「神」字，后來的莊子《逍遙遊》篇裡描寫了「神人」（「肌膚若冰雪，綽約若處子」），《齊物論》也提到了神，「至人神矣！大澤焚而不能熱，河漢冱而不能寒，疾雷破山飄風振海而不能驚……極物之真，能守其本，故外天地，遺萬物，而神未嘗有所困也」。魏晉六朝時期佛教開始興盛，神被賦予了宗教色彩。封建統治階級為鞏固政權，加強對人民的精神控製，將佛教作為禁錮人們思想的工具大力推行。佛教宣揚精神不滅論，認為精神決定物質，物質消亡，而精神永恆不滅，慧遠

說「神也者，圓應無生，妙盡無名，感物而動，假數而行。感物而非物，故物化而不滅；假數而非數，故數盡而不窮」。

在中國美學史上神與形相伴而生，比較而言，神是指主體用認知感官不能直接把握到的客體的內在本質，形是指主體用認知感官可以直接觀察和體驗到的客體的外在形式特徵。一方面，中國美學認為神既高於形又依附於形，形滅則神滅，司馬談在《論六家要旨》裡說：「凡人所生者神也；所托者形也。神大則用竭，形大則勞敝，形神離則死。死者不可復生，離者不可復返。故聖人重之。由是觀之，神者生之本也，形者生之具也。」另一方面，主體既要把握客體之形，又不能拘泥於其形，因為「五色令人目盲，五音令人耳聾，五味令人口爽」（老子《道德經》），主體把握客體必須離形得神，以神馭形，得神忘形。

在中國美學史上神作為審美範疇出現於魏晉時期，這一時期盛行的人物品鑒重神輕形。劉劭的《人物志》說「物生有形，形有神精，能知精神，則窮理盡性」，認為人物品鑒應重在其神。《世說新語》常用「神姿」、「神懷」、「神明」等評價人物，如王戎（「神姿高徹，如瑤林瓊樹」）、謝尚（「神懷挺率，少致民譽」）、武王（「姿貌短小，而神明英發」）。魏晉時期的繪畫藝術也繁榮發展，強調傳神忘形。劉安主編的《淮南子》說：「畫西施之面，美而不可說；規孟賁之目，大而不可畏，君形者亡焉」，「故心者，形之主也；而神者，心之主也」，「故以神為主者，形而從利；以形為制者，神從而害」，這裡所說的「君形者」就是人物內在之精神和氣質。著名畫家顧愷之主張「傳神寫照正在阿堵（眼睛）中」，「以形寫神而空其實對，荃生之用乖，傳神之趨失矣。空其實對則大失，對而不正則小失，不可不察也。一像之明珠，不若悟對之通神也」。魏晉時期的書法和詩歌也強調傳神寫意，《世說新語》評價王羲之的書法「飄若遊雲，矯若驚龍」，蕭衍說「孔琳之書如散花空中，流徽自得」，「薄紹之書如龍遊在霄，繾綣可愛」，鐘嶸說「範詩清便婉轉，如風回雪。丘詩旬子映媚，如落花依草」。

中國傳統美學強調「意靜神王」，藝術家要表現人物之神必須擺脫俗念，澄懷靜心，嵇康的《養生論》強調主體養神養性，「君子知形恃神以立，神須形以存」，「故養性以保神，安心以全身」，「清虛靜泰，少私寡欲」，「外物以累心不存，神氣以醇白獨著。曠然無憂患，寂然無思慮，又守之以一，和理日濟，同乎大順。」主體之神源於主體之氣，主體養神首先要養氣，謝耀文在《中國詩歌與詩學比較研究》中分析了神與氣、意的內涵（Shen is, subjectively, the supreme state of reciprocity between emotion and imagination; and objectively, the essential or potential being of beings. *Qi* implies both psychological and physiological essence, the vital force or formative energy that links up metaphysical and physical phenomena. *Yi* combines feeling and reason, beauty and truth; it may be used to denote any stage of the dynamic psychological process that leads to artistic thinking, including pre-linguistic impulses, dimly exquisite moods, responsive states of mind, as well as the shaping of imagery and the forming of artistic ideas, conceptions, the sudden visit of enlightenment.)[27] 神包含主體之神和客體之神，主體之神是人的審美心理活動的高峰狀態，客體之神是客體的內在生命力。氣是主體的心理和生理的一種生命力。意是主體審美思維機制中的核心要素，是理性與感性，思維和情感的融合。

　　唐代美學的神論主要見於風骨說和意境說。陳子昂、杜甫等倡導風骨論，強調詩人內心有神（雄渾剛健的氣魄），才能下筆如神。在唐代詩人中杜甫對神的體會和認識最為深刻，他強調詩人之神思（「神融攝飛動」），詩人神思飛揚，方能「醉裡從為客，詩成覺有神」。詩人還需要有高超的藝術技巧，才能下筆有神（「篇什若有神」）。王昌齡、司空圖等倡導意境論，認為詩之意境是一種神境，司空圖《詩賦讚》認為神是詩之靈魂，它縹緲模糊，難以形狀，「蓋絕句之作，本於詣極，此千變萬狀，不知所以神而自神也，豈容易哉」，「神而不知，知而難狀」。他在《二十四詩品》中把《精神》一品描寫為「欲返不盡，相期與來。明漪絕底，奇花初胎。青春鸚鵡，楊柳樓臺。碧山人來，清酒深杯。生氣遠出，不著死灰。妙造自然，伊誰與裁」，認為傳神之詩能「生氣遠出」，「妙造自然」，詩人用簡潔的語言傳達出客體的內在生氣和活力。

　　宋代美學的神論以嚴羽的入神說最負盛名（「詩之極致有一，曰入神」），嚴羽在《滄浪詩話》中評價李白、杜甫的詩「氣象風格大備，多入於神矣」。謝耀文在《中國詩歌與詩學研究》中認為入神就是指詩的意境達到了一種神境的高度（A poem can be said to have attained the acme of perfection if it succeeds in giving vivid expression to the spirit）。陳良運在《中國詩學批評史》中認為入神有兩層含義：一是詩人「體物」而得物之神至「神妙入化的境界」；二是詩人將主體之神融入詩作，其作品透射出詩人之神氣。[28]

　　明代胡應麟在《詩藪》中提出了風神論，認為詩包含體格聲調、興象風神，詩「陶以風神，發以興象」，風神指詩人的精神氣質和思想情操，詩人的風神融入詩作，能表現一種神境、神韻，他評價李白絕句「字字神境，篇篇神物」。晚明的許學夷在《詩源辨體》也提出了入神論，但不同於嚴羽的入神說，它強調詩人創作要有鮮明個性，風格富於變化，他評價李、杜詩「體多

變化，語多奇偉，而氣象風格大備，多入於神矣」。清代賀貽孫在《詩筏》中認為神乃詩人之生氣（「神者，吾身之生氣也」），詩人與神相通，才能下筆入神（「妙萬物而為言」）。李重華在《貞一齋詩話》中認為詩有五長（神運、氣運、巧運、詞運、事運），其中神運是關鍵，詩人意動而神行，其作品才能神氣靈動。清末桐城派提出了神氣說，劉大魁認為文章包含神氣、音節和字句三個要素，其中神氣是「文之最精處」，「行文之道，神為主，氣為輔」，音節和字句為神氣之表現（「音節高則神氣必高，音節下則神氣必下，故音節為神氣之跡」）。綜合前面的分析，中國傳統美學的神論主要涉及神姿、神懷、神明、神氣、神物、神境、神運等審美範疇。

（二）中國傳統美學中的韻論

在中國美學史上韻作為單字最早出現於漢賦，蔡邕《彈琴賦》說「雅韻用揚」，南北朝時期劉勰的《文心雕龍》認為「同聲相應謂之韻」，這裡都談的是音韻。魏晉時期，韻指人物品鑒和繪畫美學所追求的人物飄逸灑脫的氣度，《世說新語》說「阮渾長成，風氣韻度似父」。韻正式成為一個美學範疇是在唐代，唐末司空圖在《與李生論詩書》中從詩學層面提出了韻外和味外說，認為詩歌應有韻外之致和味外之味。宋代學者範溫在《潛溪詩眼》中著有《論韻》一章，強調韻是一種淡遠之味（「有餘意謂之韻」），好的文章應「行於簡易閒澹之中，而有深遠無窮之味」，好的詩歌則「夫綺而腴，與其奇處，韻之所從生」。張戒在《歲寒堂詩話》中認為詩包含意、氣、韻、味四個要素，評價曹植詩「專以韻勝」。

明代學者謝榛的《四溟詩話》認為詩包含體、志、氣、韻，「韻貴雋永」，評價謝靈運的「池塘生春草」是「韻勝也」，即韻味悠長。陸時雍在《詩鏡》中提出情韻說，強調詩「有餘韻則神行乎其間矣」，詩應「情欲其真，韻欲其長」。詩之韻包含格、風、色、氣，「韻生於聲，聲出於格」，「韻出為風，風感為事」，「有韻必有色」，「韻動而氣行」。詩要「韻氣悠然」必須「標格欲其高」，「風味欲其美」，「色欲其韶」，「氣欲其清」。陳良運在《中國詩學批評史》（2001）中解釋說，格指詩人情感之真，風指詩的流動美，色指詩的意象和畫面，氣指詩所表現的詩人氣質。

通過以上梳理可以看出，中國傳統美學中的神包含以下內涵：①它指主體之神（藝術家、作家的思想情操、藝術氣質）；②它指客體之神，指作品審美意象或人物形象在神態情狀上的個性化特徵；③作品之神的最高境界是一種空靈的神境；④神與形之間是對立統一的辯證關係，形神兼備是最高藝術境界，在形神不能兼備時應以神似為主。中國傳統美學中的韻包含以下內涵：①它指

作品的聲韻節奏美以及它帶給讀者的審美感受（味）；②它指藝術家、作家主體飄逸的氣度（氣韻）；③它多指詩歌衝淡清遠、含蓄蘊藉的意境和風格。

（三）中國傳統美學中的神韻論

在中國美學史上神韻作為一個整體範疇最早出現於南北朝的繪畫美學，謝赫《古畫品論》評價顧駿之的畫「神韻氣力，把逮前賢」，謝耀文在《中國詩歌與詩學研究》中的譯文為 His artistry pales beside that of the deceased masters in regard to verve and vitality。到明代神韻正式成為美學術語，胡應麟《詩藪》認為詩有色澤神韻，盛唐詩「氣象渾成，神韻軒舉」，王昌齡的詩「神韻干雲」，為「千秋絕調」。陸時雍《詩鏡》認為神依附於韻，「韻也，神也」，詩應「洋洋如水，一往神韻，行乎其間」。清代王夫之認為詩之「虛實在神韻」，王士禎《神韻集》提出了神韻說（與格調說、性靈說、肌理說並稱清代四大美學理論），認為神韻是詩衝淡清遠之美，其特點是自然、入神，詩人興會超妙，以虛寫實，其作品才有神韻。

況周頤在《蕙風詞話》中認為神韻是「事外遠致也」，詞的神韻表現為詞境，它是一種靜穆深沉之境。李思屈在《中國詩學話語》中認為神韻主要指藝術家精神上的飄逸超邁，神韻之神既指主體的風度氣質，也指創作和鑒賞過程中傳神、通神、入神、暢神的審美體驗，神韻之韻最早指聽覺上的和諧悅耳，后來指宇宙的和諧以及它帶給人的心靈感動，詩既可「和中生韻」，富於飄逸之美，也可「婉轉生韻」，富於流動之美。[29] 龔光明在《翻譯思維學》中認為神韻是「由物色、意味、情感、事件、風格、語言、體勢等因素共同構成的美感效果」。它有兩個特點：一是無理而妙，它遵循情感邏輯，因而「凝重雋永，余味深長」；二是「其趣在有意無意之間」。[30]

在中國傳統美學中神韻與韻味密不可分，詩歌的神韻帶給讀者的感受就是韻味，辜正坤在《中西詩比較鑒賞與翻譯理論》中認為中國古詩具有視象美、音象美、事象美、義象美、味象美。第一，詩歌視象包括語意視象（詩歌所描繪的畫面景物）和語形視象（詩歌的文字符號排列所帶給讀者的視覺審美效果）。語意視象就是詩歌意象，宋詞的意象主要是人文意象和女性意象。宋詞的語形視象表現為宋詞的長短句錯落有致的排列所產生的視覺審美效果。第二，詩歌的音象美體現在節奏與韻式上，宋詞陰柔婉約的文體特點決定了其音韻婉轉、一唱三咏的音律美。第三，詩歌的事象美是指詩歌的「典故、情節和篇章結構之類在讀者頭腦中產生的美感」。宋詞喜歡大量用典，富於文化氣息和歷史厚重感。宋代詞人善於將歷史文化典故自然巧妙地融入自己的作品中而不露痕跡。第四，詩歌的義象美是詩歌的意蘊帶給讀者的美感，即詩歌

「字詞句或整首詩的意蘊、義理作用於大腦而產生的美感」，它分為小義象（「單個的字詞句所顯示的意蘊、義理」）和大義象（詩篇「整體所昭示的意蘊、義理」）。由於詩歌的意蘊往往含而不露，所以詩歌義象美帶給讀者一種朦朧蘊藉的感受，漢詩「含蓄婉約義象之美具有十分重要的意義」，宋詞的本質特點就是婉約，所以富於義象美。第五，詩歌的味象美是詩歌的「視象、音象、事象、義象等諸象在讀者頭腦中造成的綜合審美感受」），包含畫味、韻味、意味、氣味和情味。其中，畫味就是詩歌的語意視象美（畫境美）。中國傳統美學追求詩畫一體，中國古詩善於表現一種富於色彩感、縱深感、層次感、立體感的藝術空間。宋代繪畫是中國美術史上的藝術高峰，對宋詞產生了深遠影響，蘇軾等宋代詞人都精通畫論，其描寫山水景物的詞善於表現一種遠近高低的空間層次感，栩栩如生，表現了一種情境美和意境美。北宋畫家郭熙在《林泉高致》中說：「山有三遠，自山下而仰山巔謂之高遠，自山前而窺山后謂之深遠，自近山而望遠山謂之平遠。高遠之色清明；深遠之間色重晦；平遠之色有明有晦。高遠之勢突兀，深遠之意重疊，平遠之意衝融而縹縹緲緲。」

關於詩歌的韻味美，辜正坤提到了氣韻、風韻、神韻、情韻、體韻等範疇，但沒有展開論述。中國美學認為詩歌含蓄蘊藉才有韻味，宋詞以婉約為本色，所以韻味悠長。詩歌的氣味是指詩歌「內在生命力律動形式給予人的心理感受」，它包含氣骨味、氣質味、氣勢味。其中，氣骨味是指詩歌所顯示的「蒼勁的元氣筆力或自然古樸的氣勢筆力給人的感受」，宋代豪放詞雄渾蒼勁，筆力雄健，富於氣骨味。詩歌的氣質味是指「詩歌內容給人的整體感受」，即詩歌的義象美。氣勢味是詩歌「內在精神自然流走的趨勢給人的感受」[31]，詩歌自然流暢才有氣勢，它是詩歌的一種內在節奏美，宋代蘇軾的詞自然灑脫，徐疾相間，收放自如，富於氣勢。

通過上面的分析可以看出：①中國傳統美學中的神韻之神主要指主體（藝術家、作家）之神和客體（作品人物）之神；②神與形之間是對立統一的辯證關係，形神兼備是最高藝術境界，在形神不能兼備時應以神似為主；③神韻之韻主要指作品的聲韻節奏美帶給讀者的感應；④中國古詩意境的韻味美主要指一種衝淡清遠、含蓄蘊藉的意境美。宋朝魏泰在《臨漢隱居詩話》中說：「詩者，敘事以寄情。事貴詳，情貴隱，及乎感會於心，則情見於詞，此所以入人深也。」譚德晶在《唐詩宋詞的藝術》中談道：「當一首詩形成以后，詩的情緒就在『裡面』蕩漾、充溢、蒸騰，久久也不消散，即使詩的語言已經完結，但詩的空間、其空間裡蕩漾的情緒仍在你的腦海中縈繞。」[32]

中國傳統美學中的神韻內涵十分豐富，涵蓋了氣韻、風韻、韻味等範疇，

涉及了文藝創作的各個環節（體驗生活、藝術構思、語言表達、讀者鑒賞）和要素（作家、作品、讀者），神韻是讀者與作家、作品互動所獲得的一種審美感受，其產生過程可表示為：作家內心神韻→作品神韻→讀者所感受的作品神韻。詩詞意境的神韻來源於三個方面：詩人心中的韻味、詩詞語言所內含的韻味、讀者讀詩所體會到的韻味。

二、中國詞學的神韻論

宋代學者嚴羽在《滄浪詩話》中提出了入神說（「詩之極致有一，曰入神」），入神就是指詩的意境達到了一種神境的高度，入神說對中國詞學理論產生了深遠影響。明代周遜在《刻詞品序》中將詞分為神、妙、能三品，神品之詞能使讀者「恍若身臨其事，怵然心感」。清代陳廷焯在《白雨齋詞話》中認為沉鬱為詞之化境、高境、勝境，「意在筆先，神餘言外，寫怨夫思婦之懷，寓孽子孤臣之感。凡交情之冷淡，身世之飄零皆可以一草一木發之。而發之又必若隱若現，欲露不露，反覆纏綿」。況周頤在《蕙風詞話》中認為詞應「淡遠取神」，詞境應追求重、拙、大，其中「重」指詞的意境應凝重，「凝重中有神韻」，神韻乃「事外遠致也」，詞寫景貴「淡遠有神」。中國傳統詞學認為詞的沉鬱之境是渾成之境，它是詞的一種渾然天成的意境和神韻。宋代學者陳振孫評價周邦彥的詞「多用唐人詩語隱括入律，渾然天成」，張炎在《詞源》中評價周詞「渾厚和雅」，「於軟媚中有氣魄」。清代毛先舒認為「詞家意欲層深，語欲渾成」，況周頤在《宋詞三百首序》中說該書所選宋詞「大要求之體格、神致，以渾成為主旨」。當代學者朱崇才在《詞話理論研究》中認為詞之渾成包含三層含義：「渾然天成」、「渾然一體」、「渾厚平和」。神致渾成之詞有「渾然之形、完整之質、渾厚之品」，表現為三個特徵：一是真情實景；二是境外有象，言外有意；三是言意渾融，詞應「內含深意，外具神韻」。[33]

第六節　宋詞意境神韻美的再現

文學翻譯的神韻包含作者神韻、原作神韻、譯者神韻、譯作神韻四個方面。作者神韻是作品神韻的精神實質和內涵，譯者要把握和再現原作的神韻，首先要深刻領會作家的神韻，它主要包含思、情、性等要素。「思」指作家的藝術思維（劉勰稱其為「神思」）；「情」指作家的審美情感體驗，它貫穿了文

學創作的整個階段,作家情真其作品才能感染讀者;「性」指作家個性化的精神氣質和審美志趣。譯者把握作者神韻,就是要瞭解其精神境界、思想情操、個性化的藝術氣質和審美理想,陳西瀅在《論翻譯》中談道:「誠如病夫先生所說:『神韻是詩人內心裡滲漏出來的香味。』神韻是個性的結晶,沒有詩人原來的情感,便不能捉到他的神韻。」林語堂認為文學翻譯要達意傳神,神包括作者的風度神韻和作品的字神,作家的風度神韻就是性靈即自我,它是「你最獨特的思感脾氣好怒喜惡所集合而成的個性」。施穎洲在《現代譯詩名家》中認為神韻是詩人「品性的結晶、情感的精髓、靈魂的昇華」,黃龍在《翻譯學》中認為詩歌神韻包含情操、風雅、靈感、韻律四個要素,詩人之情(情操)、詩人之貌(風雅)、詩人之才(靈感)外化為作品之內秀(韻律)。

在中國翻譯界劉士聰倡導的韻味說獨樹一幟,對翻譯神韻的論述最為全面和深刻,他在《漢英・英漢翻譯美文翻譯與鑒賞》中探討了譯文韻味產生的整個過程:首先,作者「因心有所感,把自己的精神境界、思想情操和審美志趣,以語言為媒介」,通過作品表達出來,就產生了韻味;其次,譯者閱讀和分析原文,感悟到作者的精神、情操和志趣,「產生與作者類似的審美感受和審美愉悅,然后用另外一種語言將其表達出來,傳達給譯文讀者」;最后,「譯文準確而富有文採的語言所蘊涵的藝術感染力」能引起讀者的共鳴[34],讓讀者回味無窮,獲得精神感染和審美享受,這種回味和共鳴的效果就是譯文的韻味。其產生過程可表示為:作者神韻→作品韻味→譯者所感受的原作韻味→譯作韻味→譯語讀者所感受的譯作韻味。可見譯文韻味是作家、原作、譯者、譯作、譯文讀者互動的產物。

不同的作家因氣質和情趣的個性化差異,其主體神韻千姿百態,譯者應優先選擇那些與自己氣質和情趣相近的作家,這樣容易與其產生精神共鳴,把握和再現原作神韻時才能得心應手。前面談到,中國美學推崇作家平和淡遠的個性氣質,強調藝術家要神清氣爽、品味淡雅,張戒、謝榛、陸時雍等學者都高度評價陶淵明衝淡清雅的情趣和氣質,視其為詩人典範。譯者既要選擇與自己氣質相近的作家,還要深入瞭解其創作時的思想狀態和情感體驗,進入其內心世界,力求達到心靈契合和精神共鳴,這一過程是譯者以內心之神去把握作者之神。郭沫若說自己翻譯雪萊的詩歌時能「感聽得他的心聲,我能和他共鳴,我和他結婚了」,這種入神體驗能帶給譯者一種強烈的翻譯慾望和衝動。

中國美學認為作家主體神韻是人格的一種充實美,表現為作家豐富的情感、深厚的藝術修養、充沛的想像和淵博的學識。作家通過提升思想境界、陶冶情操、提高審美品位和藝術修養能不斷充實自我人格,這是一個養神的修煉

過程。中國譯學也十分強調譯者的修養和精神境界，林語堂、傅雷、劉士聰等翻譯家都修養深厚，風度儒雅，都注重通過讀書和藝術實踐來充實自我人格。林語堂認為讀書能開闊眼界，培養個性，擺脫俗氣，讀書須「有膽識、有眼光、有毅力」才能「處處有我的真知灼見，得一分見解是一分學問，除一種俗見，算一分進步」。[35] 劉士聰強調譯者應具備人文素質、審美素質和語言素質，譯者只有閱讀一流的文學作品，欣賞一流的文學語言，才能提高藝術修養和語言素養，成為一流的譯者。

在文學創作中作家將自己個性化的氣質和情趣融入作品，就構成作品神韻，它是作者神韻的外化，融合了音韻美、意境美、文字美。音韻美指作品和諧的音律、韻律與節奏所產生的一唱三咏、回環往復的旋律美，能使讀者回味無窮。中國美學強調讀者朗讀作品，感受其音律美和節奏美，明代謝榛認為讀者欣賞詩歌要「熟讀之以奪神氣，歌咏之以求聲調，玩味之求精華」。中國譯學也強調譯者誦讀原作，感受和體會其音韻和節奏，在完成譯作後還要反覆朗讀，看其是否傳達了原作的韻律美和節奏美。

在文學作品體裁中詩歌、散文和戲劇的語言都富於節奏和音律美。詩歌的音韻美既包括音調、音步、韻式、擬聲詞等要素，還指詩人思想情感起伏變化所產生的內在節奏和旋律。郭沫若在為田漢所譯《歌德詩中所表現的思想》所寫的附言中認為詩包含字面、意義和風韻，詩的生命「全在它那種不可把捉之風韻，所以我想譯詩的手段於直譯意譯之外，當得有種『風韻譯』」。在中國美學史上風韻最早見於唐代詩僧皎然的《詩式》，詩「風韻正，天真全，既名上等」，詩天成自然，不假修飾，才有風韻。郭沫若是詩人型翻譯家，強調以詩譯詩，傳達原詩的內在精神（詩內在的自然韻律和節奏），他認為詩的生命「在它內容的一種音樂的精神」，他翻譯的《魯拜集》和雪萊詩歌詩意盎然，富於氣勢，氣韻生動。

在宋詞翻譯中譯者應力求將原詞的韻味、神韻傳達給譯語讀者。劉士聰在《漢英·英漢美文翻譯與欣賞》中認為譯作的韻味就是原作通過譯文準確而富有文採的語言表達所蘊涵的藝術感染力，它「能引起讀者的美感共鳴」，文學作品都有一種意境與氛圍，它「通過作者在作品裡所表達的精神氣質、思想情操、審美志趣以及他/她所創造的形象營造出來，並構成作品審美價值的核心」，作者的「修養」、「胸襟」和「志趣」反應在「他/她所創造的情景或形象裡，對讀者產生藝術感染力」，文學翻譯「只有保持和再現原文的這種意境和氛圍，才能使譯文具有和原文類似的審美韻味」。[36] 在宋詞翻譯中譯者要深入感受原詞意境所包含的韻味，通過移情體驗被原詞意境所感動，然后通過譯

語將其再現出來，力求使譯語讀者為譯詩所感動。下面是蘇軾的《賀新郎》和許淵冲的譯文：

乳燕飛華屋，悄無人，桐陰轉午。晚涼新浴。手弄生綃白團扇，扇手一時似玉。漸困倚，孤眠清熟。簾外誰來推繡戶？枉教人夢斷瑤臺曲。又卻是風敲竹。

石榴半吐紅巾蹙，待浮花浪蕊都盡。伴君幽獨。濃豔一枝細看取，芳心千重似束。又恐被西風驚綠。若待得君來向此，花前對酒不忍觸。共粉淚兩簌簌。

Young swallows fly along the painted eave,
Which none perceive.
The shade of plane trees keeps away
The hot noonday
And brings an evening fresh and cool
For the bathing lady beautiful.
She flirts a round fan of silk made,
Both fan and hand white as jade.
Tired by and by,
She falls asleep with lonely sigh.
Who's knocking at the curtained door
That she can dream sweet dream no more?
It's again the breeze who
Is swaying green bamboo.

The pomegranate flower opens half her lips
Which look like wrinkled crimson strips;
When all the wanton flowers fade,
Alone she'll be the beauty's maid.
How charming in her blooming branch, behold!
Her fragrant heart seems wrapped a thousand fold.
But she's afraid to be surprised by western breeze,
Which withers all the green leaves on the trees.

The beauty comes to drink to the flower fair;
To see her withered too she cannot bear.
Then tears and flowers
Would fall in showers.

　　蘇軾是宋代豪放詞的代表，也寫了大量優秀的婉約詞。前面談到，婉約之婉表現了女性美、曲順之美和淒清幽深之致，婉約之約有三層含義：①婉約詞常描寫「縹緲之情思」、「綽約之美人」、「隱約之事物」；②婉約詞常用比興手法，「幽深隱微」，「圓美流轉」，「曲盡其情」；③婉約詞讀來余音繞梁，回味無窮。蘇詞《賀新郎》就體現了這些特點，葛曉音在《唐詩宋詞十五講》中認為原詞描寫一個歌妓（或侍妾）幽獨寂寞的心情。作者沒有描寫她的綺豔之態，而是著重渲染她那孤高芳潔的幽姿。原詞上闋描寫了一幅生動的畫面：黃昏時分涼風習習，吹去了下午的熱氣，此時婦人沐浴已畢。她在清涼的晚風中漸生困意，睡意蒙眬之中似乎有人敲門，驚醒了她的美夢，原來是微風在搖動著窗外的翠竹。下闋，詩人用「浮花浪蕊」暗喻那些趨炎附勢的小人，而以高潔的石榴自喻。葛曉音認為原詞中「手弄生綃白團扇」、「桐陰」、「風竹」襯托出婦人「心境的靜寂和人品的修潔」，她「以不屑與『浮花浪蕊』爭豔的石榴花自喻，願在眾花謝落之后『伴君幽獨』，這就刻畫出一個甘於寂寞、具有較高精神追求的超群脫俗的美人形象」。

　　許譯上闋 Young swallows fly along the painted eave 中 young swallows 用復數形式描寫燕子成雙成對，反襯出婦人的形單影只。She falls asleep with lonely sigh 中 lonely sigh 表現了婦人的孤苦無助，That she can dream sweet dream no more? 通過動詞 dream 和名詞 dream 的連接，巧妙地表現了婦人的春夢被微風搖竹聲所驚醒。It's again the breeze who / Is swaying green bamboo 用修飾人的關聯詞 who 來指代微風，富於情感色彩。下闋，When all the wanton flowers fade, / Alone she'll be the beauty's maid 中 wanton 準確地傳達了「浮花浪蕊」的情感色彩，alone 表現了婦人孤高的品行。How charming in her blooming branch, behold! 用感嘆句式和呼格 behold，語氣強烈，傳達了詩人對婦人美麗形象的讚美之情，blooming / branch 形成頭韻，具有音美。The beauty comes to drink to the flower fair / To see her withered too she cannot bear 中 fair 既形容石榴花（flower），又描寫婦人（the beauty），withered 與上文 Which withers all the green leaves on the trees 中的 withers 相呼應，寫婦人形容憔悴，如同這西風中枯萎的石榴花。Then tears and flowers / Would fall in showers 描寫石榴花瓣紛紛飛落，

婦人也淚花飛濺，不知哪是人淚，哪是花淚。馮延巳是唐五代婉約詞的重要代表，下面是《鵲踏枝》和許淵冲的譯文：

誰道閒情拋棄久？每到春來，惆悵還依舊。日日花前常病酒，不辭鏡裡朱顏瘦。

河畔青蕪堤上柳，為問新愁，何事年年有？獨立小橋風滿袖，平林新月人歸后。

Who says my grief has been appeased for long?
Whene'er comes spring,
I hear it sing
Its melancholy song.
I'm drunk and sick before the flowers from day to day
And do not care my mirrored face is worn away.

I ask the riverside green grass and willow trees
Why should my sorrow old
Renew from year to year? With vernal breeze
My sleeves are cold;
On lonely bridge alone I stand
Till moon-rise when all men have left the wooded land.

　　王國維在《人間詞話》中對馮延巳評價很高，認為馮詞影響了歐陽修、秦觀的詞風。葛曉音在《唐詩宋詞十五講》中認為馮詞「情致纏綿，語言清新，具有中晚唐七絕的風韻」。原詞寫主人公在春日來到戶外踏青，他佇立風中，愁緒滿懷，形容憔悴，內心孤獨寂寞，作品表達了主人公傷春懷情的感受，詩人「用景結情，繪出抒情主人公風中佇立、月下遲歸的孤獨飄逸的形象，能於惆悵的情緒中見出清疏高雅的意境。」許譯上闋，Who says my grief has been appeased for long? 保留了原詩的問句形式，語氣強烈，表達了主人公內心無盡的惆悵和悲苦。Whene'er comes spring / I hear it sing / Its melancholy song 用擬人手法，既寫春天唱著傷感之歌（sing its melancholy song），又暗寫主人公獨自悲吟。I'm drunk and sick before the flowers from day to day 中 from day to day 與下闋的 from year to year 相呼應，表達了主人公連綿不盡的哀愁。下闋

Why should my sorrow old／Renew from year to year? 保留了原詩的問句形式，On lonely bridge alone I stand／Till moon-rise when all men have left the wooded land 將狀語 on lonely bridge、alone 放在 I stand 之前，強調了主人公「獨立小橋」的形象，lonely、alone 渲染了原詞孤獨淒清的氛圍。

第七節　宋詞意境的朦朧美

一、中國傳統美學的虛實觀

宋詞意境的朦朧美反應了有與無、實與虛等要素之間的辯證關係。中國傳統美學強調有無相生，言簡意遠。《周易系辭上》說：「書不盡言，言不盡意。」老子《道德經》說：「道之為物，惟恍惟惚。惚兮恍兮，其中有象；恍兮惚兮，其中有物。窈兮冥兮，其中有精；其精甚真，其中有信⋯⋯視之不見名曰夷，聽之不聞名曰希，搏之不得名曰微。此三者不可致詰，故混而為一。其上不皎，其下不昧，繩繩不可名。復歸於無物，是謂無狀之狀，無物之象，是謂恍惚。迎之不見其首，隨之不見其后。」他強調「大音希聲，大象無形」，主體要透過客體的五色、五音、五味把握其大音、大象。

莊子認為「語有貴也，語之所貴者意也。意有所隨，意之所隨者，不可以言傳也」，「可以言傳者，物之粗也，可以意致者，物之精焉」。南北朝學者王弼認為主體必須超越客體之有來把握客體之無，「夫物之所以生，功之所以成，必生乎無形，由乎無名。無形無名者，萬物之宗也。不溫不涼，不宮不商，聽之不可得而聞，視之不可得而彰，體之不可得而知，味之不可得而嘗。故其為物也則混成，為象也則無形，為音也則希聲，為味也則無呈」，「天下之物，皆以有為生。有之所始，以無為本。將欲全有，必反於無也」。他主張得象忘言，得意忘象，「言所以明象，得象而忘言；象者所以存意，得意而忘象」。

詩詞的朦朧美就是一種言不盡意、有無相生、虛實相融的審美效果。陸機《文賦》提出「課虛無以責有，叩寂寞而求音」，劉勰《文心雕龍》說：「言不盡意，聖人所難；識在瓶管，何能炬鑊？」「至於思表纖旨，文外曲致，言所不追，筆固知止。至精而后闡其妙，知變而后通其數。伊摯不能言鼎，輪扁不能語斤，其微矣乎！」文學作品應有隱秀美，「隱也者，文外之重旨也；秀也者，篇中之獨拔者也。隱以復意為工，秀以卓絕為巧，斯乃舊章之懿績，才

情之嘉會也。夫隱之為體，義生文外，秘響旁通，伏採潛發，譬爻象之為互體，川瀆之韞珠玉也」，隱秀美是「深文隱蔚，余味曲包」。

唐代學者黃滔受陸機《文賦》的影響寫下《課虛責有賦》，專門論述了美學的有無觀和虛實觀，他認為「虛者無形以設，有者觸類而生」。司空圖的《二十四詩品》表現了縹緲空靈、如夢如幻的意境。明代吳景旭在《歷代詩話》裡談道：「凡詩惡淺露而貴含蓄，淺露則陋，含蓄則旨，令人再三吟咀而余味。」唐志契在《繪事微言》中說：「善藏者未始不露，善露者未始不藏。若主於露而不藏，便淺薄。即藏而不善藏，亦易盡矣。然愈藏而愈大，愈露而愈小，更能藏處多於露處，而趣味愈無盡矣。」

清代笪重光在《畫筌》中認為意境融合了真境與神境，「空本難圖，實景清而空景現；神無可繪，真境逼而神境生」。葉燮在《原詩》中認為詩有迷離恍惚之美，「詩之至處，妙在含蓄無垠，思致微渺，其寄托在可言不可言之間，其指歸在可解不可解之會；言在此而意在彼，泯端倪而離形象，絕議論而窮思維，引人於冥漠恍惚之境，所以為至也」，「惟不可名言之理，不可絕見之事，不可徑達之情，則幽渺以為理，想像以為事，惝恍以為情，方為理至、事至、情至之語。」

龍協濤在《文學閱讀學》中認為文學作品中言、意、象的辯證關係賦予作品深長的韻味，他認為言「作用於接受者的感官之后在腦海裡浮現出『象』」，意是主體「透過『象』領悟到精神意義、所受到的思想啓迪或情感熏陶，是由『象』暗示出來的」，讀者的「最終感悟，神妙幽玄，不在文字，也不在形象，而在心靈；不在物質，也不在形式，而在觀念」。作家「命言破言，言下忘言，以言生言，即以文字之長消解文字之短」，「對於語言精練、將富於啟示的意義之網撒向讀者的詩作，不可執著於在字面上攝取，而要收回到心中去咀嚼、涵咏」。[37]劉華文在《漢詩英譯的主體審美論》中認為有無是中國美學最基本的辯證對子，「只有在『無』，在『不在場』的襯托下，『有』才能超越自身，生發出美感價值來」。[38]謝耀文在《中國詩歌與詩學比較研究》中分析了「含蓄」的內涵（By *hanxu* is meant that a poem embraces the abstract and cumulates the concrete. Once one really comprehends and follows this Way both spiritually and artistically, he is undoubtedly capable of conveying subtle literary charm without having unnecessary recourse to explicit verbalization. But how can one build up the necessary sensibility, sensuosity and sensitivity to falicitate the process of poetic abstraction and concretization as meant by *hanxu*? There are thousands of ways to make one versatile and erudite, but they all converge on the one that would inspire the poet to feel the unbearable poetic urge as guided by the Almighty in mind. This One is the Way of leading the poetic imagination or spirit on and on through the journey of wan qu yi shou）。[39]作者認為詩人「萬取一收」，化實為虛，由虛返實，詩歌的含蓄美就是虛實相融之美。

二、宋詞意境的朦朧美

宋詞意境的神韻美是一種虛實相生的朦朧美，它表現為幾個方面：①宋詞注重表現真情真境，但並不直抒其情，而是曲達其情。比較而言，唐詩境闊，感情奔放，而宋詞境幽，感情內收，所以比唐詩更為朦朧含蓄，況周頤在《蕙風詞話》中認為詞「多發於臨遠送歸，故不勝其纏綿悱惻」，黃蘇在《蓼園詞評》中評價姜白石的詞「全在虛處，無跡可尋」。②宋詞繼承和發揚了中國古詩寄託、比興的手法，將其推向了藝術的高峰。宋詞的特點是言長言曲，善於通過寄託、比興手法達到千回百轉、情景交融、韻味悠長的藝術效果。③宋詞意境的朦朧集中體現在婉約詞中，常以「縹緲之情思」、「綽約之美人」、「隱約之事物」為描寫對象，其意境「幽深隱微」，「圓美流轉」。宋詞寄託說以清代學者周濟、況周頤等為代表，朱崇才在《詞話理論研究》中指出，寄託比興之詞有兩種：一是男女詞，為「美人」模式；二是托物言志，為「香草」模式。[40]

前面談到，詩詞意境是實境與虛境的有機融合，實境包含有形的實景和無形的虛景，實景與虛景相互觸發，將詩詞的實境引向虛境。詩詞的意境是由實境與虛境、有境與無境、顯境與隱境構成的意象複合結構，嚴雲受在《詩詞意象的魅力》中認為詩詞意象結構是顯意象與隱意象共存的複合體，顯意象是「用語言文字物化的意象」，隱意象是「欣賞者想像、補充的意象」，它「隱含在顯意象構造之中」，是顯意象「合理的補充、延伸、拓寬」，讀者「依靠顯意象的激活、引發，才能獲得隱意象」。[41]宋詞意境的朦朧美是模糊性與清晰性的融合，詩人既描繪相對清晰的實象（實境），又通過實象（實境）去暗示朦朧的虛象（虛境）。宋詞的虛境表現的是象外之象，是作品實境與實境之間的空白，王明居在《模糊美學》中認為象是「具體的、感性的、富於魅力的美的形象」，象外之象是實象之外的虛空境界，它「含而不露，引而不發，意在言外，余韻裊裊」，「含隱蓄秀，以少勝多，講究味外之味，韻外之致」。[42]

宋詞通過實境、有境、顯境去表現虛境、無境、隱境，蒲震元在《中國藝術意境論》中認為實境是詩歌中「既真且美、雖少而精、導向力強的畫

面」,能感觸和捉摸,是意境的穩定部分,因此意境是直接的、確定的、形象可感的,而虛境是詩歌中「蘊含豐富間接形象,充溢特定藝術情趣和藝術氣氛的『虛』,是能不斷呈現出想像中的『實』的藝術之虛」,因此意境又是間接的、不確定的、想像的,具有「流動性、開闊性、深刻性」。[43]宋詞意境虛實相融、有無相生的朦朧含蓄美具有一種召喚性,讀者欣賞宋詞時作品的實境與虛境在其頭腦中相互觸發,把讀者的想像和聯想不斷引向更深遠廣闊的審美空間。宋代詞人為表現意境的朦朧美,善於提煉作品語言,力求使其凝練含蓄,激發讀者的想像和聯想去填補作品畫面中的空白。胡經之在《文藝美學》中認為詩歌善於「以少見多,以小見大,化虛為實,化實為虛」,詩人「通過『象』這一直接呈現在欣賞者面前的外部形象去傳達『境』這一象外之旨,從而充分調動欣賞者的想像力,由實入虛,由虛悟實,從而形成一個具有意中之境、『飛動之趣』的藝術空間」。[44]

　　宋詞繼承了中國古詩借景抒情、寓情於景的傳統,景、象、情、理的結合達到了圓融化一的境界。和前代詩歌相比,宋詞的韻味更為悠長,詩意更為含蓄,意境的層次更為豐富,更有深度感,更善於從淺層虛境引入深層虛境。蒲震元在《中國藝術意境論》中認為詩歌的淺層虛境是詩人發揮想像對作品表層意象進行藝術提煉的產物,它包括三個過程:一是深化,詩人「通過回憶或某種想像,使表象自身變得更為準確、深刻、全面、鮮明、穩定」;二是分化,指詩歌意象「向原表象的過去、未來及不同情境下可能出現的姿態、神情」進行分化;三是通感式轉化,指詩歌視覺、聽覺、觸覺、味覺表象之間、靜態表象與動態表象之間的互化,這樣詩歌「虛、隱、空、無的局部(實中之虛)及實境外無涯的虛境(實外之虛)產生耐人尋味的藝術幻覺及相應的情趣與氣氛」[45],這就是詩歌的深層虛境。詩歌的意境是一個動態的生成過程,它「從實境(直覺形象)到觸發虛境,產生藝術幻想或聯想,同時憑藉藝術家或鑒賞者情與理辯證相生的認識與想像能力,進一步造成實境與虛境的相互包容、滲透與轉化的完整意境,其間經歷了原象—原象的綜合或分解—觸發豐富的象外之象等自發或自覺的表象運動過程」[46],它可表示為:實境→淺層虛境→深層虛境。

第八節　宋詞意境朦朧美的再現

　　譯者闡釋宋詞意境要深刻領會其虛實相融的朦朧美，把握其意境的層次感和深度感，從原詞的實境進入其淺層虛境，最後進入其深層虛境，把握原詞意境畫面中的審美空白。在此基礎上譯者力求通過譯語傳達和再現原詞意境的朦朧美，留給譯語讀者品味的空間。由於英語與漢語之間的風格差異，譯者不可避免地要對原詞意境的朦朧美進行適當的明晰化處理，這對譯者的藝術表現力和語言功力提出了很高的要求。顧正陽在《古詩詞曲英譯美學研究》（2006）中認為漢語古詩詞的空白美包含四類：整體空白、間隔空白、意象的空無、結句空白。譯者要再現原詩的空白美，可採取保留空白、提示和填補空白等方法。於德英在《「隔」與「不隔」的循環：錢鐘書「化境」論的再闡釋》（2009）中認為文學語言是一種多義性、隱喻性的詩意語言，文學翻譯要力求再現原作多義性、隱喻性的修辭特點。下面是蘇軾《水龍吟·次韻章質夫楊花詞》和許淵冲的譯文：

　　　　似花還似非花，也無人惜從教墜。拋家傍路，思量卻是，無情有思。縈損柔腸，困酣嬌眼，欲開還閉。夢隨風萬里，尋郎去處，又還被鶯呼起。

　　　　不恨此花飛盡，恨西園落紅難綴。曉來雨過，遺蹤何在？一池萍碎。春色三分，二分塵土，一分流水。細看來，不是楊花，點點是離人淚。

　　　　They seem to be but are not flowers;
　　　　None pity them when they fall down in showers.
　　　　Forsaking leafy home,
　　　　By the roadside they roam.
　　　　I think they're fickle but they have sorrow deep.
　　　　Their grief o'er-laden bowels tender
　　　　Like willow branches slender,
　　　　Their wistful eyes, like willow leaves, near shut with sleep,
　　　　About to open, yet soon closed again.

They dream of drifting with the wind for long,
Long miles to find their men,
But are aroused by orioles' song.

Grieve not for willow catkins flown away.
But that in Western Garden fallen petals red
Can't be restored. When dawns the day
And rain is o'er, we cannot find their traces
But in a pond with duckweeds overspread.
Of Spring's three graces,
Two have gone with the roadside dust
And one with waves. But if you just
Take a close look, then you will never
Find willow down but tears of those who sever,
Which drop by drop
Fall without stop.

　　辜正坤在《中西詩比較鑒賞與翻譯理論》中評價蘇詞《水龍吟》說：「寫楊花寫到如此精妙無倫的境界，中國詩壇上絕無第二人。」該詞通過描寫春天裡紛揚飄灑的楊花細膩地刻畫了一位婦女對情人的思念之情。楊花飄落在地，無人憐惜，婦人觸景生情，聯想到自己孤苦飄零的境遇。她對遠方的情人朝思暮想，夢縈魂繞，可自己的好夢又被鶯聲驚擾，醒來時眼前已不見楊花，只剩一池浮萍，這使她更加傷心。在她眼裡，喜人的春色不過是路上的塵土和池裡的流水，那紛灑的楊花就像她思念情人時落下的點點淚花。整首詞如泣如訴，淒楚哀婉，讀來令人動容。詩人在描寫春日思婦的心理情感時進行了深刻的移情體驗，「點點是離人淚」把灑落的楊花比作婦人的淚花，這又何嘗不是詩人動情之處落下的淚花。

　　原詞上闋，楊花飄落在地，無人憐惜，見此景象婦人想到自己孤苦淒楚，無人憐愛。她對遠方的情人朝思暮想，望穿雙眼，只能在夢裡與他相會，可是自己的好夢又被鶯聲驚擾。「縈損柔腸，困酣嬌眼，欲開還閉」以花寫人，「縈」、「柔」、「酣」、「嬌」、「閉」形象地刻畫了婦人苦苦思念情郎時的一種嬌弱、困倦和慵懶的神態。許譯 Their grief o'er-laden bowlers tender / Like willow branches slender / Their wistful eyes, like willow leaves, near shut with sleep 保留了

原詞的擬人手法，wistful 意思是 full of or expressing sad or vague longing（esp for sth that is past or unobtainable），許譯用 tender、slender、wistful 生動地再現了婦人嬌柔、倦乏的神態。wistful 與 willow 形成頭韻，wistful willow 喻指 wistful woman，意美、音美融為一體。原詞下闋，婦人從夢裡驚醒，眼前已不見楊花，只剩一池浮萍，讓她倍感傷心。原本喜人的春色在她眼裡只不過變成了路上的塵土和池裡的碎萍，那紛揚飄落的楊花宛如她思念情人時灑下的點點淚花。許譯 But if you just / Take a close look, then you will never / Find willow down but tears of those who sever / Which drop by drop / Fall without stop 用 drop by drop、fall without stop 生動地再現了原詞所描繪的花瓣（婦人的淚花）紛紛灑落的場面，傳達了婦人內心深處無盡的哀愁和苦悶，drop 的疊用、drop 與 stop 的諧韻再現了疊字「點點」所具有的音美和意美。許譯忠實地再現了原詞意境的朦朧美。

第九節　宋詞儒家意境美的再現

宋詞意境不僅是一種審美範疇，更包含了深刻的文化內涵，反應了中華民族的文化思想和精神。譯者對宋詞的審美闡釋融合了文化詩學研究，譯者對宋詞所包含的文化思想內涵必須有深刻的研究和領會，力求通過譯語將其傳達給譯語讀者。宋詞的意境有儒家之意境、道家之意境和佛家之意境三種表現形態。儒家文化強調人要遵從社會的道德準則和行為規範，提倡奮鬥不息的進取精神。懷有儒家理想的詩人俯仰宇宙，感悟人生，面對宏偉雄渾的大自然，內心激發起奮發拼搏的壯志豪情和建功立業的遠大志向，其作品傳達出宇宙的蒼茫感、生命的滄桑感、歷史的憂患感。蒲震元在《中國藝術意境論》中認為儒家美學表現了「對大宇宙生命本體作道德倫理內涵方面的執著追求」，這種道德倫理崇拜是「人的社會生命（群體價值）、道德精神的高揚」，是將宇宙的自然層面「超化成」道德宇宙，傳達了「天人合德、知行合一、情景合一的理想」，具有積極入世的功利性，表現出「深沉博大的歷史人生感與浩然正氣」。[47]儒家美學的意境表現了一種陽剛美、崇高美，楊辛在《美學原理》中認為崇高美是壯美，它具有「壓倒一切的強大力量」，具有「不可阻遏的強勁的氣勢」，其特徵是粗獷、激盪、剛健、雄偉，給人以「驚心動魄的審美感受」和「無限的力量感覺」，能夠「擴大我們的精神境界和審美享受」。[48]

宋詞的儒家美學意境集中表現在蘇軾、辛棄疾、岳飛、陸遊、張孝祥、張

元干、劉辰翁等代表的豪放詞中。況周頤在《蕙風詞話》中認為詞境應追求重、拙、大。其中「重」指詞的意境應凝重，「凝重中有神韻」；「大」指詞的意境應表現作者宏大的氣魄和高雅的風度，「重」、「大」就是豪放詞的意境。陳廷焯在《白雨齋詞話》中認為「詞之高境，亦在沉鬱，然或以古樸勝，或以衝淡勝，或以巨麗勝，或以雄蒼勝」，豪放詞的意境就是「以雄蒼勝」。豪放詞富於英雄主義精神，其意境以氣勝。汪莘在《方壺詩余自序》中評價蘇軾詞「其豪妙之氣，隱隱然流出言外，天然絕世」。《靈芬館詞話》評價東坡「以橫絕一代之才，凌厲一世之氣」，評價辛棄疾「有吞吐八荒之概」，「其詞極豪雄，而意極其悲鬱」。葛曉音在《唐詩宋詞十五講》中比較了蘇詞和辛詞，認為蘇詞能「在可朗闊大的意境中展現出雄渾的氣勢、剛建的風骨和超曠的情懷」，辛詞則善表現「奔放激越、瞬息萬變的感情、叱咤風雲、喑嗚沉雄的起誓和狂放傲兀的風神」。[49]下面是岳飛的《滿江紅》和許淵沖的譯文：

> 怒髮衝冠，憑欄處，瀟瀟雨歇。抬望眼，仰天長嘯，壯懷激烈。三十功名塵與土，八千里路雲和月。莫等閒白了少年頭，空悲切。
>
> 靖康恥，猶未雪；臣子恨，何時滅？駕長車，踏破賀蘭山缺。壯志饑餐胡虜肉，笑談渴飲匈奴血。待從頭收拾舊山河，朝天闕。

> Wrath sets on end my hair,
> I lean on railings where
> I see the drizzling rain has ceased.
> Raising my eyes
> Toward the skies,
> I heave long sighs,
> My wrath not yet appeased.
> To dust is gone the fame achieved at thirty years;
> Like cloud-veiled moon the thousand-mile land disappears.
> Should youthful heads in vain turn grey,
> We would regret for aye.
>
> Lost our capital,
> What a burning shame!
> How can we generals

Quench our vengeful flame!
Driving our chariots of war, we'd go
To break through our relentless foe.
Valiantly we would cut off each head;
Laughing, we'd drink the blood they shed.
When we've reconquerred our lost land,
In triumph would return our army grand.

　　岳飛率領的「岳家軍」英勇善戰，屢次重創入侵中原的金人，收復了大片失地。然而朝廷昏庸腐敗，岳飛遭奸臣陷害，被處死在風波亭。在《滿江紅》中詩人憑欄遠眺，想到自己對朝廷赤膽忠心，南徵北戰，出生入死，立下赫赫戰功，而統治者卻聽信奸臣的讒言，自己遭無端陷害。詩人一生胸懷遠大抱負，立志收復失地、重整山河。正當大業將成之際，他卻含冤入獄，想到自己壯志未酬，再也不能馳騁疆場，為國效力，內心何其悲憤和痛苦，所以他「怒發衝冠」，「仰天長嘯，壯懷激烈」，表達了一位民族英雄熾熱的愛國主義情懷和壯志未酬的深深遺憾。許譯上闋，Wrath sets on end my hair 中 wrath 意思是 extreme anger，表達了詩人滿腔的悲憤，Raising my eyes / Toward the skies / I heave long sighs / My wrath not yet appeased 表現詩人為自己遭受冤屈感到激憤，對天長嘆，內心難以平靜，這裡的 wrath 與上文的 wrath 相呼應。To dust is gone the fame achieved at thirty years / Like cloud-veiled moon the thousand-mile land disappears 將 to dust / like cloud-veiled moon 分別放在句首，強調詩人對自己壯志未酬的深深遺憾。Should youthful heads in vain turn grey / We would regret for aye 用虛擬語氣，表達了詩人對自己未能實現青春理想和生命價值的強烈遺憾。下闋 Lost our capital / What a burning shame! / How can we generals / Quench our vengeful flame! 用兩個感嘆句，語氣強烈，表達了詩人對祖國山河淪落而自己卻報國無門的極度憂憤，flame 與 burning 相呼應，表達了詩人對外敵和朝廷奸臣的滿腔怒火。Driving our chariots of war, we'd go / To break through our relentless foe 中 relentless 表現了敵人的凶殘，Valiantly we would cut off each head / Laughing we'd drink the blood they shed 將 valiantly / laughing 分別放在句首，表現了岳家軍將士們英勇無畏、視死如歸的英雄氣概。When we've reconquerred our lost land / In triumph would return our army grand 將 in triumph 放在句首，表達了詩人對未來岳家軍收復國土、勝利而歸的期盼，grand 表現了岳家軍的威武雄姿。

第十節　宋詞道家意境美的再現

　　道家美學認為道是控製世界萬物的基本規律，它使陰陽相諧，五行相調。人必須順其自然，與自然保持和諧，保存自我天性。人只有返璞歸真，迴歸自然，才能達到天人合一、隨心所欲的境界。魏晉六朝學者王弼在《老子指略》中強調素樸：「夫鎮之以素樸，則無為而自正。攻之以聖智，則民窮而巧殷。故素樸可抱，而聖智可棄。」蒲震元在《中國藝術意境論》中認為道家美學表現了自然宇宙和物我不分的審美境界，強調「對人與自然歸一的審美境界的探求」，即「對大宇宙生命中的自然本體的深層體悟」，這種自然本體崇拜是把宇宙的「實然狀態」超化為人與天地萬物「一體俱化」的藝術天地。[50]道家美學強調主體遊心太玄，潘知常在《中西比較美學論稿》中認為「遊」是一種最高的精神自由和審美愉悅，莊子之道是一種「『無為而無不為』的無目的而又有目的的力量」，它是一種「大美」，是「宇宙間最為神聖最為奧妙的境界。而人類若想達到自由，達到美，就必須去『體道』，把全身心傾註於『道』的生命韻律之中」。[51]

　　中國古代文人大都儒道兼濟，內儒外道，達則為國效力，窮則歸隱田園，逍遙林泉。比較而言，宋代豪放詞抒發了詩人指點江山、激揚文字的一種知識分子群體共有的愛國情懷和拼搏精神，而婉約詞表達了詩人賞花吟月、彈琴聽曲的個體趣味和情懷。婉約詞婉、隱、曲的風格特點更能體現道家的審美意境。宋代張炎在《詞源》中說：「簸弄風月，陶寫性情，詞婉於詩。」在中國詞學史上婉約詞曾長期被視為詞之正宗和本色，豪放詞被視為變體。陳廷焯在《白雨齋詞話》中認為「詞之高境，亦在沉鬱，然或以古樸勝，或以衝淡勝，或以巨麗勝，或以雄蒼勝」，宋詞的道家意境就是「以衝淡勝」。況周頤在《蕙風詞話》中認為詞境應追求重、拙、大，其中「拙」指詞的意境應表現樸素自然之美，「宋詞名句，多尚渾成」，「樸質為宋詞之一格」，婉約詞就表現了「拙」境。

　　宋詞的道家美學意境集中表現在以柳永、周邦彥、李清照、姜夔等為代表的婉約詞中。蘇軾、辛棄疾既是豪放詞的代表，也寫了不少表現道家隱逸情趣的婉約詞，葛曉音在《唐詩宋詞十五講》中認為蘇詞常描寫「田園生活的新鮮意趣，寄托離世隱遁的願望」。下面是《行香子》和許淵冲的譯文：

一葉舟輕，雙槳鴻驚。水天清，影湛波平。魚翻藻鑒，鷺點烟汀。過沙溪急，霜溪冷，月溪明。

　　重重似畫，曲曲如屏，算當年，虛實嚴陵。君臣一夢，古今空名。但遠山長，雲山亂，曉山青。

  A leaflike boat goes light;
  At dripping oars wild geese take fright.
  Under a sky serene
  Clear shadows float calm waves green.
  Among the water grass fish play.
  And egrets dot the riverbank mist-grey.
  Thus I go past
  The sandy stream flowing fast,
  The frosted stream cold,
  The moonlit stream bright to behold.

  Hill upon hill is a picturesque scene;
  Bend after bend looks like a screen.
  I recall those faraway years.
  The hermit wasted his life till he grew old;
  The emperor shared the same dream with his peers.
  Then as now, their fame was left out in the cold.
  Only the distant hills outspread
  Till they're unseen;
  The cloud-crowned hills look dishevelled
  And dawn-lit hills so green.

　　蘇軾一生胸懷報國之志，但卻懷才不遇，屢遭朝廷排擠和流放，《行香子》含蓄地表達了詩人內心的鬱悶和失落。原詞上闋描繪了一幅寧靜優美的山水圖：在清澈湛藍的溪水中詩人蕩著輕舟，魚兒在水草中嬉戲，在霧靄朦朧的沙汀上到處是白鷺，或飛或息。詩人乘著小舟在溪水中悄無聲息，漂流而過。下闋描寫大自然寧靜優美、安寧和諧，讓詩人心曠神怡，如痴如醉。他想起自己雖功名未就，但自古以來功名利祿不過是塵土，不值得為之留戀和苦

惱，還不如縱情山水，逍遙林泉。宋詞追求一種「幽」境，胡曉明在《中國詩學之精神》中談道，「幽谷、林壑、深山、明月、清泉、悠雲、空峽，如此種種自然景觀，有著安頓靈魂、撫慰心靈、虛靜氣質、解脫紛爭之功效，以召喚疲於仕途、搏於厄運、身心憔悴於世亂與危機之中的詩人」。[52]

許譯上闋，Under a sky serene / Clear shadows float calm waves green 中 serene、clear、calm、green 再現了原詞所描繪的山清水秀、波瀾不興的優美景色。And egrets dot the riverbank mist-grey 中 mist-grey 與上文的 clear、green 再現了原詞景色朦朧與清晰的對比，The sandy stream flowing fast / The frosted stream cold / The moonlit stream bright to behold 保留了原詞「沙溪急 / 霜溪冷 / 月溪明」的排比結構和節奏感，flowing / fast、bright / behold 形成頭韻，具有音美。下闋，Hill upon hill is a picturesque scene / Bend after bend looks like a screen 中 hill upon hill、bend after bend 用疊詞手法再現了原詞疊字「重重」、「曲曲」的音美和意美。Then as now, their fame was left out in the cold 中 left out in the cold 傳達了詩人對富貴功名如過眼菸雲的深刻認識和感受。Only the distant hills outspread 中 outspread 再現了原詞所描寫的群山蒼茫遼遠的景象，The cloud-crowned hills look disheveled 中 cloud / crowned 形成頭韻，具有音美，And dawn-lit hills so green 中 green 與上文 Clear shadows float calm waves green 中 green 相照應，含蓄地傳達了詩人對大自然的熱愛和對縱情山水、逍遙林泉的隱居生活的渴望。蘇軾集儒、道思想於一身，其作品既有儒家的浩然之氣，又有道家飄逸灑脫的仙氣。下面是《沁園春》和許淵冲的譯文：

孤館燈青，野店雞號，旅枕夢殘。漸月華收練，晨霜耿耿；雲山摛錦，朝露團團。世路無窮，勞生有限，似此區區長鮮歡。微吟罷，憑徵鞍無語，往事千端。

當時共客長安，似二陸初來俱少年。有筆頭千字，胸中萬卷；致君堯舜，此事何難！用舍由時，行藏在我，袖手何妨閒處看？身長健，但優遊卒歲，但鬥樽前。

The lamp burns with green flames in an inn's lonely hall;
Wayfarers' dreams are broken by the cock's loud call.
Slowly the blooming moon rolls up her silk dress white;
The frost begins to shimmer in the soft daylight;
The cloud-crowned hills outspread their rich brocade

And morning dewdrops gleam like pearls displayed.

As the way of the world is long,

But toilsome life is short,

So, for a man like me, joyless is oft my sort.

After humming this song,

Silent, on my saddle I lean

Brooding over the past, scene after scene.

Together to the capital we came,

Like the two Brothers of literary fame.

A fluent pen combined

With a widely read mind.

Why could we not have helped the Crown

To attain great renown?

As times require,

We advance or retire;

With folded arms we may stand by.

If we keep fit,

We may enjoy life before we lose it.

So drink the wine cup dry!

　　況周頤在《蕙風詞話》中評價東坡「心地光明磊落，忠愛根於性生，故詞極超曠，而意極和平」。袁行霈在《中國詩歌藝術研究》中認為蘇軾詞「恢宏闊大」，葛曉音在《唐詩宋詞十五講》中認為蘇詞善於表現主人公「爽朗的笑容、恢宏的度量、從容的神情和雄健的氣魄」。《宋詞鑒賞辭典》介紹說，蘇詞《沁園春》寫於 1074 年詩人「由海州出發赴密州（今山東諸城）途中，時年蘇軾三十九歲，由杭州通判調知密州，其弟蘇轍時在齊州（今山東濟南）」。原詞上闋寫詩人在初秋的清晨離開客店，啟程上路，他感嘆光陰似箭，人生易老，自己命運多舛，四處奔波，浪跡天涯。下闋，詩人認為自己與胞弟蘇轍就像西晉著名詩人陸機、陸雲兄弟那樣才華橫溢，滿腹經綸，指點江山，渴望報效朝廷，卻懷才不遇。「用舍由時，行藏在我」化用了《論語》的（「用之則行，舍之則藏」），「但優遊卒歲」化用了《孔子家語》的「優哉遊哉，可以卒歲」，「但鬥樽前」化用了牛僧孺的「休論世上升沉事／且鬥樽前

見在身」。詩人雖身處逆境，但並不消沉頹廢，而是抱著積極向上的人生態度，達觀開朗。

原詞上闋中孤館、燈青、野店、雞號、月華、晨霜、雲山、朝露等一組視覺、聽覺意象描繪了一幅生動的旅途早行圖，孤、殘、野渲染了一種冷清孤寂的情感氛圍，與溫庭筠的「雞聲茅店月／人跡板橋霜」意境相近。許譯 lamp、green flames、inn's lonely hall、cock's loud call、blooming moon、silk dress white、frost、soft daylight、cloud-crowned hills、rich brocade、morning dewdrops 再現了原詞的意象，roll、shimmer、outspread、gleam 等動詞化靜為動，賦予原詞意象和畫面一種動態感。cloud-crowned hills 中 cloud／crowned 形成頭韻，具有音美。蘇軾《行香子》中寫道：「但遠山長／雲山亂／曉山青」，許譯把「雲山亂」處理為 The cloud-crowned hills look dishevelled，也用了 cloud-crowned hills，與上面譯文有同工之妙。So, for a man like me, joyless is oft my sort 中 joyless is oft my sort 採用倒裝句式，把 joyless 放在系動詞 is 前面，強調「我」常為自己懷才不遇而黯然神傷。Silent, on my saddle I lean 把 silent 放在句首，強調「我」心情抑鬱，默默無語，Brooding over the past, scene after scene 通過 scene 的疊用表現「我」回憶往事時思緒萬千，浮想聯翩。許譯下闋中 literary fame、fluent pen、widely read mind 既傳達了詩人對陸氏兄弟的敬仰，也表現自己與胞弟蘇轍才華橫溢、滿腹經綸。Why could we not have helped the Crown／To attain great renown? 用問句形式，語氣強烈，表達了詩人對自己懷才不遇的強烈憤懣。過去完成進行時的否定式 could not have helped 暗示詩人報國無門，表達了詩人內心強烈的失望。So drink the wine cup dry! 用祈使句式，語氣強烈，表達了詩人及時行樂、逍遙自在的生活態度和人生理想。

第十一節　宋詞佛家意境美的再現

佛家文化宣揚一種生命宇宙觀，主張人擺脫塵世，擯除俗念，對宇宙和人生進行靜觀和禪悟。主體通過妙悟、頓悟生命的本質，最終達到大徹大悟的境界。梁漱溟在《東方學術概論》中談道：「儒家不妨謂之心學，道家不妨謂之身學，前者側重人的社會生命，後者之所側重則在人的個體生命。」佛家「渾括身心」，「其要在『破二執』（我執、法執）『斷二取』所取、能取）」，「生滅托於不生滅，世間托於出世間」或「出世間又回到世間」。劉運好在《文學鑒賞與批評論》中認為佛家美學是一種心境美學，追求「緣於心境的意境、

緣於理性的直覺、緣於有限的無限」，佛家之心境是主體內心的空境，包括「空無空」、「空相」、「空大」，佛家美學追求一種神韻和空靈澄靜的境界，「詩之神韻，是生於空，顯於象，神行無跡，是境內之空；無象若有象，得象外之空。惟其虛空，才有氣之渾浩流轉，而氣又是以象見意」。[53]佛家美學認為主體通過禪悟達到心靈的空寂寧靜，蒲震元在《中國藝術意境論》中指出，儒家美學具有「由直覺頓悟造成的對宇宙人生作超距離圓融觀照的審美傾向，即在靜觀萬象中超越社會、自然乃至邏輯思維的束縛，破二執，斷二取，由空觀達於圓覺，明心見性，實現以主觀心靈為本體的超越，獲取一種剎那中見永恆的人生體悟」，佛家主體思維具有圓融性、多義性、模糊性，通過對「大宇宙生命的高度自由的體悟」，「尋求空明本體，達到圓融體悟造成的意境美」。[54]

在中國詩歌史上，蘇軾和唐代詩人王維的作品都融合了儒、道、佛的文化思想和審美情趣，富於禪趣和禪意。明代學者周遜在《刻詞品序》中將詞分為神、妙、能三品，神品之詞能使讀者「恍若身臨其事，怵然心感」，他認為「東坡，神品也」。葛曉音在《唐詩宋詞十五講》中認為蘇軾善於「以莊子和佛家思想自我排遣，能夠以順處逆，以理化情，胸懷開闊，氣量恢弘」，形成了「豪爽開朗的性格、達觀積極的人生觀和超脫曠達的處世哲學」。[55]下面是《遊孤山》和許淵冲的譯文：

　　天欲雪，
　　雲滿湖，
　　樓臺明滅山有無。
　　水清出石魚可數，
　　林深無人鳥相呼。
　　臘日不歸對妻，
　　名尋道人實自娛。
　　道人之居在何許？
　　寶雲山前路盤迂。
　　孤山孤絕誰肯廬？
　　道人有道山不孤。
　　紙窗竹屋深自暖，
　　擁褐坐睡依團蒲。
　　天寒路遠愁僕夫，

整駕催歸及未晡。
出山回望雲木合,
但見野鶻盤浮圖。
茲遊淡薄歡有余,
到家恍如夢蘧蘧。
作詩火急追亡逋,
清景一失后難摹。

It seems snow flake on flake,
Will fall on cloudy lake;
Hills loom and fade, towers appear and disappear.
Fish can be count'd among the rocks in water clear;
Birds call back and forth in the deep woods men forsake.
I cannot go home on this lonely winter day,
So I visit the monks to while, my time away.
Who can show me the way leading to their door-sill?
Follow the winding path to the foot of the hill.
The Lonely Hill is so lonesome. Who will dwell there?
Strong in faith, there's no loneliness but they can bear.
Paper windows keep them warm in bamboo cottage deep,
Sitting in their coarse robes, on round rush mats they sleep.
My lackeys brumble at cold weather and long road;
They hurry me to go before dusk to my abode.
Leaving the hill, I look back and see woods and cloud
Mingled and wild birds circling pagoda proud.
This trip has not tired me but left an aftertaste;
Come back, I seem to see in dreams the scene retraced.
I hasten to write down in verse what I saw then,
For the scene lost to sight can't be revived again.

　　許譯 It seems snow flake on flake 用 flake on flake 再現了原詩所描寫的風雪欲來的景象。Hills loom and fade, towers appear and disappears 中 loom / fade 與 appear / disappear 準確地傳達了「樓臺明滅山有無」中「明滅」、「有無」的

含義。Birds call back and forth in the deep woods men forsake 中 forsake 與 birds call back and forth 再現了「林深無人鳥相呼」中靜與動的對比。The Lonely Hill is so lonesome. Who will dwell there? / Strong in faith, there's no loneliness but they can bear 中 Lonely Hill / so lonesome / no loneliness 傳達了原詩「山不在高，有道則靈」的深刻內涵。Sitting in their coarse robes, on round rush mats they sleep 中 coarse / warm 再現了道人清貧素樸而又怡然自得的隱居生活。Mingled and wild birds circling pagoda proud 中 mingled 再現了「出山回望雲木合」所描寫的雲天一色、山色蒼茫的景象，pagoda proud 壓頭韻，proud 既寫佛塔的巍峨，又暗喻道人品德的高潔，富於音美和意美。This trip has not tired me but left an aftertaste 中 aftertaste 在英語中多指 unpleasant feeling，這裡可考慮改用 lingering taste。

第十二節　宋詞意境宇宙生命體驗的再現

　　宋詞的深層意境包含了詩人深刻的宇宙生命體驗，表現了漢民族的文化宇宙觀。中國傳統文化認為宇宙是天地、氣、道、陰陽五行、太極、乾坤，倡導天人合一、天人同構、天人同感，把宇宙觀融入人生價值觀，把宇宙體驗、天地感應提升到生命體驗的高度。《周易》說：「易與天下準，故能彌綸天下之道，仰以觀於天文，俯以察於地理。」漢代董仲舒在《春秋繁露》中說：「天地之氣，合而為一，分為陰陽，判為四時，列為五行。」清代王夫之在《周易外傳》中說：「天地之可大，天地之可久也。」中國傳統文化認為宇宙是功能化、動態化、生成化而非純物質性的，天地萬物源於道，生於氣，宇宙是氣化萬物所生。連叔能在《論中西思維方式》中指出，漢民族認為宇宙是「由混沌的無形之氣生化而成」，以氣「作為萬物的本原或本體去解釋萬物的派生」。謝耀文在《中國詩歌與詩學比較研究》中指出，宇宙萬物的運行變化是陰陽相生的結果，陰陽相生源於氣的流動（The Chinese philosophers held that the great basic fact of Heaven and Earth is the cooperating principles of *Yin* and *Yang*, which are inherent in *Qi*. And it is exactly the ceaseless and multitudinous activities of *Qi* that men and objects are produced in infinite variety. The term *Tao* is derived from *Qi* ... the alternation of *Yin* and *Yang* is called *Tao*. By submitting oneself to *Tao*, one can expand one's mind so that one is able to embody the things of the whole world. Through the full development of the mind, one may come to know Heaven. A mind that internalizes things is capable of uniting itself with the mind of Heaven）。[56]

中國傳統文化觀中的宇宙是道德化、價值化、倫理化的，徐行言在《中西文化比較》中認為中國文化中的天是化生萬物的本源，是「人格化的、有德性的實體」，是「一切社會法則和價值的來源」，人是「天工造化之物」，天人合一是「人與天道本性生養、讚化、共運的關係，即人與自然的整一、協調、有機的聯繫」。[57]宇宙是一個對立統一的和諧整體，陰陽、五行、天地萬物與人和諧共生。張法在《中西美學與文化精神》中認為，中國文化的整體和諧是一種「容納萬物」、「時間空間化」、「對立而又不相抗」的和諧，和諧之道就是要順其自然，天人合一。

中國傳統文化的宇宙觀包括時間觀和空間觀，潘知常在《中西比較美學論稿》中認為漢民族是「時間地看世界」，中國美學的道是「時間性的過程，來去無蹤，是無形的」，「時間率領著空間，道率領天地宇宙」。[58]連叔能在《論中西思維方式》中認為中國文化追求身心合一、形神合一的「物我不分、物我兩忘的詩意境界」，強調「天人同體同德、萬物有情」，它「以主客一體實現『盡善盡美』的整體和諧境界」為目標。[59]在中國文學史上漢魏六朝詩歌就已經表達了詩人深刻的宇宙天地意識和生命體驗，如陶淵明的《歸去來辭》，曹操的《步出夏門行》等。宋詞繼承和發揚了漢魏詩歌感悟天地的傳統，在意境表現上將時間空間化、空間時間化，其宇宙意境更為深遠闊大，表現了宇宙的蒼茫厚重感。

在中國傳統文化中儒家、道家和佛家的宇宙觀有所不同。儒家融天道於人道，道家融人道於天道，佛家融天道、人道於佛道，強調性，佛之道即性之道。張思潔在《中國傳統譯論範疇及其體系》中認為儒家之道是德性之道，是「大學之道」，是「君子立命之基本原則」，是社會道德倫理準則。徐行言在《中西文化比較》中認為儒家視天道為「社會倫理價值的最高來源，以天道模式來建立、理解人類社會。自然以大化流行、陰陽相感化生萬物；聖人感知人心達天下和平；宇宙自然博大寬厚，無所不包」。[60]李澤厚在《美學三書》中認為儒家經典《易傳》強調「人必須奮發圖強，不斷行進，才能與天地自然同步」，「孔門仁學由心理倫理而天地萬物，由人而天，由人道而天道，由政治社會而自然、宇宙」，「由強調人的內在自然（情、感、欲）的陶冶塑造到追求人與自然、宇宙的動態同構」，強調陰陽之間的「滲透、協調、推移和平衡」，注重「陽剛陰柔、陽行陰靜、陽虛陰實、陽舒陰斂」的對立統一。[61]

比較而言，儒家強調自然的人化，道家強調人的自然化，認為道是宇宙生命的終極本體。李澤厚在《美學三書》中認為儒家用自然來「比擬人事、遷就人事、服從人事」，道家強調「徹底捨棄人事來與自然合一」，在逍遙遊中

追求天樂，這是一種「忘物我、同天一、超厲害、無思慮」的審美快樂。[62]中國文人追求內聖外王、內儒外道，在入世（儒）、超世（道）、出世（佛）之間自由轉換，馮友蘭在《新原人》中認為中國知識分子「以天地胸懷來處理人間事務」，「以道家的精神來從事儒家的業績」，追求一種天地境界。表現儒、道文化宇宙觀的宋詞都表現了一種人生境界，蘊含了深刻的人生哲理內涵。譯者對宋詞的審美闡釋融合了文化詩學研究，譯者對宋詞所包含的文化思想內涵必須有深刻的研究和領會，力求通過譯語將其傳達給譯語讀者。下面是南宋詞人張孝祥的《念奴嬌》（過洞庭）下闋和許淵冲的譯文：

應念嶺表經年，孤光自照，肝膽皆冰雪。短髮蕭騷襟袖冷，穩泛滄冥空闊。

盡挹西江，細斟北門，萬象為賓客。扣舷獨嘯，不知今夕何夕！

Thinking of the southwest, where I passed a year,
To lonely pure moonlight skin,
I feel my heart and soul snow-and-ice clear.
Although my hair is short and sparse, my gown too thin,
In the immense expanse I keep floating up.

Drinking wine from the River West
And using Dipper as wine cup,
I invite Nature to be my guest.
Beating tome aboard and crooning alone,
I sink deep into time and place unknown.

詩人俯仰宇宙，感悟人生，作品意境深遠，境界闊大，堪與唐代陳子昂的《登幽州臺歌》、張若虛的《春江花月夜》、宋代蘇軾的《水調歌頭》（「明月幾時有」）媲美。作品中「扣舷獨嘯，不知今夕何夕」化用了蘇軾《赤壁賦》中的句子。詩人泛舟洞庭湖上，天空水闊，明月朗照，天地無垠，萬籟俱靜。詩人心如止水，他感到自己與天地一氣，內心如天地一樣空闊，靈魂得到了洗禮和昇華。清代詞學家評價該詞「自在如神之筆，邁往凌雲之氣」，辜正坤在《中西詩比較鑒賞與翻譯理論》中評價張詞「運筆空靈，發想奇雄，超塵絕俗之概直不讓蘇東坡《水調歌頭》（『明月幾時有』）」。許譯 lonely pure、snow-

and-ice clear 再現了詩人高雅芳潔的人格和冰清玉潔的內心世界。short 與 sparse 押頭韻，具有音美，immense expanse 再現了原詞所展現的遼遠空闊的宇宙空間。beating tome aboard and crooning alone 中 alone 與上文的 lonely 相呼應，I sink deep into time and place unknown 與上文的 immense expanse 相呼應，再現了原詞所表現的時空化一、天人合一的化境和蒼茫浩渺的宇宙空間。

註釋：

[1] 蒲震元. 中國藝術意境論［M］. 北京：北京大學出版社，1999：1.

[2] 張少康. 古典文藝美學論稿［M］. 北京：中國社會科學出版社，1983：1.

[3] 張晶. 審美之思［M］. 北京：北京廣播學院出版社，2002：91.

[4] 李國華. 文學批評學［M］. 保定：河北大學出版社，1999：144.

[5] 龔光明. 翻譯思維學［M］. 上海：上海社會科學院出版社，2004：38-40.

[6] 胡經之. 文藝美學［M］. 北京：北京大學出版社，1999：271.

[7] 譚德晶. 唐詩宋詞的藝術［M］. 上海：學林出版社，2002：19-26.

[8] 朱光潛. 詩論［M］. 合肥：安徽教育出版社，2003：47.

[9] 黃念然. 中國古典文藝美學論稿［M］. 桂林：廣西師範大學出版社，2010：25.

[10] 袁行霈. 中國詩歌藝術研究［M］. 北京：北京大學出版社，1996：26.

[11] 龔光明. 翻譯思維學［M］. 上海：上海社會科學院出版社，2004：42-43.

[12] 袁行霈. 中國詩歌藝術研究［M］. 北京：北京大學出版社，1996：28.

[13] 張利群. 詞學淵粹——況周頤《蕙風詞話》研究［M］. 桂林：廣西師範大學出版社，1997：79-85.

[14] 譚德晶. 唐詩宋詞的藝術［M］. 上海：學林出版社，2002：292-309.

[15] 譚德晶. 唐詩宋詞的藝術［M］. 上海：學林出版社，2002：19-25.

[16] 李澤厚. 美學三書［M］. 合肥：安徽教育出版社，1999：155.

[17] 蔣成禹. 讀解學引論［M］. 上海：上海文藝出版社，1998：58-61.

[18] 朱光潛. 詩論［M］. 合肥：安徽教育出版社，2003：41-43.

[19] 蒲震元. 中國藝術意境論［M］. 北京：北京大學出版社，1999：200-205.

[20] 胡經之. 文藝美學［M］. 北京：北京大學出版社，1999：289.

[21] 胡曉明. 中國詩學之精神［M］. 南昌：江西人民出版社，2001：86-91.

[22] 胡經之. 文藝美學［M］. 北京：北京大學出版社，1999：110.

[23] 胡曉明. 中國詩學之精神［M］. 南昌：江西人民出版社，2001：112-117.

[24] 劉華文. 漢詩英譯的主體審美論［M］. 上海：上海譯文出版社，2005：46-47.

[25] 轉引自：馬奇. 中西美學思想比研究 [M]. 北京：中國人民大學出版社，1994：292-295.
[26] 胡曉明. 中國詩學之精神 [M]. 南昌：江西人民出版社，2001：96.
[27] 謝耀文. 中國詩歌與詩學比較研究 [M]. 廣州：暨南大學出版社，2006：5.
[28] 陳良運. 中國詩學批評史 [M]. 南昌：江西人民出版社，2001：397.
[29] 李思屈. 中國詩學話語 [M]. 成都：四川人民出版社，1999：255-259.
[30] 龔光明. 翻譯思維學 [M]. 上海：上海社會科學院出版社，2004：46.
[31] 辜正坤. 中西詩比較鑒賞與翻譯理論 [M]. 北京：清華大學出版社，2003：36-42.
[32] 譚德晶. 唐詩宋詞的藝術 [M]. 上海：學林出版社，2002：19-26.
[33] 朱崇才. 詞話理論研究 [M]. 北京：中華書局，2010：242-251.
[34] 劉士聰. 漢英·英漢美文翻譯與欣賞 [M]. 南京：譯林出版社，2002：2-4.
[35] 劉士聰. 漢英·英漢美文翻譯與欣賞 [M]. 南京：譯林出版社，2002：2-4.
[36] 劉士聰. 漢英·英漢美文翻譯與欣賞 [M]. 南京：譯林出版社，2002：3-4.
[37] 龍協濤. 文學閱讀學 [M]. 北京：北京大學出版社，2004：73.
[38] 劉華文. 漢詩英譯的主體審美論 [M]. 上海：上海譯文出版社，2005：19.
[39] 謝耀文. 中國詩歌與詩學比較研究 [M]. 廣州：暨南大學出版社，2006：5.
[40] 朱崇才. 詞話理論研究 [M]. 北京：中華書局，2010：113.
[41] 嚴雲受. 詩詞意象的魅力 [M]. 合肥：安徽教育出版社，2003：276.
[42] 王明居. 模糊美學 [M]. 北京：中國文聯出版公司，1998.
[43] 蒲震元. 中國藝術意境論 [M]. 北京：北京大學出版社，1999：45.
[44] 胡經之. 文藝美學 [M]. 北京：北京大學出版社，1999：268-271.
[45] 蒲震元. 中國藝術意境論 [M]. 北京：北京大學出版社，1999：30-35.
[46] 蒲震元. 中國藝術意境論 [M]. 北京：北京大學出版社，1999：30-35.
[47] 蒲震元. 中國藝術意境論 [M]. 北京：北京大學出版社，1999：36-37，176-177.
[48] 楊辛. 美學原理 [M]. 北京：北京大學出版社，1993：248.
[49] 葛曉音. 唐詩宋詞十五講 [M]. 北京：北京大學出版社，2003：260，317.
[50] 蒲震元. 中國藝術意境論 [M]. 北京：北京大學出版社，1999：180-181.
[51] 潘知常. 中西比較美學論稿 [M]. 南昌：百花洲文藝出版社，2000：206.
[52] 胡曉明. 中國詩學之精神 [M]. 南昌：江西人民出版社，2001：64.
[53] 劉運好. 文學鑒賞與批評論 [M]. 合肥：安徽大學出版社，2002：156-163.
[54] 蒲震元. 中國藝術意境論 [M]. 北京：北京大學出版社，1999：174.
[55] 葛曉音. 唐詩宋詞十五講 [M]. 北京：北京大學出版社，2003：249.
[56] 謝耀文. 中國詩歌與詩學比較研究 [M]. 廣州：暨南大學出版社，2006：

15.

[57] 徐行言. 中西文化比較 [M]. 北京：北京大學出版社，2004：114.

[58] 潘知常. 中西比較美學論稿 [M]. 南昌：百花洲文藝出版社，2000：166.

[59] 連叔能. 論中西思維方式 [J]. 外語與外語教學，2002（2）.

[60] 徐行言. 中西文化比較 [M]. 北京：北京大學出版社，2004：113.

[61] 李澤厚. 美學三書 [M]. 合肥：安徽文藝出版社，1999：282.

[62] 李澤厚. 美學三書 [M]. 合肥：安徽文藝出版社，1999：70.

第四章　宋詞情感美的再現

第一節　中國傳統詩學的情感論

　　宋詞的意象美、意境美蘊涵了詩人深刻的情感體驗，表現了一種情感美。中國傳統詩學歷來強調詩以言情，詩以道志，漢魏學者陸機的《文賦》認為「詩緣情而綺靡」，唐代王昌齡提出詩歌的三境（物境、情境、意境），其中情境的創造要求詩人「深得其情」，韓愈認為詩人創作是「不平則鳴」，詩歌應表達詩人「愁思之聲」。白居易在《與元九書》中認為詩歌包含四個要素（情、言、聲、義），情是核心要素（「感人心者，莫先乎情，莫始乎言，莫切乎聲，莫深乎義。詩者，根情，苗言，華聲，實義。上至聖賢，下至愚駭，微及豚魚，幽及鬼神，群分而氣同，形異而情一，未有聲入而不應，情交而不感者」），詩人與天地萬物相互感應（「惟天地萬物父母，惟人萬物之靈。蓋天地無常心，以人心為心。苟能以最靈之心，善感應之天地；至誠之誠，感無私之日月，則必如影隨形、響隨聲矣」）。中國詩學強調詩歌要表達真情、真意、真心，認為詩人要有「赤子之心」，潘知常在《中西比較美學論稿》中認為真意味著解弊，「使真實存在置身於恬然澄明的過程之中」，主體「以造化為師」，揭示出「『人人心中所有，筆下所無』的存在之『真』、生命之『真』。」[1]

第二節　宋詞的情感美

　　宋詞繼承和發揚了中國古詩抒情言志的傳統，清代學者張惠言在《詞選序》中認為詞因情而生（「緣情造端，興於微言，以相感動。極命風謠裡巷男

女哀樂，以道賢人君子幽約怨誹不能自言之情，低徊要眇以喻其志」)。沈祥龍在《論詞隨筆》中認為「詞出於古樂府，得樂府遺意，則抑揚高下，自中乎節，纏綿沉鬱，脋恰其情」，詞「借物以寓性情，凡身世之感，君國之憂，隱然寓於其內」。宋詞美學的核心思想就是真，王國維在《人間詞話》中認為后主詞表達了「赤子之心」。況周頤在《蕙風詞話》中強調詞要表達真情、真意、真心，認為「真字是詞骨」。張利群在《詞學淵粹——況周頤〈蕙風詞話〉研究》中指出，況氏的詞論強調詞的「真情、至情、深情、婉情」，詞之情包含四個層次：第一層次為性情，即樸素之情；第二層次為至真之情，即真實自然之情；第三層次是至正之情，即以理性為導向的情感；第四層次為至情，即深厚純正之情。[2] 謝章鋌認為詞人「當歌對酒，而樂極哀來，捫心渺渺，閣淚盈盈，其情最真」。

宋詞繼承了中國詩學溫柔敦厚的傳統，既強調詩人的真情流露，又注重情感表達的含蓄蘊藉。中國美學強調發乎情，止於禮，提倡溫柔敦厚、哀而不傷，追求情感的含蓄美、中和美。《中庸》裡說：「喜怒哀樂之未發，謂之中；發而皆中節，謂之和。中也者，天下之大本也；和也者，天下之達道也。致中和，天地位焉，萬物育焉。」李澤厚在《華夏美學》中認為中國美學「排斥了各種過分強烈的哀傷、憤怒、憂愁、歡悅和種種反理性的情欲的展現」，講究「節制、冷靜、理智、不求幻覺」，捨棄了「狂熱、激昂、激烈、震盪的情感宣洩和感官痛快」，主張「和、平、節、度」，強調含蓄蘊藉、情深味長。[3] 宋詞雖然有婉約和豪放兩大流派，但婉約是宋詞的本質特色，宋詞抒情的特點是婉、隱、曲。

比較而言，唐詩常令人激情澎湃，宋詞常令人愁腸欲斷，清代學者黃河清在《古今詞統》中認為宋詞「以摹寫情態、令人一展卷而魂動魄化者為上」，在宋代詞人中李后主、李易安的詞尤其如此。公元1127年金兵南下進攻北宋王朝，故土陷落，李清照隨丈夫趙明誠渡江南遷。次年趙明誠病故，給詩人精神上以沉重打擊。國破家亡，孑然一身，孤苦伶仃，詩人內心無比凄涼悲痛。葛曉音在《唐詩宋詞十五講》中認為易安后期詞裡的「悲哀是深入到骨髓的」，其詞風轉為「纏綿凄苦，深沉感傷」。李清照在經歷北宋覆滅、家破人亡的痛苦後寫的一首描寫黃昏愁思的作品《聲聲慢》更是千古絕唱。

宋詞脫胎於唐詩，繼承了唐詩的抒情美。比較而言，唐詩尤其是初唐和盛唐詩激情奔放，詩人俯仰宇宙，感悟人生，其情感雄壯外張。中晚唐詩的情感歸於平靜恬淡，溫婉柔和，隱曲內斂，胡曉明在《中國詩學之精神》中認為盛唐詩富於激情，中晚唐詩富於深情，「唐人以靈心一片，一往情深於天地萬

象,俯觀仰察之際,遇物觸景之會,詩情勃然而興」。宋詞延續和發展了中晚唐深沉寧靜的詩風,表現了詩人「人格生命之自由舒放狀態」,富於文化氣息和人文情趣,包括「自得自樂的人文旨趣」、「自娛自適之創作心態」、「自彰自明的言志傳統」。[4] 宋詞的情感表達最能體現含蓄美和朦朧美,在宋詞翻譯中譯者要力求再現原詞借景抒情、寓情於景的藝術手法,傳達出詩人的真情真意。

中國傳統詩學強調詩歌創作應動靜結合,詩人應深情冷眼,能入能出,既激情澎湃,神思飛揚,也要內心虛靜,認真仔細地遣詞造句,煉字煉句,煉意煉味。主體虛靜才能澄懷味象,老子說「致虛極,守靜篤」,莊子認為「聖人之靜也,非曰靜也善,故靜也;萬物無足以鐃心者,故靜也。水靜則明燭須眉,平中準,大匠取法焉。水靜猶明,而況精神!聖人之心靜乎!天地之鑒也,萬物之境也。夫虛靜恬淡寂寞無為者,天地之平而道德之至,故帝王聖人休焉。休則虛,虛則實,實者倫矣。虛則靜,靜則動,動則得矣」,「唯道集虛,虛者心齋也」。劉勰《文心雕龍》說「以陶鈞文思,貴在虛靜。疏瀹無藏,澡雪精神」。唐代詩人王維提出「默語無際,不言言也」,皎潔強調詩人「意靜神王」,他提出十九種文體,其中靜乃「意中之靜」。

宋代詞人善於通過情感表達來表現一種深境、靜境、幽境,中國傳統詞學強調詞人的虛靜體驗,況周頤在《蕙風詞話》中生動地描述了詩人藝術構思的過程。詩人要創造詞境,首先要「人靜簾垂」,然後「澄懷息機」,最後「萬緣俱寂」。吳建民在《中國古代詩學原理》中認為詩人內心虛靜能產生兩種效果:一是保持審美注意的高度集中,對客體進行細緻的審美觀照;二是仔細揣摩作品的藝術表現手法,潤色語言文字。朱光潛在《詩論》中認為詩人的情緒「好比冬潭積水,渣滓沉澱盡淨,清瑩澄澈,天光雲影,燦然耀目」,詩的情趣「都從沉靜中回味得來。感受情感是能入,回味情感是能出。詩人於情趣都要能入能出」,詩是情趣的流露,但「情趣每不能流露於詩,因為詩的情趣並不是生糙自然的情趣,它必定經過一番冷靜的觀照和熔化洗練的功夫」,一般人「感受情趣時便為情趣所羈縻,當其憂喜,若不自勝,憂喜既過,便不復在想像中留一種余波返照。詩人感受情趣之後,卻能跳到旁邊來,很冷靜地把它當做意象來觀照玩索」,「感受情趣而能在沉靜中回味,就是詩人的特殊本領。」[5]

第三節　譯者對宋詞情感美的闡釋和譯語再現

　　譯者對宋詞情感美的闡釋是感言起興，譯者應飽含感情地朗讀原詞，從作品的音律和節奏中感受詩人情感心理的起伏變化，細心體會作品字裡行間所蘊含的情感意味，把握詩人在「此景」、「此境」中的「此情」，這一過程可表示為：感言→興→神思→興會。譯者通過移情體驗與詩人心心相印，情投意合，精神相融。譯者對宋詞情感美的闡釋要靜與動、冷與熱相結合。一方面，譯者要激情亢奮，與詩人（原詩人物）共歡笑，同悲傷，龔協濤在《文學閱讀學》中認為讀者「要用全身心去擁抱接受對象，這裡有精神的顫抖，靈氣的往來，生命的交感」。另一方面，譯者虛靜凝神，澄懷味象，才能玩味和參悟原詞的深遠意境和深刻哲理，「胸無塵埃，心清如水，眼明如鏡，才能對作品作純粹的審美觀照，感受作品的真諦」。[6]胡經之在《文藝美學》中認為闡釋者既要「整個身心完全沉浸到藝術境界之中」，又要「『冷眼』地去品味那醇厚的情愫和那情愫中蘊含的深層意味」，這是「融理於情，情理交融」的過程。[7]在詩歌創作中詩人按照自己的審美理想和趣味對社會和人生作出評價，頌揚真善美，批判假惡醜，優秀的詩人具有美好的心靈，以積極健康的審美態度來對待生活，用藝術的手法來表現生活中的美與醜。

　　譯者闡釋宋詞必須準確把握詩人的審美態度，這要求譯者要努力提高道德修養，培養積極向上的人生態度，淨化審美情感，提高審美趣味，在宋詞翻譯中譯者通過移情體驗深刻感受原詞意象（意境）的情感美，然後通過譯語將其傳達給譯語讀者，以打動其心靈，陶冶其情操，塑造其人格，使其靈魂得到昇華。中國傳統譯論歷來強調文學譯作的藝術感染力，茅盾認為文學翻譯應「用另一種語言，把原作的藝術意境傳達出來，使讀者在讀譯文的時候能夠像讀原作時一樣得到啟發、感動和美的感受」。曾虛白在《翻譯中的神韻與達》中認為翻譯的標準在兩方面，就譯者而言，他要問：「這樣的表現是不是我在原文所得的感應？」就讀者而言，譯者要問：「這樣的表現是不是能令讀者得到同我們一樣的感應？」「若說兩個問句都有了滿意的認可，我就得到了『神韻』，得到了『達』，可以對原文負責，可以對我自己負責，完成了我翻譯的任務。」許淵冲認為優秀的譯文能使讀者知之、好之、樂之，讀者不僅「知道原文說了『什麼』」，而且「喜歡譯文這個『說法』」，「讀來感到樂趣」。奚永吉在《文學翻譯比較美學》中認為優秀的譯文能「引起和激發讀者同樣的

審美情感體驗」。

宋詞是詩人情感體驗的產物,帶著詩人的「體溫」,宋詞譯文則是詩人情感和譯者情感融合的產物,帶有譯者的「體溫」,黃龍在《翻譯的美學觀》中談道:「莎士比亞的『和淚之作』,與曹雪芹的『一把辛酸淚』,同是文情相生,揮筆揮淚!又如『橫眉冷對千夫指』(魯迅)中的『冷』,『漫卷詩書喜欲狂』中的『喜』,皆是情溢於詞。詞形於筆。創作如此,翻譯是再創作,亦須入人、入景、入情,方能譯出精神境界,攀登意境美的高峰。」他引述了翻譯家瑪麗安(Maryann)的觀點:「譯者必須置身於劇中,有如親臨其境(present at the very spot);親歷其事(involved in the very occurrence);親睹其人(witnessing the very parties concerned);親道其語(iterating the very utterance);親嘗其甘,親領其苦(experiencing the very joy and annoy);親受其禍,親享其福(sharing the very weal and woe);親得其樂,親感其悲(partaking of the very glee and grief)。」[8] 成仿吾在《論譯詩》中認為譯詩有表現法和構成法兩種,其中表現法是指譯者「用靈敏的感受力與悟性將原詩的生命捉住,再把它用另一種文字表現出來」,譯者「沒入詩人的對象中,使詩人成為自己,自己成為詩人,然后把在自己胸中沸騰著的情感,用全部的勢力與純真吐出」。[9] 林語堂在《論翻譯》中認為翻譯既要達意,還應傳神,即傳達出原作的「字神」(「一字之邏輯意義以外所夾帶的情感上之色彩,即一字之暗示力」),「凡字必有神,譯文傳神才能感動讀者」,「語言之用處實不只所以表示意象,亦所以互通情感;不但只求一意之明達,亦必求使讀者有動於中」。[10]

第四節　宋詞文化情感美的再現

詩歌是民族文學的精華,是民族文化的重要組成部分,反應了特定時代下民族的精神風貌、思想追求和文化價值觀。宋代是中國古代文化高度繁榮興盛的時期,宋代文化對宋詞創作產生了深刻的影響,可以說,宋詩詞記錄了宋代漢民族的心路歷程。清代學者葉燮在《原詩》中認為杜甫的詩歌傳達了「思君王、憂禍亂、悲時日、念友朋、吊古人、懷遠道、凡歡愉、離合、今昔之感」,其實這也是中國古詩詞常表達的情感。許淵冲在《宋詞三百首》英譯版中把所選宋詞按照題材分為十類:「寫景抒懷」、「咏物寄興」、「贈別懷人」、「情愛相思」、「咏史懷古」、「愛國豪情」、「壯志難酬」、「風土民俗」、「人生感悟」、「人格境界」。朱崇才在《詞話理論研究》中認為宋詞之情包含高蹈隱逸

之情、男歡女愛之情、忠君愛國憂民之情、家人友朋之情。譯者對宋詞情感美的闡釋是一種文化詩學闡釋，譯者要深刻把握宋詞的文化內涵和審美情感，必須深入瞭解原作所產生的歷史時代背景、所反應的社會人文風貌、所傳達的民族文化精神，通過譯語應盡可能忠實地保留原詞的文化特色，讓譯語讀者瞭解宋詞的文化風貌。

一、親近自然，與物為春

描繪山水、借景抒情是中國古詩的傳統，表達了漢民族對大自然深刻的情感體驗。中國古詩的寫景狀物表現了鮮明的文化特色。中國社會是傳統的農業經濟，漢民族對土地有著強烈的依賴性，在歷史進程上形成了內向保守的大陸性文化，表現出強烈的土地情結。中國詩人對大自然的變化特別敏感，體驗特別深刻，強調人與天地萬物的感應。胡曉明在《中國詩學之精神》中認為漢民族具有一種農業文化心態，能「對人與自然之生命節律，抱有極親切之一種認同，方能對人心與自然之相通，包有一份之關注之興味，以對人心由自然物而觸發，抱有一種不言而喻的意會」。[11]中國古詩在寫景狀物上表達了詩人對大自然的親近和依戀，朱光潛在《詩論》中認為，中國詩人鐘情於描寫「明溪疏柳」、「微風細雨」、「湖光山色」。一方面，中國詩人在與大自然的情感交流中感物起興，與物為春，實現與天地萬物的情感融合，從中體驗到精神的暢快，在天地體驗中感受到和諧融洽、欣然愉悅，達到逍遙遊的審美境界；另一方面，世事滄桑、社會的動盪、生活的艱辛、仕途的不濟讓中國詩人內心苦悶和失意，於是他們迴歸林泉，在寄情山水中緩解內心的痛苦和傷感，使心靈得到撫慰。宋代詞人在對大自然的情感體驗的表達上有其特點，比較而言，唐詩常描寫大山雄川、大漠孤菸等景物，富於壯美，宋詞常描寫微風細柳、小橋流水，富於陰柔美。宋代學者郭熙熙在《林泉高致》中談道了中國文人的山水之樂，「丘園素養，所常處也；泉石嘯傲，所常樂也；漁樵隱逸，所常適也；猿鶴飛鳴，所常親也」。

二、對時間的生命體驗

中國詩人與大自然相親相近，相依相偎，對自然景物的四季變化特別敏感，獲得一種強烈的時間意識和深刻的生命體驗。鐘嶸《詩品序》說：「若乃春風春鳥，秋月秋蟬，夏雲夏雨，冬月祁寒，斯四候之感諸詩者也。」李澤厚在《華夏美學》中認為中國美學把時間情感化，強調「對生命的執著，對存在的領悟和對生成的感受」，時間成了漢民族「依依不舍、眷戀人生、執著現

實的感性情感的糾纏物」。[12]潘知常在《中西比較美學論稿》中認為漢民族追求一種內在生命,「時間被空間化了,對時間的恐懼最終消融於自然」。賈玉新在《跨文化交際學》中認為漢民族追求內心與外部世界的和諧,其時間體驗表達了「對生的執著,對存在的領悟和對生命的感受」。在中國詩歌史上,唐代詩人尤其是初唐和盛唐詩人的時間體驗是一種青壯年的生命體驗,富於蓬勃的青春朝氣和昂揚的進取精神,而晚唐詩人的時間體驗則是一種英雄遲暮的感受。宋詞源於唐詩,宋代詞人的時間體驗既有豪放派的奮發進取,也有婉約派的傷春感懷。下面是李清照的《玉樓春》和許淵冲的譯文:

紅酥肯放瓊苞碎?探著南枝開遍未。不知醞藉幾多香,但見包藏無限意。

道人憔悴春窗底,悶損欄杆愁不倚。要來小酌便來休,未必明朝風不起。

The red mume blossoms let their jade-like buds unfold.
Try to see if all sunny branches are in flower!
I do not know how much fragrance they enfold,
But I see the infinite feeling they embower.

You say I languish by the window without glee,
Reluctant to lean on the rails, laden with sorrow.
Come if you will drink a cup of wine with me!
Who knows if the wind won't spoil the flowers tomorrow?

原詞上闋描寫春日梅花含苞待放,生機勃勃。下闋寫詩人思念遠方的丈夫,憔悴疲憊。許譯上闋 The red mume blossoms let their jade-like buds unfold / Try to see if all sunny branches are in flower! 將原詩「南枝」處理為 sunny branches,譯法靈活,再現了原詞所描寫的春光明媚的場景,in flower 與上文的 unfold 相照應。I do not know how much fragrance they enfold / But I see the infinite feeling they embower 中 enfold 與上文的 unfold 相對應,並且押韻,一藏一露,富於音美和意美,infinite / embower 分別與上文的 how much / enfold 相照應。下闋 You say I languish by the window without glee / Reluctant to lean on the rails, laden with sorrow 中 languish / without glee / laden with sorrow 傳達了詩人的憂傷

第四章　宋詞情感美的再現　111

愁苦，Come if you will drink a cup of wine with me! 用祈使句式，語氣強烈，Who knows if the wind won't spoil the flowers tomorrow? 用問句形式，who knows 與上文 I do not know how much fragrance they enfold 中的 I do not know 相呼應，傳達了詩人內心的迷惘和苦悶。與唐詩相比，宋代詞人的時間體驗更加厚重，更加透澈，達到了一種人生哲理的高度，如辛棄疾的《採桑子》從少年的不識愁滋味寫到老年的識盡愁滋味。

（一）傷春感懷

中國詩人的時間體驗主要是傷春和悲秋。傷春是中國詩歌的一個古老主題，體現了鮮明的文化特色。一方面，陽光明媚、萬物復甦的春天讓中國詩人愉悅歡欣。陸機《文賦》說：「喜柔條於芳春。」宋祁《玉樓春》寫道：「紅杏枝頭春意鬧。」另一方面，中國詩人對春天更多的是悲時懷人，杜甫的《春望》是傷春的名作。與唐詩相比，宋代詞人對傷春體驗的描寫更為細膩，更為婉轉，更有韻味，宋詞常通過描寫春草、春雨、春閨等審美意象來表達春愁、春思、春苦、春夢的情感體驗。唐五代詞人馮延巳在《蝶戀花》下闋寫道：

　　誰道閒情拋棄久，每到春來，惆悵還依舊。
　　日日花前常病酒，不辭鏡裡，朱顏瘦。

馮延巳是唐五代詞的代表人物，王國維在《人間詞話》中對其評價很高，「馮正中（延巳）詞雖不失五代風格，而堂廡極大，開北宋一代風氣」。原詞下闋寫春日來臨，繁花似錦，而這美景卻讓思婦更加悲苦滿懷，她借酒澆愁，形容憔悴。馮延巳婉麗而略帶傷感的詞風對北宋詞人歐陽修和秦觀產生了深刻的影響。南唐后主李煜在《相見歡》中感嘆春光易逝人易老：

　　林花謝了春紅，太匆匆，無奈朝來寒雨晚來風。
　　胭脂淚，相留醉，幾時重，自是人生常恨水常東。

李后主在淪為階下囚後寫了大量懷念故國的傷感之作，以《虞美人》、《浪淘沙》最負盛名，這首《相見歡》也是名篇之一。詩人過去縱情聲色，歌舞升平，花天酒地，最終國土淪喪，自己成了亡國之君，他感嘆浮生如夢，春光易逝，逝水流年。與馮延巳《蝶戀花》的多愁善感相比，后主詞的傷春體驗則更為深刻，更為真切。北宋詞人晏幾道在《臨江仙》上闋中寫道：

夢后樓臺高鎖，酒醒簾幕低垂。

去年春恨卻來時，落花人獨立，微雨燕雙飛。

晏幾道詞風婉麗。清代學者吳錫麒認為詞有幽微宛轉、慷慨激昂兩派，幽微宛轉之詞的特點是「幽微要眇之音、宛轉纏綿之致，戛虛響於弦外，標雋旨於味先」，晏幾道的這首《臨江仙》正是此風格。作品寫婦人思念遠方的愛人，她獨守空樓，感春傷懷，燕子成雙入對，而自己卻形影相吊，孑然一身，詩人以燕子雙飛反襯主人公的孤獨寂寞。晏幾道和其父晏殊都以善於描寫燕子而著稱，如晏殊的《蝶戀花》（「羅幕輕寒，燕子雙飛去」）、《破陣子》（「燕子來時新社，梨花落后清明」）等。中國古詩詞中的傷春體驗多以女性為描寫對象，以陰柔美為特點的宋詞尤其如此，李清照寫了大量的詠春詞，下面是《浣溪沙》和許淵冲的譯文：

髻子傷春慵更梳，晚風庭院落梅初。淡雲來往月疏疏。

玉鴨熏爐閒瑞腦，朱櫻鬥帳掩流蘇。通犀還解闢寒無？

My grief over parting spring leaves uncombed my hair;
In wind-swept court begin to fall mume blossoms fair.
The moon is veiled by pale clouds floating in the air.

Unlit the censer and unburnt the camphor stay;
The curtain, cherry red,
Falls with its tassels spread.
Could the rino-horn keep my chamber's cold away?

原詞上闋寫詩人對遠方的丈夫朝思暮想，魂牽夢繞，無心梳妝。下闋，許淵冲評論說，詩人「讓帳子散亂地掩蓋著流蘇，可見她的心情混亂」，她「問掛在帳子上有一條白線直通尖頂的犀牛角能不能使她的內心避開寒冷？可見她感覺淒涼到了什麼地步。」[13] 許譯上闋 My grief over parting spring leaves uncombed my hair 中 uncombed 放在 my hair 之前，強調詩人因思念丈夫而懶於梳妝，In wind-swept court begin to fall mume blossoms fair 中 fair 與上文 uncombed my hair 形成強烈對比，The moon is veiled by pale clouds floating in the air 中

veiled 生動地傳達了原詞「淡雲來往月疏疏」的朦朧意境。下闋 Unlit the censer and unburnt the camphor stay 中 unlit 與 unburnt 分別放在 censer 與 camphor 之前，強調詩人百無聊賴，寂寥孤獨，The curtain, cherry red 中 cherry red 再現原詞意象的色彩美，Could the rino-horn keep my chamber's cold away? 保留了原詞的問句形式，語氣強烈，富於感染力，傳達了詩人內心的淒楚哀婉。下面是李清照的《臨江仙》和許淵冲的譯文：

庭院深深深幾許？雲窗霧閣春天遲。為誰憔悴損芳姿？夜來清夢好，應是發南枝。

玉瘦檀輕無限恨，南樓羌管休吹。濃香吹盡又誰知？暖風遲日也，別到杏花肥。

Deep, deep the courtyard where I live, how deep?
Spring comes late to my cloud-and-mist-veiled bower.
For whom should I languish and pine?
Last night good dreams came in my sleep;
Your southern branches should be in flower.

Your fragile jade on the sandalwood fine
Can't bear the sorrow.
Don't play the flute in southern tower!
Who knows when your strong fragrance will be blown away?
The warm breeze lengthens vernal day
Don't love the apricot which blooms tomorrow!

比較而言，唐詩的審美情感是向外舒張，宋詞的審美情感是內收，作品的抒情主人公往往躲入深院閨樓，傷春感懷，以淚洗面。「深院」是宋詞中的典型意象。清代學者黃河清在《古今詞統》中認為宋代詞人最善於表達婉轉纏綿、含蓄內斂之情，如「李后主之秋閨、李易安之閨思、晏叔原之春景」、「周美成之春情」、「張子野之楊華，歐陽永叔之閨情採蓮」、「蘇子瞻之佳人」。李清照的詞善寫閨思，《臨江仙》的首句就化用了歐陽修的《蝶戀花》中的「庭院深深深幾許」。作品上闋寫詩人獨居深閨，在一個春日的夜晚思念遠方的丈夫，內心悲苦淒涼，「雲窗霧閣」表現了一種朦朧蘊藉的意境。下闋，許

淵冲評論說「早梅因為無限的相思而玉殞香消，連梅枝也消瘦了」，詩人希望「丈夫莫吹笛子，莫把早梅吹落」，她希望「等待春風變暖，春日變長，梅花落盡，杏花盛開的時候，丈夫不要忘了梅花，又去另尋新歡啊！」[14] 詩人以梅喻人，委婉含蓄地表達了對丈夫既思念又擔心的複雜感受。

　　許譯上闋 Deep, deep the courtyard where I live, how deep? 連用三個 deep，與原詞「庭院深深深幾許」中的三個「深」相對應，一詠三嘆，語氣強烈，傳達了原詞的音美和意美。Spring comes late to my cloud-and-mist-veiled bower 中 veiled 生動地再現了原詞朦朧縹緲的意境，For whom should I languish and pine? 中 languish、pine 再現了詩人因思念丈夫而憔悴疲憊的神情。下闋 Don't play the flute in southern tower! / Don't love the apricot which blooms tomorrow! 以兩個 don't 引導的句子保留了原詞的祈使句式，語氣強烈，傳達了詩人對丈夫既思念又擔心的複雜感受。下面是李清照的《蝶戀花》和許淵冲的譯文：

　　　　暖雨晴風初破凍，柳眼梅腮，已覺春心動。酒意詩情誰與共？淚融殘粉花鈿重。

　　　　乍試夾衫金縷縫，山枕斜倚，枕損釵頭鳳。獨抱濃愁無好夢，夜闌猶剪燈花弄。

　　　　The thaw has set in with warm showers
　　　　And vernal breeze;
　　　　Willow leaves and mume flowers
　　　　Look like eyes and cheeks of the trees.
　　　　I feel the heart of spring palpitate.
　　　　But who'd drink wine with me?
　　　　And write fine verse with glee?
　　　　Face powder melt in tears, I feel my hairpin's weight.

　　　　What can I do but try
　　　　To put on my vernal robe sown with golden thread?
　　　　I lean so long on mountain-shaped pillow my head
　　　　Until my phoenix hairpin goes awry.
　　　　How can I have sweet dreams, my heart drowned in sorrow deep?
　　　　I can but trim the wick, unable to fall asleep.

原詞上闋，乍暖還寒，詩人春心萌動，思念遠方的丈夫。回憶昔日與丈夫相濡以沫，談詩論畫，而如今孑然一身，又有誰能與自己談論詩文？想到這，詩人不禁黯然神傷，只能以淚洗面。下闋，許淵冲評論說，「女詞人並沒有卸妝，就斜倚著兩頭突起如山、形同凹字的枕頭，把金釵頂上的鳳凰都枕歪了，可見她是多麼百無聊賴」。[15] 許譯上闋 I feel the heart of spring palpitate 中 palpitate 傳達了詩人春心萌動的心理體驗，But who'd drink wine with me? / And write fine verse with glee? 保留了原詞的疑問句式，表轉折關係的連詞 but 傳達了詩人內心的失落和苦悶，glee 傳達了詩人對幸福美滿生活的向往和追求，Face powder melt in tears, I feel my hairpin's weight 中動詞 melt 形象生動，栩栩如生地再現了詩人潸然淚下的景象，富於藝術感染力。

下闋 What can I do but try / To put on my vernal robe sown with golden thread? 用問句形式，語氣強烈，傳達了詩人一種無可奈何的傷感情緒，I lean so long on mountain-shaped pillow my head / Until my phoenix hairpin goes awry 中 hairpin goes awry 與上闋的 I feel my hairpin's weight 相呼應，明寫金釵沉重，暗寫詩人內心沉重。How can I have sweet dreams, my heart drowned in sorrow deep? 用疑問句式語氣強烈，sweet 傳達了詩人對美好生活的夢想，與上闋的 glee 相呼應，drowned / sorrow deep 強調詩人沉浸在無盡的哀思之中，sweet dreams 與 sorrow deep 再現了原詞「好夢」與「濃愁」的對比，I can but trim the wick, unable to fall asleep 中 I can but 與上文的 What can I do but、How can I 相照應，準確地傳達了詩人百無聊賴、鬱悶惆悵的心情。下面是李清照的《好事近》和許淵冲的譯文：

風定落花深，簾外擁紅堆雪。長記海棠開後，正傷春時節。

酒闌歌罷玉樽空，青缸暗明滅。魂夢不堪幽怨，更一聲啼鴂。

The wind calms down, the fallen petals lie so deep
Outside the window screen in red or snow-white heap.
I oft remember these grievous hours
When spring is gone with crab-apple flowers.

When wine in cups of jade was drunk, no one would sing
Leave the blue flame flickering.

Unable to bear the grief in dreams, my soul sighs.

How can I bear the cuckoo's cries!

原詞上闋，陽春時節花紅柳綠，一派美景，而國破家亡，自己病痛纏身，詩人目睹春色內心反而更加痛苦愁悶。下闋，詩人回憶南渡前宋王朝歌舞升平的景象，今昔對比，強烈的反差讓詩人內心無比淒楚苦悶。許譯上闋 Outside the window screen in red or snowwhite heap 中 red or snow-white 再現了原詞「擁黃堆雪」的視覺美，I oft remember these grievous hours 中 grievous 傳達了詩人內心的傷感惆悵。下闋 Leave the blue flame flickering / Unable to bear the grief in dreams, my soul sighs 中 blue 再現了原詞意象的視覺美，flame / flickering 形成頭韻，富於音美，grief 與上闋的 grievous 相呼應，傳達了詩人內心的淒苦悲涼，How can I bear the cuckoo's cries! 用感嘆句式語氣強烈，詩人悲春傷懷的情感體驗達到了最高潮，富於感染力。

(二) 黃昏情結

中國古代詩人的時間體驗有著深刻的黃昏情結，日暮黃昏、月明之夜是中國古詩詞中常見的審美場景和意象，積澱了漢民族深厚的文化心理。胡曉明在《中國詩學之精神》中認為漢民族認為黃昏是一天中「最具安寧、平和之家庭意味的時刻」，中國詩人的黃昏感受是「生命缺憾中的一種痛苦情緒，是對和諧、安寧之生活的一種永恆的祈求」。晚唐詩人李商隱的「夕陽無限好，只是盡黃昏」為千古名句，宋詞源於晚唐詩，其黃昏景象的描寫比唐詩更為細膩，所表達的情感更為豐富，更富於個性化特色。宋代詞人的黃昏體驗既有溫馨甜蜜的感受，也有纏綿悱惻的傷感。北宋歐陽修在《生查子》上闋中寫道：

去年元夜時，花市燈如晝。月上柳梢頭，人約黃昏后。

該詞採用素描手法，表達了一種溫馨喜悅的氣氛，是膾炙人口的名篇，歷來為詞家所激賞。宋詞常描寫元宵節的黃昏之夜人們賞燈遊玩，如辛棄疾的《青玉案》(「東風夜放花千樹」) 也表達了一種歡欣愉悅的氛圍。宋詞中描寫黃昏的名篇還有林逋的《山園小梅》、姜夔的《暗香》、《疏影》等。總體而言，宋詞描寫的黃昏月景傳達的更多是淒楚憂傷的情感體驗，如歐陽修的《蝶戀花》(「門掩黃昏，無計留春住」)，「深院」、「門掩」成為宋詞裡的典型意象。歐陽修詞風與秦觀相近，比較而言，歐詞重意，秦詞重境。王國維在《人間詞話》中評價說：「古今有意境者，歐陽以意勝，少遊以境勝。」在中國

詩歌史上，宋代詞人最善於描寫黃昏時分、月影朦朧，北宋張先有三首描寫黃昏月影的作品，因而被詞界稱為「張三影」，張詞《天仙子》(「雲破月來花弄影」) 通過動詞「破」、「弄」的巧妙運用，使作品境界全出，成為宋詞中的名句。張詞《青門引》下闋寫道：

　　樓頭畫角風吹醒，入夜重門靜。那堪更被明月，隔牆送過秋千影。

詩人在寒食節因傷春而醉酒，黃昏時分，月影朦朧，隔牆秋千的影子飄來，若隱若現，意境優美。張先還有名句「柳徑無人，墮飛絮無影」，意境朦朧蘊藉。宋詞描寫黃昏的常見場景除了月景，還有雨景，雨是中國古詩詞中的一個常見意象，用以渲染悲楚惆悵的氛圍。宋末詞人史達祖在《綺羅香》下闋寫道：

　　沉沉江上望極，還被春潮晚急，難尋官渡。隱約遙峰，和淚謝娘眉嫵。
　　臨斷岸，新綠生時，是落紅，帶愁流處。記當日，門掩梨花，剪燈深夜雨。

史達祖號梅溪，與吳文英、周密等都是南宋姜派詞人，姜夔稱梅溪詞「奇秀清逸，有李長吉之韻」。原詞描寫天色黃昏，月影朦朧，江流奔湧，夜色漸深，雨依然下個不停，敲打著婦人的心房，她對遠方愛人的思念愈加濃厚深沉，內心無比淒楚。「門掩梨花」化用了李重元的「雨打梨花深閉門」，「剪燈深夜雨」化用了唐代李商隱的「何當共剪西窗燭，卻話巴山夜雨時」。葛曉音在《唐詩宋詞十五講》中認為作品下闋描寫了一幅遠景：「江上陰雨沉沉，夜渡被春潮淹沒，遠方隱約的青峰如和淚美人的眉痕，是雨深時景象。」[16]

在中國古詩詞中黃昏既是一種大自然的場景，也喻指人生的黃昏，宋代詞人常採用比興手法，托物言志，以黃昏之景來寄託自己報國無門、壯志未酬的失意和惆悵。前面談道，宋詞富於人文氣息，愛描寫人文意象，宋代詞人描寫黃昏之景常以梅花為刻畫對象，通過描寫梅影、梅香展現梅之神韻，如林逋的《山園小梅》、姜夔的《暗香》、《疏影》等。南宋陸遊的《卜算子》也是詠梅的名篇：

　　驛外斷橋邊，寂寞開無主。已是黃昏獨自愁，更著風和雨。

無意苦爭春，一任群芳妒。零落成泥碾作塵，只有香如故。

中國傳統文化中梅與蘭、竹、菊被稱為四君子，中國古詩詞中有不少詠梅的佳作，宋詞寫梅最為細膩傳神。劉克莊評價放翁詞「其激昂感激者，稼軒不能過；飄逸高妙者，與陳簡齋、朱希真相頡頏；流麗綿密者，欲出晏叔原、賀方回之上」。陸詞《卜算子》寫黃昏時分，詩人來到斷橋邊，經歷了風吹雨打的梅花芳香四溢，傲視群芳，其風骨神姿讓詩人傾慕。詩人採用比興手法，托物言志，以雪中之梅暗喻自己的高尚人格。李清照描寫黃昏夜景的詞意境優美，婉約動人，如《醉花陰》（「東籬把酒黃昏后」），詩人思念遠仕在外的丈夫趙明誠，淒楚憔悴，所以她自稱「人比黃花瘦」。下面是李清照的《小重山》和許淵沖的譯文：

春到長門春草青，紅梅些子破，未開勻。碧雲籠碾玉成灰，留曉夢，驚破一甌春。

花影壓重門，疏簾鋪淡月，好黃昏。二年三度負東君，歸來也，著意過今春。

> Springs come to my long gate and grass grows green;
> Mume flowers burst into partial bloom are seen
> From deep red to light shade.
> Green cloudlike tea leaves ground into powder of jade
> With boiling water poured into vernal cup
> From morning dream have woke me up.
>
> Mume blossoms lay their heavy shadows on my door;
> The pale moon paces my latticed floor
> With lambent light,
> What a fine night!
> Thrice o'er two years spring has passed unenjoyed.
> Come back and drink this delight unalloyed!

原詞上闋，春光明媚，詩人春心蕩漾，思念遠方的丈夫，她一邊煮茶，一邊沉浸在甜蜜的夢想之中，一直到茶開了才驚醒過來。下闋，天色已是黃昏，

月影朦朧，詩人對丈夫的思念愈加濃厚深沉。「花影壓重門，疏簾鋪淡月，好黃昏」描寫了一幅生動優美的月景、靜景，與張先的「雲破月來花弄影」、「樓頭畫角風吹醒，入夜重門靜。那堪更被明月，隔牆送過秋千影」同樣意境朦朧蘊藉。許譯上闋 Springs come to my long gate and grass grows green / Mume flowers burst into partial bloom are seen / From deep red to light shade / Green cloud-like tea leaves ground into powder of jade / 中 grass grows green 壓頭韻，富於音美，deep red、light shade、green cloudlike 富於視覺美。下闋 Mume blossoms lay their heavy shadows on my door 中 mume blossoms 與上闋的 mume flowers 相呼應，The pale moon paces my latticed floor 中 pale / paces 壓頭韻，富於音美，paces 採用擬人手法形象生動，With lambent light 中 lambent 意思是 shining or glowing softly，與上文的 heavy shadows / pale 相呼應，富於視覺美，再現了原詞意象朦朧迷離的效果，What a fine night! 傳達了詩人內心的寧靜和愜意，Thrice o'er two years spring has passed unenjoyed 中 unenjoyed 傳達了詩人對自己過去兩三年孑然一身、虛度春光的遺憾，Come back and drink this delight unalloyed 用感嘆句式語氣強烈，傳達了詩人對丈夫早日歸來的急切呼喚，富於感染力。

（三）悲秋感懷

與傷春相比，中國詩人的悲秋情結蘊含了更為深刻的生命感悟，落葉飄零、萬木枯黃的秋天讓詩人深感人生苦短，韶華易逝。中國古代文學中的秋有三層含義：一是大自然之秋；二是人生之秋；三是國家民族之秋。中國古代文人常通過描寫秋色、秋聲、秋葉、秋草、秋風、秋蟲、秋雨、秋氣等來表達內心的秋心、秋思、秋懷，以大自然之秋喻指人生之秋、國家民族之秋。如《詩經》中的《小雅》（「秋日淒淒」）、《楚辭》中的《九章》（「悲秋風之動容兮」），唐代韋應物的「窗裡人將老，門前樹已秋」等。中國文學的悲秋之作以宋玉的《九辯》、歐陽修的《秋聲賦》、杜甫的《登高》和《秋興》最負盛名。宋玉《九辯》感嘆：「悲哉，秋之為氣也！」明代學者胡應麟將其評價為「千古言秋之祖」。嚴雲受在《詩詞意象的魅力》中認為中國古詩的悲秋意識包含兩類：一類是強化模式，詩人「秋怨滿懷，逢秋益悲」；一類是感生模式，詩人「秋懷潛伏、逢秋感發」。

宋詞中也有大量悲秋的佳作名篇，如柳永的《八聲甘州》、王安石的《桂枝香》、辛棄疾的《醜奴兒》等。下面是晚唐詞人溫庭筠的《更漏子》和許淵冲的譯文：

玉爐香，紅蠟淚，偏照畫堂秋思。眉翠薄，鬢雲殘，夜長衾

枕寒。

　　梧桐樹，三更雨，不道離情更苦。一葉葉，一聲聲，空階滴到明。

　　The tearful candle red,
　　And fragrant censer spread,
　　Within the painted bower a gloomy autumn light.
　　Fad'd eyebrows penciled
　　And hair dishevelled,
　　She feels her quilt the colder and longer the night.

　　The lonely withered trees
　　And midnight rain and breeze
　　Don't care about her bitter parting sorrow.
　　Leaf on leaf without grief,
　　Drop by drop without stop,
　　They fall on vacant steps until the morrow.

　　溫庭筠是晚唐五代婉約詞的代表，對柳永、秦觀、李清照等后代婉約派詞人的藝術創作產生了深刻影響。清代學者孫麟趾在《詞徑》中把詞分為高謇、婉約、豔麗、蒼莽四派，認為「欲豔麗，學飛卿、夢窗」，王國維在《人間詞話》中評價說「溫飛卿（庭筠）詞精妙絕人，然類不出乎綺怨」。葛曉音在《唐詩宋詞十五講》中認為溫詩「典麗精工，婉曲含蓄」，擅長描寫「婦女服飾的華貴、容貌的麗豔、體態的輕盈，心理刻畫細膩，氣氛渲染濃鬱」。原詞描寫一位女子對愛人的思念之情：秋日的夜晚，細雨綿綿，婦人獨守空房，孤燈殘照，她思念遠方的愛人，鬱悶憂傷，面容憔悴，徹夜難眠。紅燭徹夜燃燒，不斷滴淌的燭淚就像思婦悲傷的淚水。夜長，雨更長，梧桐樹葉紛紛凋落，淅淅瀝瀝的秋雨滴在石階上，更無情地打在思婦的心上。詩人通過「玉爐」、「紅蠟」、「畫堂」、「眉翠」、「鬢雲」、「衾枕」、「梧桐樹」、「三更雨」、「一葉葉」、「一聲聲」、「空階」等視覺、聽覺和嗅覺意象，細膩入微地描寫了婦人思念夫君時淒苦悲涼的心情。

　　詩人按照時間（從夜晚到黎明）和空間順序（從室內到室外）來安排和組織意象，將人物的深沉情感融入其中。「玉爐香」暗示的是情愛的氛圍，思

婦渴望與愛人廝守相伴。「紅蠟淚」寫紅燭徹夜燃燒，不斷滴淌的燭液就像思婦悲傷的淚水。燭淚是中國古詩的一個常見意象，以燭淚喻寫人淚是中國詩人常用的手法，如李商隱的「春蠶到死絲方盡，蠟炬成灰淚始干」，杜牧的「蠟燭有心還惜別，替人垂淚到天明」，與溫詞有異曲同工之妙。與愛人相別千里的痛苦折磨著思婦的內心，讓她輾轉反側，難以入眠（「偏照畫堂秋思」），婦人在秋夜、秋雨中對愛人的思念綿綿不絕，剪不斷，理還亂，原詞「眉翠薄／鬢雲殘／夜長衾枕寒」描寫長夜漫漫，思婦面容憔悴，孤枕難眠，「長」、「寒」傳達了思婦內心的淒清悲涼。「梧桐樹，三更雨，不道離情更苦。一葉葉，一聲聲，空階滴到明」寫夜長，雨更長，梧桐樹葉紛紛凋落，淅淅瀝瀝的秋雨滴在石階上，更無情地打在思婦的心上。

許譯上闋 tearful candle red、fragrant censer、painted bower、gloomy autumn light、Fad'd eyebrows penciled、hair dishevelled、quilt 保留了原詞的意象，tearful candle red 放到了 fragrant censer 之前，gloomy 傳達了原詞陰鬱憂傷的情感氛圍，faded / dishevelled 再現了思婦形容憔悴、無心梳妝的形象。She feels her quilt the colder and longer the night 採用倒裝結構，將 longer 放在 the night 前面，緊接 colder，強調婦人在漫漫長夜對愛人苦苦思念，內心無比淒涼悲楚。下闋，withered trees、rain、leaf、vacant steps 保留了原詞的意象。bitter 強調了婦人對愛人強烈的思念之情。原詞「一葉葉，一聲聲」運用排比和疊字手法，描寫秋風吹過，梧桐樹葉紛紛飄落，秋雨淅淅瀝瀝，下個不停，更讓婦人愁緒萬千，輾轉難眠，許譯 Leaf on leaf without grief / Drop by drop without stop 採用對偶結構，leaf on leaf、drop by drop 運用疊詞法，富於音美和意美。原詞「梧桐樹，三更雨，不道離情更苦」寫紛紛飄落的梧桐樹葉和綿綿不盡的秋雨都無法瞭解婦人內心的痛苦和酸楚，許譯用 without grief、without stop 與上文的 Don't care about her bitter parting sorrow 相呼應，語氣強烈，富於感染力，意美、音美和形美融為一體。

三、思念故土

前面談道，漢民族具有強烈的土地情結，與大自然相親相近。漢文化是一種家國一體的文化，這種家本位的傳統文化使漢民族留戀故土，珍惜親情。中國古代詩人的情感體驗表現為一種強烈的思鄉情結，富於人文倫理的內涵。宋代學者張耒在《東山詞序》中說，詞人「過故鄉而感慨，別美人而涕泣，情發於言，流為歌詞，含思淒婉，聞者動心」，胡曉明在《中國詩學之精神》中認為漢民族向往和平安靜的生活，「將人類家庭視為和平價值之實存因子，視

為消弭戰亂災禍之精神天使」,「和平、無爭、安靜、悠久,中國人思想中此種向往與追求,熏陶著中國詩人的倫常感受」,鄉戀是異鄉遊子的情感寄托和精神撫慰,成為漢民族的一種精神原型,「父母、妻女、兄弟、友朋在中國詩人心目中占據極重要的地位」,在其潛意識裡故鄉永遠是與「肅殺淒冷的秋世界」、「辛酸寂寞的江湖味」相對立而存在的一個價值世界。[17]中國傳統文學的傷春、悲秋、黃昏情結往往都傳達了強烈的鄉愁鄉思,如李白的《靜夜思》、杜甫的《宿府》等。宋詞也有大量描寫思鄉情懷的佳作,南唐后主李煜經歷了國破家亡、淪為階下囚的慘痛,其作品表達了一種對失去故國的刻骨銘心的記憶,如《相見歡》(「林花謝了春紅,太匆匆,無奈朝來寒雨晚來風。胭脂淚,相留醉,幾時重,自是人生常恨水常東」)。北宋滅亡後,李清照、葉夢得、朱敦儒等一批詞人流落江南,他們經歷了故土淪陷、流離失所的痛苦,不僅對故園無比思念,而且還胸懷收復故國、重振江山的雄心壯志。朱敦儒在《相見歡》中表達了亡國之恨:

  金陵城上西樓,倚清秋。萬里夕陽垂地,大江流。
  中原亂、簪纓散,幾時收?試倩悲風吹淚,過揚州。

  金陵懷古是中國古詩詞的一個常見主題,唐代劉禹錫、宋代王安石、元代薩都剌都留下了金陵懷古的名篇。《相見歡》寫詩人登上金陵城,撫今追昔,北宋已亡,中原故土被侵略者的鐵蹄踐踏,詩人不知何時才能收復故土,不禁潸然淚下。張元干為南宋著名愛國詞人,他寫有兩首《賀新郎》,分別贈與愛國將領李綱和胡銓,作品表達了亡國之恨和收復失地的雄心壯志。下面是贈與李綱的《賀新郎》下闋:

  十年一夢揚州路,倚高寒,愁生故國,氣吞驕虜。要斬樓蘭三尺劍,遺恨琵琶舊語。
  謾暗澀,銅華塵土。喚取謫仙平章看,過茗溪尚許垂綸否?風浩蕩,欲飛舉。

  清代學者吳錫麒認為詞有幽微宛轉、慷慨激昂兩派,慷慨激昂派詞人以「縱橫跌宕之才,抗秋風以奏懷,代古人以貢憤」,張詞《賀新郎》就是慷慨激昂之詞。在中國古代揚州為繁華之地,文人墨客雲集,李白、杜牧等都在詩中讚美過揚州。北宋覆滅後宋高宗在南京稱帝,進駐揚州,可惜統治者依舊聲

色犬馬，不思收復故土。詞人思念故園，激憤之情難以平息，他發誓要馳騁疆場，殺敵復國。在朱敦儒、張元干等南渡詞人筆下，揚州已變成令人傷心斷腸之地，「試倩悲風吹淚，過揚州」，「十年一夢揚州路，倚高寒，愁中故國」。宋末詞人劉辰翁在《柳梢春》下闋中寫道：

  那堪獨坐青燈！想故國，高臺月明。輦下風光，山中歲月，海上心情。

  劉辰翁為宋末辛派詞人，葛曉音在《唐詩宋詞十五講》中認為辛派詞人善於「用粗豪的筆調，抒寫激憤的心情，慷慨悲歌，主題鮮明」。劉辰翁的晚年時期南宋已亡，作品寫詞人在月明之夜思念故土，回想當年在故國的生活情景，心情難以平靜。葛曉音認為原詞最后三句描寫了三種場景：「輦下風光」描寫元人統治下的臨安城元宵節之夜的景象；「山中歲月」描寫詞人在山中隱居避亂；「海上心情」描寫南宋小朝廷逃到涯山以苟延殘喘。宋末詞人周密在《一萼紅》下闋中也表達了亡國之恨和思鄉之情：

  回首天涯歸夢，幾魂飛西浦，淚灑東州。故國山川，故園心眼，還似王粲登樓。
  最負他，秦鬟妝鏡。好江山，何事此時遊！為喚狂吟老監，共賦銷愁。

  周密號草窗，與吳文英（夢窗）並稱「二窗」，同為姜派詞人。葛曉音在《唐詩宋詞十五講》中認為姜派詞人善於「以含蓄渾雅的風格，委婉曲折的筆致，抒寫其低回掩抑的故國之思和身世之感，含義隱晦，情調消極」。[18]《一萼紅》是周詞代表作，寫詩人對故國魂牽夢繞，他想起南北朝時期詩人王粲寫的《登樓賦》抒發了強烈的思鄉之情。詩人不知何時才能重返故土，不禁黯然神傷，他只能寫詩吟賦，以銷心中之愁。
  中國詩人留戀和平安寧的家園，即便為了仕途常宦遊天下，但內心仍牽掛故土，他們珍惜家庭生活的幸福溫馨，同時又胸懷國家民族之安危，兼故小家和大家。胡曉明在《中國詩學之精神》中認為中國詩人具有一種「家、國通一之志士情懷」，它將中國人的鄉關之戀政治化、理想化，「思家的魂夢飛縈，不僅是一己小我的溫煦之情，而且是與國家民族文化理想循循相通的莊嚴聖潔之情」，同時又將中國人的政治情結生命化、人倫化，中國詩人的生命與「民

族、國家之大生命」、他們的感情與「國家、社會之理性目的」緊緊相連。[19] 下面是李清照的《添字採桑子》和許淵冲的譯文：

窗前誰種芭蕉樹？陰滿中庭。陰滿中庭。葉葉心心，舒卷有余情。

傷心枕上三更雨，點滴霖霪。點滴霖霪。愁損北人，不慣起來聽。

Who's planted before my window the banana trees.
Whose shadow in the courtyard please?
Their shadow in the courtyard please,
For all the leaves are outspread from the heart
As if unwilling to be kept apart.

Heart-broken on my pillow, I hear midnight rain
Drizzling now and again.
Drizzling now and again,
It saddens a Northerner who sighs.
What can she do, unused to it, but rise?

　　北宋淪陷后李清照流落到江南，原詞傳達了詩人對北方故土的思念。上闋，許淵冲評論說，詩人「寄居在當地人家」，「芭蕉葉茂盛，遮滿了庭中央，一片青翠」，「舒展的蕉葉和包卷的蕉心之間，似乎有一種依依不捨的眷念之情」。[20] 疊字「葉葉心心」富於音美。下闋，夜晚雨打芭蕉，詩人思念故土，輾轉難眠。原詞採用重複手法（「陰滿中庭／陰滿中庭」、「點滴霖霪／點滴霖霪」），一詠三嘆，具有回環往復之美。許譯保留了原詞的重複手法，上闋 For all the leaves are outspread from the heart / As if unwilling to be kept apart 中 outspread 再現了芭蕉葉的茂密繁盛，unwilling to be kept apart 明寫蕉葉與蕉心之間依依不捨，暗喻詩人對故土的眷戀之情。下闋，Heart-broken on my pillow, I hear midnight rain 將 heart-broken 放在句首，強調了詩人內心的悲苦，It saddens a Northerner who sighs 中 saddens 與上文的 heart-broken 相呼應，傳達了詩人的悽楚憂傷，What can she do, unused to it, but rise? 用問句形式，語氣強烈，傳達了詩人內心難以排遣的惆悵和苦悶。

四、相愛情思

情愛相思是詩歌古老而永恆的主題，中國古詩從《詩經》開始就有對愛情的描寫。受傳統儒家文化的深刻影響，中國古詩描寫愛情強調「溫柔敦厚」，「發乎情，止乎禮義」，情感表達往往含蓄蘊藉，情味深長。宋詞富於陰柔美，與唐詩相比，詩莊詞媚，宋詞描寫情愛相思具有先天的優勢。無論是溫庭筠、柳永、周邦彥、李清照等婉約派詞人還是蘇軾、陸遊等豪放派詞人都有大量描寫愛情的佳作。下面是溫庭筠《更漏子》的下闋：

　　香霧薄，透簾幕，惆悵謝家池閣。紅燭背，綉簾垂，夢長君不知。

溫詞最善於描寫閨房情思，《更漏子》下闋描寫了大量的香閨意象（「香霧」、「簾幕」、「謝家池閣」、「紅燭」、「綉簾」），富於視覺美和嗅覺美。婦人獨守空房，日夜思念遠方的夫君，魂牽夢繞。袁行霈在《中國詩歌藝術研究》中評價溫詞「濃艷細膩，綿密隱約」，富於「裝飾美、圖案美、裝潢美」，善於「用暗示的手法，造成含蓄的效果」。[21]下面是周邦彥《菩薩蠻》的下闋：

　　銀河宛轉三千曲，浴鳧飛鷺澄波綠。何處是歸舟？夕陽江上樓。
　　天憎梅浪發，故下封枝雪，深院卷簾看，應憐江上寒。

在宋代詞人中周邦彥、姜夔的詠物詞成就很高。比較而言，清真詞善寫實景，逼真傳神，白石詞善寫虛境，含蓄蘊藉，葛曉音在《唐詩宋詞十五講》中認為清真詞「側重在提煉精工的語言，逼真傳神地寫出所詠物象的形態、姿貌，並寄托由此物所引起的感慨」。[22]美成的這首描寫愛情相思的詞構思奇特，臘梅傲雪綻放，預報春天的來臨，本應讓思婦欣喜，可大雪紛飛，壓沒了枝頭，又讓她牽掛江上游子的冷暖，憎恨梅花濫開。下面是李清照的《怨王孫》和許淵冲的譯文：

　　帝裡成曉，重門深院，草綠階前。暮天雁斷，樓上遠信誰傳？恨綿綿！
　　多情自是多沾惹，難拼舍，又是寒食也。秋千巷陌人靜，皎月初斜，浸梨花。

In the capital spring is late;
Closed are the courtyard door and gate.
Before the marble steps the grass grows green;
In the evening sky no more wild geese are seen.
Who will send from my bowers letters formy dear?
Long, long will my grief appear!

This sight would strike a chord in my sentimental heart.
Could I leave him apart?
Again comes Cold Food Day.
In quiet lane the swing won't sway;
The slanting moon still sheds her light
To drown pear blossoms white.

原詞上闋，暮春的都城裡重門緊閉，庭院緊鎖，大雁南飛，詩人思念遠方的丈夫，卻又無人能捎去書信，她內心十分傷感鬱悶。許譯 Closed are the courtyard door and gate 中 closed 放在句首，強調門庭緊鎖，淒涼冷清。Before the marble steps the grass grows green 中 grass grows green 形成頭韻，富於音美。Who will send from my bowers letters formy dear? 保留了原詩的問句形式，dear 傳達了詩人對丈夫的深厚感情。Long, long will my grief appear! 用倒裝句式將 long / long 放在句首，語氣強烈，富於感染力，傳達了詩人對遠方丈夫的無盡思念，long 的疊用富於音美。原詞下闋，詩人整日思念丈夫，內心被思緒所纏繞。夜色漸深，四周寂靜無聲，皓月當空，詩人睹月思人，沉浸在無盡的離愁別緒之中。許譯 This sight would strike a chord in my sentimental heart 中 strike a chord / sentimental 傳達了原詞所描寫的詩人觸景生情、多愁善感的心理情感體驗，Could I leave him apart? 用問句形式語氣強烈，傳達了詩人對遠方丈夫深厚的感情。The slanting moon still sheds her light / To drown pear blossoms white 中 swing 與 sway，slanting 與 still sheds 形成頭韻，富於音美，drown 明寫梨花浸沐在月色中，暗寫詩人沉浸在無盡的離愁之中。

中國古代詩人描寫愛情既是為表達情思，抒發離愁別緒，也通過情思傳達自己對社會和人生的深刻感悟，寄託自己的人生理想和追求。胡曉明在《中國詩學之精神》中認為中國詩人「極少去吟咏在那一份正在愛中的歡樂意識，亦極少以樂觀之眼光，去憧憬愛的明天，而是對消逝的往日之戀，一往情

深」,他們「視情詩為一種寄托,一種興象,一種理想生命苦悶之象徵,以深刻反應出有操守、有理想之古代知識分子的『大不得意』境況」,「生命之自由感受,情感之沈至,意志之執著與精神之無限向上,便是中國古代愛情詩之精神品格」。[23] 蘇軾有一首著名的悼亡詞《江城子》,上闋寫道:

> 十年生死兩茫茫。不思量,自難忘。千里孤墳,無處話淒涼。
> 縱使相逢應不識,塵滿面,鬢如霜。

蘇軾是宋詞豪放派的傑出代表,他以詩入詞,開拓了宋詞的意境,極大地豐富了宋詞的藝術表現手段,《中國典籍精華叢書》評價說:「在東坡筆下,懷古傷今,悼亡送別,說理談禪,詠史詠物,抒情記事,無不揮灑自如,盡情盡性。」蘇軾的這首《江城子》發自肺腑,感情真摯,是中國悼亡詩中的名篇。詩人與亡妻生死相別已有十載,他四處漂泊,浪跡天涯,倍感孤獨寂寞,自己孑然一身,形容憔悴,愈發思念亡妻。與《江城子》淒楚哀婉的情調相比,蘇軾的《蝶戀花》則輕鬆中略帶傷感,作品下闋寫道:

> 牆裡秋千牆外道,牆外行人,牆裡佳人笑。
> 笑漸不聞聲漸消,多情卻被無情惱。

詩人通過生動的畫面傳達了自己被貶謫途中失意惆悵的心情,作品採用暗喻手法,佳人喻指君王,牆喻指詩人與君王之間的障礙和隔閡。詩人一腔報國之志(多情),卻不被統治者重用(無情),所以內心苦悶惆悵。

在中國詩人的情感世界中婚姻和家庭佔有舉足輕重的位置,愛情的甜蜜、婚姻的幸福、家庭的美滿、事業的成功是他們追求的人生理想。胡曉明在《中國詩學之精神》中認為中國詩人表現了溫馨淳美的人倫情味,「在兩性情感中,中國詩人敞亮心靈世界之溫馨細膩、忠貞無畏、浪漫與感傷、渴望與執著。家鄉、自然、愛情,猶如通往中國人文精神價值的一扇扇明亮之窗」,「兩性之間由傾慕而心心相印而最終結合,乃是生命自由之實現;兩性之間歷經重重障礙而達致結合的過程,乃是人的自由本質對象化過程的深刻形式;兩性追求自由之內外衝突極其悲劇結局,乃是人的自由本質之否定形式」,中國詩人「既無熾熱的歡樂意識與迷幻的跌宕起伏,亦無強烈的內心沸騰與情欲之絕望掙扎」,其愛情歌詠「大多沉浸於回憶的情調之中」,「那一種循回不已的懸思,那一幅千古無窮的感傷意境,那一份簡單而永恆、古樸而新鮮的心靈

契合之美,那縷愛而不得其所愛、又不能忘其所愛的深深哀愁,充分反應了中國人文精神的內傾向性」。[24] 北宋詞人秦觀的《鵲橋仙》是宋詞中描寫愛情相思的名篇,其中「兩情若是長久時,又豈在朝朝暮暮」被詞家所激賞,秦詞《蝶戀花》下闋寫道:

流水落花無問處,只有飛雲,冉冉來還去。持酒勸雲雲且住,憑君礙斷春歸路。

婦人思念遠方的愛人,情思綿延無盡,宛如那悠悠浮雲,葛曉音在《唐詩宋詞十五講》中評價秦詞「典雅清麗,含蓄蘊藉」,「文字精妙貼切而流暢自然,工於刻畫」。下面是李清照的《生查子》和許淵冲的譯文:

年年玉鏡臺,梅蕊宮妝困。今歲未還家,怕見江南信。
酒從別后疏,淚向愁中盡。遙想楚雲深,人遠天涯近。

Before my mirror decked with jade, from year to year,
Weary the toilets of mume blossom style appear.
This year he is not back as of yore;
I fear bad news may come from Southern shore.

Since he left, I have drunk less and less wine;
Tears melt into grief, more and more I pine.
I look on Southern cloud on high;
He is farther away than the sky.

原詞上闋寫詩人思念遠方的丈夫,她既盼望丈夫來信,又擔心他來信說不回家,心裡十分矛盾。下闋寫詩人對丈夫朝思暮想,哭干了眼淚,內心無比悲苦。許譯上闋 Weary the toilets of mume blossom style appear 中 weary 放在句首,強調詩人內心悲楚疲憊。下闋 Since he left, I have drunk less and less wine / Tears melt into grief, more and more I pine / I look on Southern cloud on high / He is farther away than the sky 中 melt 形象生動,再現了詩人以淚洗面、最后欲哭無淚的場景, more and more 放在 I pine 之前,與上文的 less and less 形成對比,強調詩人思念丈夫,越來越憔悴不堪, on high / farther away 強調詩人與丈夫之

間山長水闊，天各一方，難以團聚。

南宋詞人陸遊和唐婉曾是一對恩愛夫妻，后被陸母拆散，陸遊另娶，唐婉改嫁。某日，兩人在沈園邂逅，陸遊感慨萬千，寫下《釵頭鳳》，以示情懷，唐婉也和了一首《釵頭鳳》，以表相思，后鬱鬱而終。下面是唐婉《釵頭鳳》和許淵冲的譯文：

世情薄，人情惡，雨送黃昏花易落。曉風干，淚痕殘。欲箋心事，獨語斜闌。難，難，難！

人成各，今非昨，病魂常似秋千索。角聲寒，夜闌珊。怕人尋問，咽淚裝歡，瞞，瞞，瞞！

The world unfair,
True manhood rare.
Dusk melts away in rain and blooming trees turn bare.
Morning wind high,
Tear traces dry.
I'll write to you what's in my heart,
Leaning on rails, speaking apart.
Hard, hard, hard!

Go each our ways!
Gone are our days.
Like long, long ropes of swing my sick soul groans always.
The horn blows cold,
Night has grown old.
Afraid my grief may be descried,
I try to hide my tears undried.
Hide, hide, hide!

原詞上闋寫世態炎涼，人情冷暖，詩人本與陸遊志同道合，真心相愛，卻被陸母強行拆散，成為封建家長制和世俗禮教的犧牲品。詩人以黃昏時分被風雨吹打的殘花暗喻自己的不幸遭遇。「曉風干，淚痕殘」，《宋詞鑒賞辭典》評論說：「被黃昏時分的雨水打濕了的花花草草，經晚風一吹，已經干了，而自

已流淌了一夜的淚水，猶擦而未干，致使殘痕猶在」。詩人想與陸遊書信傳情，但猶豫不決，她憑欄沉吟，內心淒涼悲苦。下闋，詩人回首往事，物是人非，她與陸遊已各自嫁娶，但仍心心相印，彼此思念著對方，魂牽夢繞，精神憔悴。夜深人靜，寒氣透骨，詩人已為他人婦，不得不強顏歡笑，強忍淚水。

　　許譯上闋，The world unfair / True manhood rare 中 unfair 表達了詩人對封建禮教的強烈譴責和抨擊，Dusk melts away in rain and blooming trees turn bare 中 blooming 與 bare 形成對比，暗喻詩人形容憔悴，青春已逝。Morning wind high / Tear traces dry / I'll write to you what's in my heart / Leaning on rails, speaking apart 中 apart 明寫詩人與陸遊已被拆離，實寫兩人仍心心相印，Hard, hard, hard! 中 hard 的疊用語氣強烈，傳達了詩人想與陸遊書信傳情卻又左右為難的痛苦矛盾的心情，富於感染力。下闋，Gone are our days 用倒裝句式語氣強烈，傳達了詩人對往昔美好歲月的追憶，Like long, long ropes of swing my sick soul groans always 中 long 的疊用明寫秋千索長，暗寫詩人的愁緒綿延不盡，sick soul 形成頭韻，描寫詩人為情所困，悲傷憔悴，富於音美和意美。The horn blows cold / Night has grown old 中 old 明寫夜色漸深，暗寫詩人韶華已逝，容顏已老，Hide, hide, hide! 中 hide 的疊用語氣強烈，傳達了詩人內心的酸楚淒涼。下面是陸遊《沈園》（二）和許淵冲的譯文：

夢斷消香四十年，沈園柳老不吹綿。
此身行作稽山土，猶吊遺蹤一泫然。

Your fragrance has not sweetened my dreams for forty years;
The willows grow so old that no catkin appears.
I'll soon become a clod of clay beneath the hill;
Again I come in tears to find your traces still.

　　陸遊與表妹唐婉青梅竹馬，情投意合，常在沈園遊玩，吟詩唱和，后結為夫妻，但被陸母強行拆散，陸遊另娶，唐婉改嫁。四十年后，陸遊舊地重遊，物是人非，唐婉已故，詩人無限傷感，寫下兩首《沈園》以示悼念。上面所選為其中一首，「夢斷消香四十年，沈園柳老不吹綿」寫唐婉已香消玉殞四十年，「柳老」明寫柳樹，暗喻詩人已是風燭殘年。「此身行作稽山土，猶吊遺蹤一泫然」，所愛之人早已故去，詩人無比悲痛，失去人生的伴侶和精神的寄托，詩人已感自己來日無多，不禁黯然神傷，潸然淚下。許譯 Your fragrance has not sweetened my dreams for forty years / The willows grow so old that no catkin appears 中 sweetened 傳達了詩人對唐婉的美好記憶和深厚感情。I'll soon become a clod of clay beneath the hill / Again I come in tears to find your traces still 中 clod、clay 壓頭韻，具有音美和意美，come in tears 再現了詩人潸然淚下的場景。

五、愛國濟世的儒家情感

中國古代文人雖胸懷報國之志，但往往命運多舛，仕途不濟，因此他們常詠物抒懷，憑弔懷古，追思先賢。儒家文化強調人際關懷，追求仁愛，關注社會現狀，關懷黎民百姓的安危幸福，強調社會群體的利益，孔子提倡「志於道，據於德，依於仁，遊於藝」，李澤厚在《華夏美學》中認為中國文化強調「對人際的誠懇關懷，對大眾的深厚同情，對苦難的嚴重感受」，「人際關懷的共同感情（人道）成了歷代儒家士大夫知識分子生活存在的動力」。[25] 儒家文化強調奮勇進取、積極入世，胡曉明在《中國詩學之精神》中認為中國古詩多「積極雄健的空間體驗」，它是一種「不斷向上、不斷精進、生生不息、新新不已的文化精神，已貫註於歷代詩人的詩思血液裡，在他們的作品中轉化為積極康強、奮發有為的詩美體驗」，它「借空間的張勢以提升人的精神向上性」。[26] 下面是張輯的《月上瓜洲》（南徐多景樓作）和許淵冲的譯文：

江頭又見新狀，幾多愁？塞草連天何處是神州？

英雄恨，古今淚，水東流。唯有漁竿明月上瓜洲。

How much grief to see the autumn wind blows
By the riverside again?
Frontier grass skyward grows
Where's the lost Central Plain?

Our heroes' tear on tear,
Though shed from year to year,
With the eastward-going river flows.
Only the moonshine
With my fishing line
On Melon Islet goes.

原詞上闋寫詩人登樓遠眺，秋風蕭瑟，他悲從中來。詩人望穿雙眼，思念早已淪喪的中原故土。下闋寫詩人胸懷收復故土的豪情壯志，卻報國無門，只能垂釣洲上，對月空嘆。許譯上闋，How much grief to see the autumn wind blows / By the riverside again? 用感嘆句式，語氣強烈，傳達了詩人內心的憂傷和悲愁，Where's the lost Central Plain? 加入 lost，既指中原已淪喪，又暗指詩人內心的失落和惆悵。下闋，Our heroes' tear on tear / Though shed from year to year 通過 tear 和 year 的疊用，渲染了詩人內心的悲苦和無助。

六、逍遙隱世的道家情感

道家美學看重個體自由，追求主體與宇宙天地相交融的生命體驗（「逍遙遊」）。潘知常在《中西比較美學論稿》中認為逍遙遊是主體「憑藉沉靜的心襟『澄懷味象』，在拈花微笑中感應著宇宙自由活潑的生命韻律的一種趨於極致的審美境界」，它「浸透、蘊含著『天人合一』、『上下與天地同流』和『勿聽之於耳，而聽之於心，勿聽之於心，而聽之於氣，視乎冥冥，聽之無聲，冥冥之中，獨見曉焉，無聲之聲，獨聞和焉』的人生意味」。[27]胡曉明在《中國詩學之精神》中認為道家「借空間的拓闊以抒發人的個體自由感」，其空間體驗充滿著「否定力量」和「掙脫意願」，充滿著「開合、張弛、動靜的對立統一因素」。[28]中國文化強調內聖外王、內誠外仁，中國詩人往往內儒外道，人生得意時憂國憂民，兼濟天下，實現人格的向外張揚，仕途不順時則逍遙林泉，縱情山水，人格內收，保存高潔的品格。因此中國詩人融儒家、道家理想於一身，唐代詩仙李白在《廬山遙寄盧侍御虛舟》中寫道：「我本楚狂人，鳳歌笑孔丘。手持綠玉杖，朝別黃鶴樓。五嶽尋仙不辭遠，一生好入名山遊。」宋代詞人蘇軾集儒、道、佛思想於一身，其詞既有儒家的壯志凌雲之氣，也有道家的羽化歸仙之境，可謂詞仙，下面是《臨江仙》和許淵冲的譯文：

夜飲東坡醒復醉，歸來仿佛三更。家童鼻息已雷鳴。敲門都不應，倚仗聽江聲。

長恨此身非我有，何時忘卻營營！夜闌風靜縠紋平。小舟從此逝，江海寄余生。

Drinking at Eastern Slope by night,
I, sober, then get drunk again.

When I come back, it's near midnight.
I hear the thunder of my houseboy's snore;
I knock, but no one answers at my door.
What can I do but, leaning on my cane,
Listen to the river's refrain?

I long regret I am not master of my own.
When can I just ignore the hums of up and down?
In the still night the soft winds quiver
On ripples of the river.
From now on I would vanish with my little boat;
For the rest of my life on the sea I would float.

詩人夜飲歸來，醉意朦朧，敲門無人應答。詩人有感而發，他一生歷經仕途坎坷，屢遭貶黜，內心失意，他視功名利祿為浮雲，不值得為之留戀和苦惱，還不如縱情山水，逍遙林泉。胡曉明在《中國詩學之精神》中認為中國古代文人的時間體驗包括「勉勵生命」、「縱浪大化」、「生生之證」。勉勵生命是儒家文人的時間體驗，強調奮發有為，建功立業；縱浪大化是道家文人的時間體驗，向往羽化登仙的逍遙；生生之證是中國古代文人時間體驗的最高境界，審美主體在一種時間的靜境中忘記時空，直接感悟大自然生命的氣息和律動，與大自然氣化一體。蘇軾集儒、道、佛思想於一身，其詞作所傳達的時間體驗既有勉勵生命，也有縱浪大化和生生之證。蘇詞《臨江仙》的時間體驗就是縱浪大化，許譯上闋，What can I do but, leaning on my cane / Listen to the river's refrain? 用問句，傳達了詩人內心的失落和惆悵。下闋，When can I just ignore the hums of up and down 傳達了詩人內心對擺脫塵世煩惱的渴望。

七、宋詞的詩意哲理

前面談道，宋詞的審美情感是內斂型的，宋代詞人通過情感的內收能對人生和社會進行更沉靜的反思和玩味，對人類和個體的生命價值有更深刻的認識和體悟。蘇軾、辛棄疾、張孝祥等詞人的作品表達了深刻的人生體驗和生命感悟，達到了一種詩意哲理的高度，胡曉明在《中國詩學之精神》中認為中國古代藝術的審美空間既表現了張勢，也表現了斂勢，審美主體把精神情感和生命力量「深深地封閉起來，向內坎陷、凹入，用心靈、情感去浸潤，滋養一

片自得其樂的樂園」。[29] 胡經之在《文藝美學》中認為中國詩人「以整個自然界作為自己的對象，以取之不盡的宇宙元氣作為自己的養料，就能胸羅宇宙，思接千古，感物起興，使宇宙渾然之氣與自己全部精神品格、全身心之氣進行化合，才能產生審美體驗的元氣（激情）呈現出興會的生命」。作家「用整個生命和靈魂進行表現，一字、一音、一線、一筆，都是藝術家生命燃燒的元氣運動的軌跡」。[30] 下面是辛棄疾的《採桑子》和許淵冲的譯文：

少年不識愁滋味，愛上層樓。愛上層樓。為賦新詩強說愁。

而今識盡愁滋味，欲說還休。欲說還休。卻道天涼好個秋！

In my young days, I had tasted only gladness,
But love to mount the top floor,
But love to mount the top floor.
To write a song pretending sadness.

And now I've tasted sorrow's flavours, bitter and sour,
And can't find a word,
And can't find a word,
But merely say,「What a golden autumn hour!」

辛棄疾與蘇軾並稱「蘇辛」，為宋詞豪放派一代詞宗，王國維在《人間詞話》中說：「東坡之詞曠，稼軒之詞豪」，「幼安之佳處，在有性情，有境界」。原詞富於人生哲理，是詩人「閱盡人間滄桑后的言情之作」（葛曉音），在辛詞中獨具特色。作品上闋寫人在青少年時代往往多愁善感，故作少年老成之態。下闋，人到暮年，飽經滄桑，世事洞達，反而不願輕易道出人生的悲喜愁苦。原詞採用「愛上層樓」、「欲說還休」的重複和排比手法，一詠三嘆，韻味悠長。許譯保留了原詞的重複和排比手法，上闋 In my young days, I had tasted only gladness, To write a song pretending sadness 中 sadness 與 gladness 形成強烈對比，再現了詩人從少年之傷感到老年之豁達開朗的情感心理變化；下闋 And now I've tasted sorrow's flavours, bitter and sour 中 bitter and sour 表達了人生的幸酸愁苦，What a golden autumn hour! 用感嘆句式，語氣強烈，golden 傳達了詩人對自己年老而閱歷深厚、洞達世事的一種滿足感。

註釋：

[1] 潘知常. 中西比較美學論稿 [M]. 南昌：百花洲文藝出版社，2000：243-249.

[2] 張利群. 詞學淵粹——況周頤《蕙風詞話》研究 [M]. 桂林：廣西師範大學出版社，1997：106-110.

[3] 李澤厚. 華夏美學 [M]. 合肥：安徽文藝出版社，1999：269.

[4] 胡曉明. 中國詩學之精神 [M]. 南昌：江西教育出版社，2001：231-242.

[5] 朱光潛. 詩論 [M]. 合肥：安徽教育出版社，1997：71.

[6] 龍協濤. 文學閱讀學 [M]. 北京：北京大學出版社，2004：143-148.

[7] 胡經之. 文藝美學 [M]. 北京：北京大學出版社，1999：170-179.

[8] 轉引自：張柏然. 譯學論集 [M]. 南京：譯林出版社，1997：200-201.

[9] 轉引自：陳福康. 中國譯學理論史稿 [M]. 上海：上海外語教育出版社，1992：322.

[10] 轉引自：陳福康. 中國譯學理論史稿 [M]. 上海：上海外語教育出版社，1992：322.

[11] 胡曉明. 中國詩學之精神 [M]. 南昌：江西教育出版社，2001：9.

[12] 李澤厚. 華夏美學 [M]. 合肥：安徽文藝出版社，1999：244.

[13] 許淵冲. 文學與翻譯 [M]. 北京：北京大學出版社，2003：543.

[14] 許淵冲. 文學與翻譯 [M]. 北京：北京大學出版社，2003：528-529.

[15] 許淵冲. 文學與翻譯 [M]. 北京：北京大學出版社，2003：454.

[16] 葛曉音. 唐詩宋詞十五講 [M]. 北京：北京大學出版社，2003：348.

[17] 胡曉明. 中國詩學之精神 [M]. 南昌：江西教育出版社，2001：165-166.

[18] 葛曉音. 唐詩宋詞十五講 [M]. 北京：北京大學出版社，2003：355.

[19] 胡曉明. 中國詩學之精神 [M]. 南昌：江西教育出版社，2001：171-172.

[20] 許淵冲. 文學與翻譯 [M]. 北京：北京大學出版社，2003：512.

[21] 袁行霈. 中國詩歌藝術研究 [M]. 北京：北京大學出版社，1996：298-301.

[22] 葛曉音. 唐詩宋詞十五講 [M]. 北京：北京大學出版社，2003：283.

[23] 胡曉明. 中國詩學之精神 [M]. 南昌：江西教育出版社，2001：52.

[24] 胡曉明. 中國詩學之精神 [M]. 南昌：江西教育出版社，2001：183-192.

[25] 李澤厚. 華夏美學 [M]. 合肥：安徽文藝出版社，1999：257.

[26] 胡曉明. 中國詩學之精神 [M]. 南昌：江西教育出版社，2001：183-192.

[27] 潘知常. 中西比較美學論稿 [M]. 南昌：百花洲文藝出版社，2000：58.

[28] 胡曉明. 中國詩學之精神 [M]. 南昌：江西教育出版社，2001：207-208.

[29] 胡曉明. 中國詩學之精神 [M]. 南昌：江西教育出版社，2001：210.

[30] 胡經之. 文藝美學 [M]. 北京：北京大學出版社，1999：110.

第五章　宋詞藝術風格的再現

第一節　宋詞的文體風格

　　宋詞源於唐詩，與唐詩並列為中國古代文學的兩座高峰。宋詞有著獨特的文體風格，蔡鎮楚在《中國古代文化批評史》中總結了詞的九個文體特徵：①詞為「倚聲」，富於音律美和聲韻美。②詞體輕，詞為長短句，變化靈活，富於節奏感。③詞「別自為體」，詞雖脫胎於詩，但自成一體，李清照在《詞論》中提出「詞別是一家」。④詞「以自然為尚」，不事雕琢，清代學者沈祥龍在《論詞隨筆》中認為詞「以自然為尚」，李佳在《左庵詞話》中認為詞「發於天籟，自然佳妙」。⑤詞貴曲，詞最顯著的文體特點是婉、曲，李佳認為詞「貴曲而不直」，沈祥龍認為詞「隱然能感動人心」。王士禎在《分甘余話》中認為詞「尚女音，重婉約，以婉曲、輕倩、柔媚、幽細、纖麗為本色」，以清切婉麗為宗。著名學者繆鉞在《詞論》中認為詞的特點一是「文小」，即詞的篇幅一般不長；二是「質輕」，即上面所說的體輕；三是「徑狹」，即詞所表現的藝術空間一般不如詩闊大；四是「境隱」，即詞以婉曲含蓄為本色。⑥詞賦少而比興多，這是由詞婉曲的文體特點所決定的，清代學者蔡嵩雲在《柯亭詞論》中認為「詞尚空靈，妙在不即不離，若即若離，故賦少而比興多」。⑦詞之體如美人，宋詞源於唐詩，比較而言，唐詩境界闊大，有陽剛之美，宋詞意境幽遠，有陰柔之美，詩莊詞媚。袁行霈在《中國詩歌藝術研究》中認為詞的特點包括：其一，詞是「都市的娛樂性的文學」；其二，詞是「女性的軟性的文學」；其三，詞是「抒情細膩的文學」；其四，詞是「低回感傷的文學」。「女性」、「軟性」、「抒情細膩」、「低回感傷」正是詞陰柔美的特點。[1]⑧詞「立於詩曲之間」，詩風古雅，曲風近俗，詞風則在雅俗之間，袁行霈所說的「都市的娛樂性的文學」正是詞的雅俗共賞的特點。

⑨詞境別於詩境，王國維在《人間詞話》中認為「詩之境闊，詞之言長」。

清末詞學家況周頤在《蕙風詞話》中提倡詞風的多樣化，「尖豔渾雄，各盡其妙」，尖豔是婉約派詞風，渾雄是豪放派詞風。他認為渾雄之詞高於尖豔之詞，「詞境以深靜為至」，推崇「重、拙、大」的詞境。當代學者張利群在《詞學淵粹——況周頤〈蕙風詞話〉研究》中指出，況氏所論的詞風包含三個遞進的層次：輕倩—沉著—深靜。輕倩之詞富於靈氣，沉著之詞風格穩重、厚實、沉鬱，深靜之詞風格淡泊、高遠、靜穆。[2]

第二節　宋代詞人的個性化風格

宋詞以唐五代詞為開端，經歷了從北宋詞和南宋詞的發展過程，湧現了眾多風格各異、流派不同的傑出詞人。清代學者王鵬運在《半塘末刊稿》中評價說，歐陽修之「騷雅」、柳永之「廣博」、晏殊之「疏浚」、秦觀之「婉約」，各有風格，他認為晏詞「溫潤」，秦詞「幽豔」。朱崇才在《詞話理論研究》中認為宋詞風格流派主要包括以柳永為代表的柳派，以歐陽修、晏殊、秦觀為代表的婉麗派，以蘇軾、辛棄疾為代表的豪放派以及以姜夔、張先為代表的騷雅清空派。王國維在《人間詞話》中對唐五代詞和兩宋詞代表人物的風格作了全面的點評，他認為晚唐詞人溫庭筠和韋莊的詞風格「精豔」，但意境不如馮延巳的詞深刻（「溫、韋之精豔，所以不如正中者，意境有深淺也」）。清代詞學家對溫詞評價較高，沈祥龍認為飛卿詞「以才華勝」，張惠言認為「唐之詞人，溫庭筠最高，其言深美閎約」，劉熙載評價溫詞「精妙絕人」，陳廷焯認為「飛卿詞全祖《離騷》，所以讀絕千古」。溫庭筠與韋莊詞風相近，被詞界並稱為「溫韋」，陳廷焯認為詞乃「樂府之變調，風騷之流派也。溫、韋發其端，兩宋名賢暢其緒」，韋莊詞「意婉詞直」。

對於北宋詞人，王國維認為晏殊的詞意境上遜於歐陽修的詞，「珠玉所以遜六一……意境異也」。他對周邦彥十分推崇，稱其為先生，認為清真詞工於意境，自成一家（「美成晚出，始以辭採擅長，然終不失為北宋人之者，有意也」）。歐陽修、蘇東坡、秦少遊、黃庭堅的詞雖意趣高遠，但都不如周詞「精工博大」。對蘇軾，王國維從人格和詞品上作了評價，認為東坡人格高尚，其詞意境曠遠（「東坡之曠在神」）。對南宋詞人，王國維最欣賞辛棄疾，認為辛詞豪放（「章法絕妙」，「語語有境界」）。他唯對姜夔有褒有貶，認為白石有修能而無內美（「無內美而但有修能，則白石耳」），認為姜詞意境失之於

「隔」。王國維將歐陽修、蘇東坡、秦少游、柳永、賀鑄、辛棄疾、周邦彥的詞風與唐代詩人做了精妙的比較，認為「東坡似太白，歐、秦似摩詰，耆卿似樂天」，晏殊、賀鑄似大歷十才子，「稼軒可比昌黎民」，清真為「詞中老杜」。

第三節　宋詞風格的融合性

　　一個優秀詞人的風格往往不是單一的，而是融合了多種風格。宋詞雖然有婉約和豪放兩大流派，但婉約派詞人不乏豪放雄渾的佳作，豪放派詞人也擅長寫溫婉柔美的作品，況周頤在《蕙風詞話》中稱其為「剛健含婀娜」。北宋詞人蘇軾有「江山如畫，一時多少豪杰」的豪放之詞，也有「縈損柔腸，困酣嬌眼」的柔情纏綿之詞。唐五代詞人李煜的《蝶戀花》婉麗柔美：

　　　　遙夜亭皋閒信步。乍過清明，漸覺傷春暮。數點雨聲風約住，朦朧淡月雲來去。
　　　　桃李依稀春暗度。誰上秋千，笑聲低低語。一寸芳心千萬縷，人間沒個安排處。

　　這是李煜早期的一首描寫傷春感懷的佳作，作品上闋寫主人公閒庭信步，清明節剛過，他內心惆悵傷感，「朦朧淡月雲來去」意境優美。下闋寫主人公感嘆時光易逝人易老，忽然他聽見遠處有人在蕩秋千，傳來盈盈笑聲和竊竊私語，與主人公的多愁善感形成強烈對比，讓他感慨萬千（「一寸芳心千萬縷，人間沒個安排處」）。與《蝶戀花》相比，李詞《浪淘沙》則蒼涼悲壯：

　　　　往事只堪哀，對景難排。秋風掃葉蘚略階。一任珠簾閒不卷，終日誰來。
　　　　金劍已沉埋，壯氣蒿萊。晚涼天淨月華開，想得玉樓瑤殿影，空照秦淮。

　　這是李煜后期的一首詠史懷古的佳作，李后主在藝術上極有才華，但在政治上昏庸無能，終淪為亡國之君和階下囚。作品上闋寫秋風蕭瑟，落葉飄零，詩人回首往事，內心無比悲涼淒楚。下闋，「金劍已沉埋，壯氣蒿萊」中的用

典源自古代傳說中吳王闔閭墓中的寶劍，它們曾讓英雄志士豪氣滿懷，如今已埋入荒草中。「晚涼天淨月華開，想得玉樓瑤殿影，空照秦淮」寫南唐已滅，秦淮河邊的亭臺樓閣昔日熱鬧喧嚷，如今在明月朗照下更顯得淒清冷寂。

第四節　宋詞時代風格的再現

一、唐五代詞風格的再現

詞的歷史演變包括三個階段：唐五代詞、北宋詞和南宋詞。唐五代詞是詞的發展初期，清代學者張祥齡在《詞論》中認為唐五代詞「固為詞家宗主，然是勾萌，枝葉未備」。潘德輿在《養一齋集》中說：「詞濫觴於唐，暢於五代。」王國維在《人間詞話》中對五代詞和北宋詞的評價高於南宋詞（「詞以境界為最上，有境界則自成高格，自有名句。五代北宋之詞所以獨絕者在此」）。唐五代的主要詞人包括以李白、白居易、溫庭筠為代表的唐代詞人，以韋莊、歐陽炯為代表的西蜀花間詞人，以馮延巳、李景、李煜為代表的南唐詞人。李白有《菩薩蠻》、《憶秦娥》兩首詞，詞界評價很高，王國維認為「太白純以氣象勝」，「西風殘照，漢家陵闕」八字富於氣勢。沈祥龍在《論詞隨筆》中比較李白和溫庭筠的詞風，認為李白以「氣格勝」，飛卿以「才華勝」。黃升在《唐宋諸賢絕妙詞選》中認為李白「二詞為百代詞曲之祖」。下面是李詞《憶秦娥》和許淵沖的譯文：

> 簫聲咽，秦娥夢斷秦樓月。秦樓月，年年柳色，霸陵傷別。
>
> 樂遊原上清秋節，咸陽古道音塵絕。音塵絕，西風殘照，漢家陵闕。

> The flute is mute;
> Waking from moonlit dream, she feels a grief acute.
> O Moon! O flute!
> Year after year, do you not grieve
> To see 'neath willows people leave!
>
> All is merry on the Plain on the Mountain-Climbing Day,

But she receives no word from ancient Northwest Way.

O'er ancient way

The sun declines; the west wind falls

O'er royal tombs and palace walls.

這是李白描寫秋思的一首佳作，作品上闋中「柳」、「霸陵」是中國古詩中常見的文化意象，表達離別傷感之情。許譯上闋 The flute is mute / Waking from moonlit dream / she feels a grief acute 中 flute、mute、acute 押韻，具有音美。譯文將 flute 擬人化，a grief acute 與下文的 grieve 相呼應，傳達了思婦內心強烈的悲愁。O Moon! O flute! 採用呼語，語氣強烈。Year after year, do you not grieve / To see 'neath willows people leave 用第二人稱 you 指代 moon flute，感嘆句式語氣強烈。下闋 All is merry on the Plain on the Mountain-Climbing Day 中 merry 與上闋的 grief acute 形成對比，強調了婦人內心的孤苦寂寞。But she receives no word from ancient Northwest Way 用表轉折的關聯詞 but，與上句 All is merry on the Plain on the Mountain-Climbing Day 形式對比。O'er ancient way / The sun declines; the west wind falls / O'er royal tombs and palace walls 用兩個 o'er，富於空間感。

白居易強調詩歌要以情動人，其詞作有《長相思》兩首和《望江南》兩首，詞風婉轉悠長，情感真摯。下面是《長相思》和許淵冲的兩種譯文：

汴水流，泗水流，流到贛州古渡頭，吳山點點愁。

思悠悠，恨悠悠，恨到何時方始休，月明人倚樓。

（一）

See the Bian River flow

And the Si River flow!

By Ancient Ferry, mingling waves, they go;

The Southern hills reflect my woe.

My thought stretches endlessly;

My grief wretches endlessly.

Oh, when will my husband come back to me?

Alone I stand on moonlit balcony.

(二)

See Northern River flow
And Western River flow!
By Melon Islet, mingling waves, they go.
The Southern rivers dotted with woe.

O how can I forget?
How can I not regret?
My deep sorrow will last till with you I have met,
Waiting from moonrise to moonset.

宋朝學者呂東來在《詩說拾遺》中說：「詩者，人之性情而已。必先得詩人之心，然后玩之易入。」許淵冲在《人生與翻譯》中談道，他翻譯李煜、白居易的詩詞有著自己特殊的情感體驗。南唐后主李煜在政治上平庸無能，但在歌詞詩賦上才華出眾。公元975年南唐被宋朝所滅，李煜淪為亡國之君和階下囚，其作品表達了內心的痛苦和對故土的思念。抗戰時期日軍入侵中華大地，國土淪喪，生靈涂炭。當時許淵冲先生正就讀的南昌二中就是當年南唐皇宮的遺址，他撫今追昔，國破家亡的共同遭遇使他對李詞「剪不斷，理還亂，是離愁，別是一番滋味在心頭」產生了強烈的情感共鳴，覺得「一千年前李后主國破家亡的痛苦，和一千年後莘莘學子離鄉背井的哀愁，幾乎是一脈相承的」。許淵冲先生逃難來到贛州，看到章水、貢水交匯處的八境臺（即鬱孤臺），想起了辛棄疾的詞：「鬱孤臺下清江水，中間多少行人淚。」又聯想到白居易的《長相思》，認為它寫出了「國難期間流亡學子收復失地、還我河山的心情」[3]。

白詞上闋「汴水流，泗水流，流到瓜州古渡頭，吳山點點愁」中「吳山點點愁」採用了擬人手法，譯文一 The Southern rivers dotted with woe 保留了原詩的擬人手法，比譯文二 The Southern hills reflect my woe 更為含蓄。原詩下闋「思悠悠，恨悠悠，恨到何時方始休，月明人倚樓」中「思悠悠，恨悠悠」與上闋中的「汴水流，泗水流」前後呼應，寫「我」的愁緒如同汴水、泗水滔滔不絕，綿延不盡。譯文一 My thought stretches endlessly / My grief wretches endlessly 用 endlessly 修飾 stretches 和 wretches，強調了「我」內心無盡的哀愁，與 See Northern River flow / And Western River flow! 中的 flow 形成呼應。譯文二 O how can I forget? / How can I not regret? 通過問句形式和 How can I 的重複直接表達「我」的內心感受，語氣強烈，但 forget、regret 與上文 flow 的聯繫不如譯文一緊密。譯文一 Oh, when will my husband come back to me? 保留了「恨到何時方始休」的問句形式，時間副詞 when 與 endlessly 形成呼應，傳達了「我」渴望與親人團聚的心情。譯文二 My deep sorrow will last till with you I have met 採用陳述句，last till 與后文的 from moonrise to moonset 相銜接，強調「我」的愁緒綿延無盡。You 比譯文一的 my husband 含義更加豐富，既指親人，也暗指祖國，不僅表達了親人間的別愁離恨，又蘊含了譯者作為流亡學子「收復失地、還我河山的心情」，使原詞的意境得到了昇華。

　　南唐后主李煜是五代詞的傑出代表，在文學上極有才華和造詣，傳統詞學專家對李后主評價都很高，《西方詩話》評價李詞「含思凄婉」。王國維在《人間詞話》中說「詞至李后主而境界始大，感慨遂深」，后主詞乃「血書」也。況周頤認為「真字是詞骨」，用此話來評價后主詞最為恰當。陳廷焯認為后主詞「思路凄婉，詞場本色」，表達了真情、至情、深情、婉情。葛曉音《唐詩宋詞十五講》中認為李煜詞「聲調諧婉，詞意明暢」，善於用「清麗的語言、白描的手法和高度的藝術概括力」表達「某種人生經驗」，能引起讀者廣泛的共鳴。李后主早期的詞風清麗雅致。下面是《蝶戀花》和許淵冲的譯文：

　　遙夜亭皋閒信步。乍過清明，漸覺傷春暮。數點雨聲風約住，朦朧淡月雲來去。

　　桃李依稀春暗度。誰上秋千，笑聲低低語。一寸芳心千萬縷，人間沒個安排處。

In long long night by waterside I stroll with ease.
Having just passed the Mourning Day,
Again I mourn for spring passing away.
A few raindrops fall and soon
They're held off by the breeze.
The floating clouds veil and unveil the dreaming moon.

Peach and plum blossoms can't retain the dying spring.
Who would sit on the swing,

Smiling and whispering?
Does she need a thousand outlets for her heart
So as to play on earth its amorous part?

　　作品上闋寫主人公閒庭信步，清明節剛過，他內心惆悵傷感，「朦朧淡月雲來去」意境優美。下闋寫主人公感嘆時光易逝人易老，忽然他聽見遠處有人在盪鞦韆，傳來盈盈笑聲和竊竊私語，與主人公的多愁善感形成強烈對比，讓他感慨萬千（「一寸芳心千萬縷，人間沒個安排處」）。許譯上闋 In long long night by waterside I stroll with ease 中疊詞 long long 再現了原詞雙聲「遙夜」的音美，stroll with ease 再現了詩人閒庭信步的場景。Having just passed the Mourning Day / Again I mourn for spring passing away 中 mourn 與 Mourning 相呼應，傳達了詩人內心的傷感和悲楚，passing away 與 passed 相呼應，傳達了詩人對春日即逝的惋惜和惆悵。The floating clouds veil and unveil the dreaming moon 中動詞 veil and unveil 栩栩如生地傳達了「雲來去」的夢幻迷離的景象，分詞 floating / dreaming 生動形象，dreaming 明寫淡月朦朧，暗寫詩人如夢如痴。下闋中分詞 smiling、whispering 形象生動，Does she need a thousand outlets for her heart / So as to play on earth its amorous part? 用問句形式，傳達了詩人內心細膩入微的感情，amorous 傳達了詩人對愛情的追求和渴望。

　　公元 975 年南唐都城金陵被宋軍攻破，李煜淪為亡國之君和階下囚，受盡折磨。國破家亡的慘痛經歷使其詞境變得闊大。后主早期詞多為賞花吟月，而后期詞則表達了一種痛徹肺腑的真情實感，王國維評價說：「后主不失其赤子之心」，「后主之詞，真所謂以血書者也」。文學創作強調作家有感而發，真情流露，宋詞作為中國古詩藝術的巔峰，更是強調作品的藝術感染力，明代學者沈際飛在《詩余四集序》認為詞是「以參差不齊之句，寫鬱勃難狀之情」，孟稱舜在《古今詞統序》中認為詞以「摹寫情態為上，令人一展卷而魂動魄化者為上」。清代況周頤在《蕙風詞話》中認為詞「多發於臨遠送歸，故不勝其纏綿悱惻」。下面是李詞《虞美人》和許淵冲的譯文：

　　春花秋月何時了？往事知多少！小樓昨夜又東風，故國不堪回首月明中。

　　雕欄玉砌應猶在，只是朱顏改。問君能有幾多愁？恰似一江春水向東流。

When will there be no more autumn moon and spring flowers
For me who had so many memorable hours?
My attic which last night in vernal wind did stand
Reminds me cruelly of the lost moonlit land.

Carved balustrades and marble steps must still be there,
But rosy faces cannot be as fair.
If you ask me how much my sorrow has increased,
Just see the overbrimming river flowing east!

原詞上闋寫月明之夜詩人觸景生情，他身陷囹圄，淪為亡國之君，倍加思念遠方的故土，內心無比痛苦。許譯 When will there be no more autumn moon and spring flowers / For me who had so many memorable hours? 中 no more 與 so many 形成對比，Reminds me cruelly of the lost moonlit land 中 cruelly 傳達了詩人內心的痛苦。下闋寫詩人睹物思人，內心的悲苦就像江水一樣滔滔不絕，無邊無際。許譯 If you ask me how much my sorrow has increased 中 how much 與上文 so many 相呼應，Just see the overbrimming river flowing east! 用感嘆句式語氣強烈，overbrimming 既寫滔滔江水，更表達了詩人心中無盡的哀愁。辜正坤在《中西詩比較鑒賞與翻譯理論》中認為「詩主情，故一切詩味中，情味最為關鍵；而情味最濃鬱者，其感染力也最強」。下面是李詞《浪淘沙》和許淵冲的譯文：

簾外雨潺潺，春意闌珊，羅衾不耐五更寒。夢裡不知身是客，一晌貪歡。

獨自莫憑欄，無限江山，別時容易見時難。流水落花春去也，天上人間。

The curtain cannot keep out the patter of rain;
Springtime is on the wane.
In the deep of night my quilt is not coldproof.
Forgetting I am under hospitable roof,
Still in my dream I seek for pleasure vain.

Don't lean alone on railings and
Yearn for the boundless land.
To bid farewell is easier than to meet again.
With flowers fallen on the waves spring's gone away,
So has the paradise of yesterday.

詩人過去整天沉醉於輕歌曼舞、飲宴作樂，享盡人間榮華富貴，而如今卻淪為亡國奴、階下囚，受盡羞辱。這巨大的反差讓他內心十分痛苦，深感人生如夢。每逢皓月當空的夜晚，被囚禁在小樓裡的詩人憑欄遠眺，面對如水的月光不禁思念故國，想起過去的風花雪月，心中無限傷感和惆悵。許譯上闋 The curtain cannot keep out the patter of rain 中象聲詞 patter 再現了原詞雨「潺潺」的音美，Still in my dream I seek for pleasure vain 中 vain 表達了詩人對浮生如夢的感嘆：過去的享樂無非是虛榮浮華、過眼雲煙。下闋 Don't lean alone on railings and / Yearn for the boundless land 保留了原詞的祈使句式，寫詩人感到沉溺於對故國的追憶已徒勞無益，So has the paradise of yesterday 中 paradise of yesterday 寫昔日的浮華享樂已成往事，就像逝去的流水一樣。

在中國文學史上后主詞思想格調並不高，但能千古流傳，正是因為作品情真意切，情景交融，感人至深。孟稱舜在《古今詞統序》中認為「李后主之秋閨……足令多情人魂銷也」。清代謝章鋌認為，詞人「當歌對酒，而樂極哀來，捫心渺渺，閣淚盈盈，其情最真」，沈祥龍認為詞多為詠物之作，「借物以寓性情，凡身世之感，君國之憂，隱然寓於其內」。下面是李詞《長相思》和許淵冲的譯文：

一重山，兩重山，山遠天高煙水寒，相思楓葉丹。

菊花開，菊花殘，塞雁高飛人未還，一簾風月閒。

Hill upon hill,
Rill upon rill,
They stretch as far as sky and misty water spread;
My longing lasts till maple leaves grow red.

Now chrysanthemums blow;
Now chrysanthemums go.

You are not back with high-flying geese;
Only the moonlit screen waves in the breeze
And in moonlight with ease.

原詞上闋寫山高水長，霧靄茫茫，詩人無比思念遙遠的親人（有兩種理解，一說是后主在遠方的兄弟，一說是后主的情人小周后），許淵冲評論說，「千重山之間升起了碧水化成的寒煙，高入雲霄，仿佛害了相思病似的，想化為天上的雲」。下闋寫深秋時節菊花凋零，大雁南飛，詩人愈發思念遠方的親人，內心無比惆悵苦悶。許譯上闋 Hill upon hill / Rill upon rill 靈活地將 rill 提到第二行，形成對偶結構，富於形美和音美。They stretch as far as sky and misty water spread 中 stretch / as far as / spread 再現了原詞空闊遼遠的意境，My longing lasts till maple leaves grow red 中 lasts 與上文的 stretch / spread 相呼應，一抽象，一具體，傳達了詩人無邊無際的離愁別緒。下闋 Now chrysanthemums blow / Now chrysanthemums go 保留了原詞的排比結構，Only the moonlit screen waves in the breeze / And in moonlight with ease 中 moonlit 與 moonlight 相照應，傳達了原詞所渲染的月夜相思的場景和氛圍。弟環寧在《中國古典文藝美學範疇輯論》中認為，詩歌之情是「『足以感動人之善心』的生命本能」。下面是李詞《相見歡》和許淵冲的譯文：

林花謝了春紅，太匆匆，無奈朝來寒雨晚來風。

胭脂淚，留人醉，幾時重，自是人生常恨水常東。

Spring's rosy color fade form forest flowers
Too soon, too soon.
How can they bear cold morning showers
And winds at noon?

The crimson rain
Like rouged tear
Will make me stay
And drink all day.
When will again
Red bloom appear?

Regretful life will ever last

Just as the eastward-flowing water will go past.

　　李后主在淪為階下囚后寫了大量懷念故國的傷感之作，以《虞美人》、《浪淘沙》最負盛名，《相見歡》也是名篇，詩人過去縱情聲色，歌舞升平，花天酒地，最終國土淪喪，自己成了亡國之君，他感嘆浮生如夢，春光易逝人易老。許譯上闋，fade form forest flowers 押頭韻，具有音美，too soon 的疊用語氣強烈，How can they bear cold morning showers / And winds at noon 用問句，傳達了詩人對逝水流年的感嘆。下闋，drink all day 傳達了詩人以酒澆愁愁更愁的悲春體驗，red bloom 與上闋的 rosy color 相呼應，表達了詩人對昔日春光美景的留戀，ever last 強調了詩人內心對自己不幸身世的無盡哀傷和悲愁。

　　馮延巳是唐五代婉約詞的代表人物，王國維在《人間詞話》中對其評價很高，「馮正中（延巳）詞雖不失五代風格，而堂廡極大，開北宋一代風氣」。陳廷焯在《白雨齋詞話》中認為：「唐五代小詞，皆以婉約為宗。」馮詞婉麗而略帶傷感的風格對北宋歐陽修和秦觀產生了深刻影響。弟環寧在《中國古典文藝美學範疇輯論》中認為感物是「物動人心，感而遂通，自然風物，社會事象，心象內境與人的情感及自由意識的交融互滲」[4]。下面是《蝶戀花》和許淵沖的譯文：

　　誰道閒情拋棄久，每到春來，惆悵還依舊。日日花前常病酒，不辭鏡裡朱顏瘦。

　　河畔青蕪堤上柳，為問新愁，何事年年有？獨立小橋風滿袖，平林新月人歸后。

Who says my grief has been appeased for long?

When'er comes spring,

I hear it sing

Its melancholy song

I'm drunk and sick before the flowers from day to day

And do not care my mirrored face is worn away.

I ask the riverside green grass and willow trees

Why should my sorrow old

Renew from year to year? With vernal breeze

My sleeves are cold;

On lonely bridge alone I stand

Till moon-rise when all men have left the wooded land.

原詞上闋寫春日來臨，繁花似錦，而這美景卻讓詩人更加悲苦滿懷，他借酒澆愁，形容憔悴。下闋寫詩人從室內來到戶外，他獨立橋頭，滿袖盈風，內心無比孤苦。許譯上闋，Who says my grief has been appeased for long 保留了原詞的問句形式，When'er comes spring / I hear it sing / Its melancholy song 把春天擬人化，寫春天唱著悲傷憂鬱的歌，明寫春天，暗喻詩人，陽春美景本應讓人愉悅，而詩人卻悲春傷春。下闋，Why should my sorrow old / Renew from year to year 保留了原詞的問句形式。With vernal breeze / My sleeves are cold 中 cold 與上闋的 Melancholy 相呼應，春風本應使人感到溫暖，而詩人卻內心悲涼。On lonely bridge alone I stand 中 lonely、alone 與下句的 all men 形成對比，強調了詩人內心的寂寞孤獨。

二、北宋詞風格的再現

北宋是宋詞的繁榮期，總體而言，中國傳統詞學理論對北宋詞的評價高於五代詞和南宋詞。清代學者張祥齡在《詞論》中認為唐五代詞「固為詞家宗主，然是勾萌，枝葉未備」，到北宋和南宋，「小山、耆卿，而春亦；清真、白石，而夏亦；夢窗、碧山，已秋亦」。朱彝尊在《詞綜》中認為：「詞至北宋而大，至南宋而深」，北宋詞意境大，南宋詞意境深。潘德輿在《養一齋集》中說：「詞濫觴於唐，暢於五代，而意格之閎深曲摯，則莫勝於北宋。」閎深曲摯意思是北宋詞境深而大，善用婉曲的手法表達真摯的情感。王國維在《人間詞話》中對五代詞和北宋詞的評價高於南宋詞，認為「詞以境界為最上，有境界則自成高格，自有名句。五代北宋之詞所以獨絕者在此」。朱崇才在《詞話理論研究》中評價北宋詞「自然而深厚」，有「高渾之境」。

北宋詞的主要代表有晏殊、晏幾道、柳永、範仲淹、蘇軾、張先、秦觀、歐陽修、周邦彥、賀鑄等。晏殊是北宋詞初期的代表，詞風婉麗，宋代學者晁無咎在《評本朝樂章》中評價晏詞「風調閒雅」，清代王鵬運在《半塘末刊稿》中認為晏詞「疏浚」，「溫潤」。王國維在《人間詞話》中認為晏殊詞「昨夜西風凋碧樹，獨上高樓，望盡天涯路」意境「悲壯」。清代《靈芬館詞話》將詞風歸納為華美、清綺、幽豔、高雄四種，評價晏殊（元獻）的詞風

「風流華美、渾然天成，如美人臨妝，卻扇一顧」。葛曉音在《唐詩宋詞十五講》中認為晏殊善於用細膩的感受和警練的詞句準確地概括出普遍的人生感觸，表達「委婉含蓄，凝重平穩」，詞風「雍容華貴、清新委婉」。[5]下面是晏詞《蝶戀花》和許淵冲的譯文：

檻菊愁煙蘭泣露，羅幕輕寒，燕子雙飛去。明月不諳離恨苦，斜光到曉穿朱戶。

昨夜西風凋碧樹，獨上高樓，望盡天涯路。欲寄彩箋兼尺素，山長水闊知何處？

Orchids shed tears with doleful asters in mist grey.
How can they stand the cold silk curtains can't allay?
A pair of swallows flies away.
The moon, which knows not the parting grief, sheds slanting light
Through crimson windows all the night.

Last night the western breeze
Blew withered leaves off trees.
I mount the tower high
And strain my longing eye.
I'll send a message to my dear,
But endless ranges and streams sever us far and near.

原詞上闋描寫了一幅深秋時節淒清寂寥的景象，作品採用擬人手法，通過菊、蘭的悲戚暗喻婦人的淒楚。《宋詞鑒賞辭典》評價說：「菊花籠罩著一層輕菸薄霧，看上去似乎在脈脈含愁；蘭花上沾有露珠，看起來又像在默默泣飲。」燕子成雙成對，與思婦的形影相吊形成強烈對比。明月朗照，更讓婦人思念遠方的愛人，內心更加悲苦惆悵。下闋，「昨夜西風凋碧樹，獨上高樓，望斷天涯路」寫思婦登樓遠眺，望眼欲穿，但其境界闊大，超越了一般詩詞描寫兒女情長時過於傷感沉鬱的俗套，為近代學者王國維所激賞，被用來描述人生的三種境界之一，遂成為詩家之絕唱。《宋詞鑒賞辭典》評論說，原詞「固然有憑高望遠的蒼茫百感，也有不見所思的空虛悵惘，但這空闊、毫無窒礙的境界卻又給主人公一種精神上的滿足，使其從狹小的簾幕庭院的憂傷愁悶

轉向對廣遠境界的騁望」。山水迢遠，情書難寄，婦人內心感到惆悵絕望，「山長水闊」與「望斷天涯路」相呼應，意境曠遠，整首詩意與境渾然一體，思想與藝術完美統一。

許譯上闋，Orchids shed tears with doleful asters in mist grey 中 shed tears、doleful 保留了擬人手法，傳達了原詞淒涼悲苦的情感氛圍。How can they stand the cold silk curtains can't allay? 採用問句形式，富於感染力。The moon, which knows not the parting grief, sheds slanting light / Through crimson windows all the night 中 sheds slanting light 與上文的 shed tears 相呼應，sheds / slanting 押頭韻，具有音美和意美。all the night 暗示思婦輾轉反側，徹夜未眠。下闋，Last night the western breeze 中 last night 緊接上闋的 all the night，前后連貫，And strain my longing eye 中 longing eye 描寫了思婦的望眼欲穿。I'll send a message to my dear 中 endless、far and near 表現了思婦與遠方的愛人天各一方，彼此望眼欲穿，再現了原詞空曠遼遠的意境。

晏幾道詞風婉麗，近於晏殊，王國維在《人間詞話》中評價小山詞「其淡語皆有味，淺語皆有致」。清代學者吳錫麒認為詞有幽微宛轉、慷慨激昂兩派，其中幽微宛轉之詞追求「幽微要眇之音、宛轉纏綿之致，夐虛響於弦外，標雋旨於味先」，晏詞《臨江仙》正是此風格，下面是原詞和許淵沖的譯文：

夢后樓臺高鎖，酒醒簾幕低垂。去年春恨卻來時，落花人獨立，微雨燕雙飛。

記得小蘋初見，兩重心字羅衣，琵琶弦上說相思。當時明月在，曾照彩雲歸。

Awake from dreams, I found locked tower high;
Sobered from wine, I find the curtain hanging low.
As last year spring grief seems to grow;
Amid the falling blooms, alone stand I;
In the fine rain a pair of swallows fly.

I still remember when I first saw pretty Ping,
In silken dress embroidered with two hearts in a ring,
Revealing lovesickness by pipa's string.
The moon shines bright just as last year,

It did see her like a cloud disappear.

　　原詞寫詩人思念遠方的愛人，他獨守空樓，感春傷懷，燕子成雙成對，而自己卻形影相吊，孑然一身，詩人以燕子雙飛反襯主人公的孤獨寂寞。作品中「落花人獨立，微雨燕雙飛」化用五代詩人翁宏的《春殘》（「又是春天殘也，如何出翠幃，落花人獨立，微雨燕雙飛」）。「曾照彩雲歸」化用唐代李白的《宮中行樂詞》（「只愁歌舞散，化作彩雲歸」）。晏幾道和其父晏殊都以善於描寫燕子而著稱，如晏殊《蝶戀花》（「羅幕輕寒，燕子雙飛去」）、《破陣子》（「燕子來時新社，梨花落后清明」）等。許譯上闋，Amid the falling blooms, a-lone stand I 將 alone 放在 stand I 之前，強調了詩人的孤獨寂寞。宋詞常描寫抒情主人公悲春而獨立的場景，如馮延巳《蝶戀花》（「獨立小橋風滿袖」）。許譯下闋，The moon shines bright just as last year 中 last year 與上闋 As last year spring grief seems to grow 中的 last year 相呼應，傳達了主人公的一種物是人非、恍如隔世的感受：燕子依然雙飛，明月依舊朗照，而小萍已成記憶，只能在夢中相見。

　　範仲淹是北宋著名的政治家和詩人，詞風剛勁蒼涼。歐陽修是唐宋古文八大家之一，工於詩、詞、文，詞風清朗明麗，清代《靈芬館詞話》認為歐陽修與晏殊的詞風同為「風流華美、渾然天成，如美人臨妝，卻扇一顧」。王國維認為「歐公《蝶戀花》」「字字沉響，殊不可及」，永叔詞「於豪放之中有沉著之致，所以尤高」。下面是歐詞《生查子》和許淵冲的譯文：

去年元夜時，花市燈如晝。月上柳梢頭，人約黃昏后。

今年元夜時，月與燈依舊。不見去年人，淚濕春衫袖。

Last Festival of Vernal Moon,
The blooming lanterns bright as noon.
The moon above a willow tree
Shone on my lover close to me.

This Festival comes now again,
The moon and lanterns bright as then.
But where's my lover of last year?
My sleeves are wet with tear and tear.

该词採用素描手法，表达了一种温馨喜悅的氣氛，是膾炙人口的名篇，歷來為詞家所激賞。宋詞常描寫元宵節的黃昏之夜人們賞燈遊玩，如辛棄疾的《青玉案》（「東風夜放花千樹」）。許譯上闋, The moon above a willow tree / Shone on my lover close to me 將原詞「月上柳梢頭，人約黃昏後」的黃昏場景轉換為「月光照在我和情人身上」，close to 傳達了主人公與情人約會時內心的喜悅和甜蜜。下闋, But where's my lover of last year? 用問句形式，傳達了主人公內心的失落和惆悵。My sleeves are wet with tear and tear 用 tear and tear 生動地再現了主人公潸然淚下的場景，富於感染力。

張先有三首描寫黃昏月影的作品，因而被詞界稱為「張三影」，其詞意境優美，韻味悠長，清代《靈芬館詞話》認為張先、姜白石為清綺詞風的代表，其詞「一洗華靡，獨標清綺，如瘦石孤花，清笙幽盤石，入其境者，疑有靈仙」。陳廷焯評價子野詞「有含蓄處，也有發越處。但含蓄不似溫韋，發越不似豪蘇、膩柳」。張詞《天仙子》（「雲破月來花弄影」）通過動詞「破」、「弄」的巧妙運用，使作品境界全出，成為宋詞名句。《剪牡丹》（「柳徑無人，墮飛絮無影」）意境朦朧蘊藉。《青門引》下闋寫道：

樓頭畫角風吹醒，入夜重門靜。那堪更被明月，隔牆送過秋千影。

詩人在寒食節因傷春而醉酒，黃昏時分，月影朦朧，隔牆秋千的影子飄來，若隱若現，意境優美。下面是張詞《天仙子》和許淵冲的譯文：

水調數聲持酒聽，午醉醒來愁未醒。送春春去幾時回？臨晚鏡，傷流景，往事后期空記省。

沙上並禽池上瞑，雲破月來花弄影。重重簾幕密遮燈。風不定，人初靜，明日落紅應滿徑。

Wine cup in hand, I listen to「Water Melody」,
Awake from wine at noon but not from melancholy.
When will spring come back now it is going away?
In the mirror, alas!
I saw happy time pass.
In vain I recall the old time gone for aye.

Night falls on poolside sand where pairs of lovebirds stay;
The moon breaks through the clouds; with shadows flowers play.
Lamplight is veiled by screen on screen;
The fickle wind still blows,
The night so silent grows.
Tomorrow fallen blooms on the way will be seen.

原詞上闋寫詩人以酒澆愁，感嘆春光易逝人易老，內心無比傷感惆悵。下闋描寫黃昏景象，月影朦朧，四週一片寂靜，意境優美。許譯上闋，In the mirror, alas 用感嘆詞 alas，語氣強烈，傳達了詩人對春光易逝的深刻感受。In vain I recall the old time gone for aye，將 in vain 放在句首，與 for aye 一起強調詩人對昔日美好時光的無比留戀和內心的失落。下闋，The moon breaks through the clouds; with shadows flowers play 再現了原詞「雲破月來花弄影」的優美意境。Lamplight is veiled by screen on screen 用 screen on screen 再現了原詞「重重簾幕」的疊字。深院、幕簾是宋詞的常見意象，作品主人公獨居深院，簾幕低垂，思念遠方的愛人，這是宋詞常描寫的場景，如歐陽修《蝶戀花》（「庭院深深深幾許？楊柳堆烟，簾幕無重數」），許淵冲將「簾幕無重數」譯為 By curtain on curtain and screen on screen，與張先詞「重重簾幕密遮燈」的譯文 Lamplight is veiled by screen on screen 意境相近。The fickle wind still blows / The night so silent grows 中 still、so silent 通過清輔音［s］傳達了一種舒緩的節奏，再現了原詞靜謐安詳的氛圍。

在北宋詞人中柳永自成一派，他將宋詞長調推向了高峰，極大地擴展了宋詞的藝術表現空間。柳詞感情真摯，情景交融，情境、意境、畫境渾然一體，清代學者劉熙載在《藝概》中評價柳詞「細密而妥溜，明白而家常，善於敘事，有過前人」，王國維認為「長調自以周、柳、蘇、辛為最工」。柳詞通俗淺易，以俚俗體詞風獨樹一幟，王國維將其比作唐代白居易（「耆卿似樂天」），袁行霈在《中國詩歌藝術研究》中認為柳詞能「貼近事之情、人之心來寫，貼而有切，有一種不隔之美」。《靈芬館詞話》認為宋詞有華美、幽豔、清綺、高雄四種風格，柳永、秦觀、周邦彥、賀鑄、晁無咎的詞就體現了「幽豔」風格（「施朱傅粉、學步習容，如宮女題紅，含情幽豔，秦、周、賀、晁諸人是也。柳七則靡曼近俗也」），王鵬運在《半塘末刊稿》中評價柳詞「廣博」。朱崇才在《詞話理論研究》中認為柳詞「音律諧婉，語意妥帖」，葛曉

音在《唐詩宋詞十五講》中認為柳詞創造了「以白描見長、鋪敘層次分明、細緻而又直露的藝術表現手法」，往往「曲盡形容、淋灕尽致、不求含蓄，但講究結構嚴謹、層次清楚、首尾完整、工於點染」。[6]下面是柳詞《八聲甘州》和許淵冲的譯文：

對瀟瀟暮雨灑江天，一番洗清秋。漸霜風凄緊，關河冷落，殘照當樓。是處紅衰翠減，苒苒物華休。唯有長江水，無語東流。

不忍登高臨遠，望故鄉渺邈，歸思難收。嘆年來蹤跡，何事苦淹留！想佳人妝樓顒望，誤幾回天際，識歸舟？爭知我憑闌干處，正恁凝愁！

Shower by shower
The evening rain besprinkles the sky
Over the river,
Washing cool the autumn air far and nigh.
Gradually frost falls and blows the wind so chill
That few people pass by the hill or rill.
In fading sunlight is drowned my bower.
Everywhere the red and the green wither away,
There is no more splendor of a sunny day.
Only the waves of Rivers Long
Silently eastward flow along.

I cannot bear
To climb high and look far, for to gaze where
My native land is lost in mist so thick
Would make my lonely heart homesick.
I sigh over my rovings year by year.
Why should I helplessly linger here?
From her bower my lady fair
Must gaze with longing eye.
How oft has she mistaken homebound sails
On the horizon for mine?

How could she know that I
Leaning upon the rails,
With sorrow frozen on my face, for her do pine!

王國維在《人間詞話》中評價柳詞《八聲甘州》是「佇興之作，格高千古」。原詞傳達了一位漂泊在外的男子對故鄉愛人的深深思念。作品上闋寫清秋時節萬物肅殺，遊子登樓遠眺，黯然神傷。「暮雨」、「江天」、「霜風」、「關河」、「殘照」、「紅」、「翠」、「長江水」等意象渲染了深秋時節淒涼冷清的氛圍。下闋寫遊子漂泊在外，思鄉之情油然而生。他想像遠方的愛人也在登樓遠望，期盼自己早歸故里。遊子收回自己的思緒，內心充滿對遠方愛人的思念之情。從「佳人妝樓」、「天際」、「歸舟」到「闌干處」，意象的描寫經歷了從遠到近的空間位置變化。許譯上闋中 shower、evening rain、sky、river、frost、hill or rill、fading sunlight、bower、the red and the green、waves of Rivers Long 保留了原詞的意象。原詞「瀟瀟」用疊字描寫秋雨綿綿，令人傷感，許譯 shower by shower 也用疊詞，shower 的第一個元音與「瀟」的韻母相近，再現了原詞的意美和音美。In fading sunlight is drowned my bower 用 drowned 描寫遊子的小樓被籠罩在夕陽暮色中，傳達了原詞所渲染的陰沉鬱悶的情感氛圍，現在分詞 fading 具有動態感，表現了一種時間的變化。下闋中 My native land is lost in mist so thick 用 lost in 描寫遊子的故鄉被籠罩在茫茫霧靄中，與上闋的 drowned in 意境相同。遊子與遠方的愛人天各一方，對著蒼茫大地彼此望眼欲穿。Must gaze with longing eye 用表假設的情態助詞 must，語氣強烈，傳達了遊子對遠方愛人深深的牽掛和關切之情。How oft has she mistaken homebound sails / On the horizon for mine? 用疑問句式，語氣強烈，傳達了佳人對遠方遊子望眼欲穿的思念之情。

蘇軾是成就最高、影響最大的北宋詞人，代表了北宋詞的藝術高峰。蘇軾人格高尚曠達，清代學者陳廷焯在《白雨齋詞話》中認為蘇軾「心地光明磊落，故詞極超曠，而意極和平」。王國維在《人間詞話》認為東坡人格高尚，蘇詞意境曠遠，「東坡之曠在神」，蘇、辛乃「詞中之狂」，他認為屈原、陶淵明、杜甫、蘇軾四位詩人「其人格亦自足千古」，蘇詞風格近似唐代李白（「東坡似太白」），蘇詞《水調歌頭》與柳詞《八聲甘州》都是「佇興之作，格高千古」。蘇軾以詩為詞，辛棄疾以文為詞，均詞風豪放，陳玉基在《蒼梧詞序》中評價蘇辛「以抑塞磊落之才、使飛揚跋扈之氣；以欽崎窈窕之遇，抒纏綿淒愴之懷」。王鵬運在《半塘未刊稿》中評價「東坡之詞軒驍」。

袁行霈在《中國詩歌藝術研究》中認為蘇詞有「詩的沉鬱、詩的豪放與詩的淳樸」，表現了「男性的深沉蘊藉與沉著含蓄」，蘇詞「是向外部的廣闊世界馳騁，恢弘闊大，表現出超越時空的強烈要求」。[7]葛曉音在《唐詩宋詞十五講》中認為蘇詞「不但提高了詞品，開闊了詞境，而且使詞的抒情藝術達到高度的個性化」，蘇詞「豪放、瀟灑、飄逸」，表現「抒情主人公爽朗的笑容、恢宏的度量、從容的神情和雄健的氣魄」。[8]李澤厚在《美學三書》中認為蘇軾詩詞表達了一種人生空漠感，是「對整個存在、宇宙、人生、社會的懷疑、厭倦、無所希冀、無所寄托的深沉喟嘆」，詩人追求「樸質無華、平淡自然的情趣韻味」，並將其提升到「透澈了悟的哲理高度」。[9]下面是蘇詞《定風波》和許淵冲的譯文：

莫聽穿林打葉聲，何妨吟嘯且徐行。竹杖芒鞋輕勝馬，誰怕！一蓑煙雨任平生。

料峭春風吹酒醒，微冷，山頭斜照卻相迎。回首向來蕭瑟處，歸去！也無風雨也無晴。

Listen not to the rain beating against the trees.
Why don't you slowly walk and chant at ease?
Better than saddled horse I like sandals and cane.
O, I would fain!
Spend a straw-cloaked life in mist and rain.

Drunken, I'm sobered by vernal wind shrill.
And rather chill.
In front I see the slanting sun atop the hill;
Turning my head, I see the dreary beaten track.
Let me go back!
Impervious to wind, rain or shine, I'll have my will.

蘇軾一生胸懷報國之志，但他仕途不順，屢遭朝廷排擠和流放。《定風波》是詩人被貶到黃州時所作，寫詩人途中遇雨，觸景生情，對人生有感而發。原詞上闋寫詩人遇雨卻不躲雨，而是在細雨中逍遙前行，自得其樂。詩人坦然面對人生的坎坷。下闋寫詩人面對人生的失意達觀開朗，縱浪大化，迴歸

自然。作品富於道家之趣，弟環寧在《中國古典文藝美學範疇輯論》中認為趣是「曠逸任達、自然自得之靈慧形態，遊藝尚文的人生風範、逍遙出世的人格精神」。[10] 許譯上闋，Listen not to the rain beating against the trees 保留了原詞的祈使句式，語氣強烈，Why don't you slowly walk and chant at ease 中 chant at ease 再現了詩人逍遙自在的風度。O, I would fain / Spend a straw-cloaked life in mist and rain 採用祈使句式，表達了詩人對迴歸自然、逍遙林泉的隱士生活的強烈渴望。下闋，Drunken, I'm sobered by vernal wind shrill / And rather chill 中 shrill、chill 表現了春寒的料峭。Impervious to wind, rain or shine, I'll have my will 中 impervious to wind, rain or shine 再現了詩人對人生的沉浮坎坷處之泰然，have my will 傳達了詩人縱情山水、隨心所欲的人生態度。蘇詞多表現主人公精神上的逍遙之遊，弟環寧在《中國古典文藝美學範疇輯論》中認為遊是「內運、憩樂、自由的神物交往，對於存在與人生的詩性領悟」[11]。下面是蘇詞《永遇樂》和許淵冲的譯文：

明月如霜，好風如水，清景無限。曲港跳魚，圓荷瀉露，寂寞無人見。紞如三鼓，鏗然一葉，黯黯夢雲驚斷。夜茫茫，重尋無處，覺來小園行遍。

天涯倦客，山中歸路，望斷故園心眼。燕子樓空，佳人何在，空鎖樓中燕。古今如夢，何曾夢覺，但有舊歡新怨。異日對、黃樓夜景，為余浩嘆。

The bright moonlight is like frost white;
The breeze is cool like waves serene;
Far and wide extends the night scene.
In the haven fish leap
And dewdrops roll down lotus leaves
In solitude no man perceives.
Drums beat thrice in the night so deep,
E'en a leaf falls with sound so loud
That, gloomy, I awake from my dream of the Cloud.
Under the boundless pall of night
No where again can she be found,
Although I've searched o'er the garden's ground.

A tired wanderer far from home

Vainly through mountains and hills may roam;

His native land from view is blocked.

The Pavilion of Swallows is empty, where

Is the lady Pan-pan so fair?

In the pavilion only swallows' nest is locked.

Both the past and the present are like dreams

From which we have ne'er been awake, it seems;

There's left but pleasure old or sorrow new.

Some future day will others come to view

The Yellow Tower's night scenery;

Would they then sigh for me!

　　原詞上闋描寫詩人在一個明月朗照的夜晚在小園裡漫遊，內心充滿對遠方佳人的思念。詩人通過描繪一幅靜景渲染了一種淒清寂寥的情感氛圍。下闋寫詩人直接抒情，自己與佳人天各一方，望眼欲穿，只能在夢中相會，內心無比惆悵失落。許譯上闋用 bright moonlight、breeze、haven、fish、dewdrops、lotus leaves、drums beat 保留了原詞的視覺、聽覺和觸覺意象。Drums beat thrice in the night so deep / E'en a leaf falls with sound so loud 中 the night so deep 與 leaf falls with sound so loud 用反襯法和 so 的迭用渲染了一種安寧靜謐的環境和氛圍。That, gloomy, I awake from my dream of the Cloud 將 gloomy 放在主語 I 前面，強調了詩人黯然神傷的內心感受。Nowhere again can she be found 將 nowhere 放在句首，強調了詩人尋覓佳人時的一種茫然不知所向的感受。下闋，Vainly through mountains and hills may roam 將狀語 Vainly 放在行首，強調詩人浪跡天涯，為尋覓佳人而跋山涉水，不辭辛勞，卻仍未能如願。原詞「古今如夢／何曾夢覺」通過「夢」的迭用強調詩人思念遠方的佳人，夢縈魂繞，許譯 Both the past and the present are like dreams / From which we have ne'er been awake, it seems 用 dreams、it seems 表達了詩人思念佳人時的一種恍惚迷離的心理體驗。Would they then sigh for me! 用感嘆句式，語氣強烈，傳達了詩人內心的傷感和惆悵。

　　秦觀是蘇軾的弟子、北宋詞婉約派的代表，其詞迷離渺遠，無蘇詞之豪放而有蘇詞之婉麗，但氣格纖弱，不如蘇詞之沉著。明代學者何良俊在《草堂

詩余序》中評價說:「詩余以婉麗流暢為美,周清真、張子野、秦少遊、晁叔原諸人之作,柔情曼聲,摹寫殆盡。」清代劉熙載評價秦詞「有小晏(幾道)之妍,得《花間》、《尊前》遺韻,卻能自出清新」,王國維在《人間詞話》中認為「少遊詞最為淒婉」,意境優美。秦觀與歐陽修詞風相近,被詞界並稱為「歐秦」,王國維認為其詞風近似唐代王維(「歐、秦似摩詰」)。《靈芬館詞話》認為秦觀詞風「幽豔」(「施朱傅粉、學步習容,如宮女題紅,含情幽豔」),王鵬運在《半塘未刊稿》中也評價秦詞「婉約」、「幽豔」。

朱崇才在《詞話理論研究》中認為少遊詞「婉媚風流」,歐陽修、晏殊、秦觀代表了婉麗詞風。葛曉音在《唐詩宋詞十五講》中認為秦詞「清麗婉約,情韻兼勝,但偏於柔美纖細」,善於「創造淒婉動人的意境,用辭情聲調微妙地表達出抒情主人公細膩的感受」,秦詞「構思煉意十分新巧微婉」,往往「景中含情,情中見景」,其「寫景多有巧思,善於選擇富有感染力的典型景象烘托情思,往往達到不言情而情自無限的境地」。[12] 譚德晶在《唐詩宋詞的藝術》中認為宋詞有三種意境:深靜之境、迷離渺遠之境、雄渾之境,其中表現迷離渺遠之境的宋詞其抒情是「揮之散之,廣播於外」,其寫景是「菸雨迷離,山遠水重」。[13] 這正是秦詞意境的特點。下面是《滿庭芳》和許淵沖的譯文:

　　山抹微雲,天沾衰草,畫角聲斷譙門。暫停徵棹,聊共引離尊。多少蓬萊舊事,空回首,煙靄紛紛。斜陽外,寒鴉萬點,流水繞孤城。

　　銷魂,當此際,香囊暗解,羅帶輕分。漫贏得青樓薄倖名存。此去何時見也,襟袖上,空惹啼痕。傷情處,高城望斷,燈火已黃昏。

　　A belt of clouds girds mountains high
　　And withered grass spreads to the sky,
　　The painted horn at the watchtower blows.
　　Before my boat sails up,
　　Let's drink a farewell cup.
　　How many things do I recall in bygone days
　　All lost in mist and haze!
　　Beyond the setting sun I see but dots of crows
　　And that around a lonely village water flows.

I'd call to mind the soul-consuming hour

When I took off your perfume purse unseen

And loosened your silk girdle in your bower.

All this has merely won me in the Mansion Green

The name of fickle lover.

Now I'm a rover,

Oh, when can I see you again?

My tears are shed in vain;

In vain they wet my sleeves.

It grieves

My heart to find your bower out of sight;

It's lost in dusk in city light.

原詞上闋通過山、微雲、天、衰草、畫角聲、譙門、徵棹、蒹葭、斜陽、寒鴉、流水、孤城等意象描寫了一幅黃昏時分朦朧迷離的場景，渲染了一種黯然悲愁的情感氛圍。主人公與情人餞別，難舍難分，內心無比傷感惆悵，詩人用「抹」、「粘」兩個動詞「表現輕浮在山上的一層薄雲和遠天逐漸銜接的枯草，賦予微雲衰草無力地依偎著天邊遠山的主觀感受，也就烘托出離人此時猶如抹在心頭的粘連不舍的離情。往事如霧的渺茫回憶和滿目蒹葭水迷茫、暮靄紛紛的景象融成一片」。[14]下闋，主人公回想起昔日與情人恩愛甜蜜，而此時他即將遠離情人，浪跡天涯，內心無比悽苦悲傷。許譯上闋用 a belt of clouds、mountains high、withered grass、sky、painted horn、watchtower、boat、mist、haze、setting sun、dots of crows、lonely village water 再現了原詞所描繪的意象。A belt of clouds girds mountains high 中名詞 belt 和動詞 gird 形象生動，既描寫薄雲漂浮，像衣帶圍住群山，又暗喻主人公與情人依依不舍。How many things do I recall in bygone days 用感嘆句式，語氣強烈，表達了主人公對往事不堪回首的深刻感受。All lost in mist and haze! 再現了原詞蒹葭水迷茫、暮靄朦朧的景象。Beyond the setting sun I see but dots of crows /And that around a lonely village water flows 仲介詞 beyond、around 傳達了原詞景物的空間感。下闋，I'd call to mind the soul-consuming hour 中 soul-consuming 準確地傳達了「銷魂」的含義，Oh, when can I see you again? 保留了原詞的問句形式，表達了主人公內心的困惑和迷惘。My tears are shed in vain / In vain they wet my sleeves 採用 in vain 的「頂

針」手法,強調了主人公內心的悲楚和憂傷。It grieves / My heart to find your bower out of sight / It's lost in dusk at city light 中 out of sight、lost in dusk 與上闋的 All lost in mist and haze! 相呼應,再現了原詞朦朧迷離的景物和哀婉淒迷的情感氛圍。

宋代學者魏泰在《臨漢隱居詩話》中認為「詩者,敘事以寄情。事貴詳,情貴隱,及乎感會於心,則情見於詞,此所以入人深也」。譚德晶在《唐詩宋詞的藝術》中談道,「當一首詩形成以後,詩的情緒就在『裡面』蕩漾、充溢、蒸騰,久久也不消散,即使詩的語言已經完結,詩的空間、其空間裡蕩漾的情緒仍在你的腦海中縈繞」,這樣詩就具有「神韻」、「意會」、「風神情韻」、「言有盡而意無窮」的美學特質。[15] 吳建民在《中國古代詩學原理》中認為詩歌意境是「詩人心境獨特感受和獨特創造的產物」。下面是秦詞《江城子》和許淵冲的譯文:

> 西城楊柳弄春柔,動離憂,淚難收。猶記多情曾為系歸舟。碧野朱橋當日事,人不見,水空流。
>
> 韶華不為少年留,恨悠悠,幾時休?飛絮落花時候一登樓。便做春江都是淚,流不盡,許多愁。

> West of the town the willows wave in wind of spring.
> Thinking of our parting would bring
> To my eyes ever-flowing tears.
> I still remember the sympathetic tree
> Which tied my returning boat for me.
> By the red bridge in the green field we met that day,
> But my dear no longer appears,
> Although the water is still flowing away.
>
> The youthful days once gone will never come again.
> When will my endless sorrow end? O when?
> While willow catkins fly with falling flowers,
> I ascend the high towers.
> E'en if my tears turn into a stream in May,
> Still it can't carry all my grief away.

原詞上闋寫詩人在春天踏青賞柳，觸景生情，思念起昔日的情人來。下闋，詩人感嘆時光飛逝，青春不在，內心無比傷感。許譯上闋，West of the town the willows wave in wind of spring 中 willows、wave、wind 形成頭韻，具有音美。楊柳是中國傳統詩歌中一個文化原型意象，表達親友分離時的依依惜別之情，寄托對遠方親友的思念之情。動詞 wave 生動地刻畫了楊柳隨風搖曳、似乎在向人招手的姿態。楊柳使詩人想起了當年他與情人揮手告別的情景，這樣 wave 就與下文的 parting 聯繫了起來。Thinking of our parting would bring / To my eyes ever-flowing tears 中 ever-flowing tears 用 ever-flowing 描寫詩人黯然神傷，潸然淚下，詩人熱淚長流，就像流水一樣綿延不盡，ever-flowing 與下文的 the water is still flowing away 相呼應。I still remember the sympathetic tree / Which tied my returning boat for me / By the red bridge in the green field we met that day / But my dear no longer appears / Although the water is still flowing away 中 I still remember the sympathetic tree 採用擬人手法，用 sympathetic 修飾 tree，傳達了詩人的一種移情體驗。下闋，The youthful days once gone will never come again 中 never 語氣強烈，傳達了詩人對青春易老的深刻體驗。When will my endless sorrow end? O when? / While willow catkins fly with falling flowers / I ascend the high towers / E'en if my tears turn into a stream in May / Still it can't carry all my grief away 通過疑問副詞 when 的疊用，強調了詩人對時光飛逝、人生易老的深刻感受。

龔光明在《翻譯思維學》中認為抒情藝術的意境「充滿美感和回味的神入式體驗及表現」。韻味是指「由物色、意味、情感、事件、風格、語言、體勢等因素共同構成的美感效果」。譯者在「解讀原文時須有神入式體驗，然後才能通過藝術語言符號去表達原文的神韻。藝術語言中的神韻由凝練簡省的詞語所負載。譯者必須拓展既廣且深的心理生活空間（mental life space），才能把握原文巨大而複雜的內涵、奇詭的想像、迷離的變幻、啓迪性的象徵、謎一般的暗示，然後才能用譯語語詞（信息代碼）去構建譯語語境」。[16] 秦觀詞善於表現靜境、深境、幽境，下面是《踏莎行》和許淵冲的譯文：

霧失樓臺，月迷津渡，桃源望斷無尋處。可堪孤館閉春寒，杜鵑聲裡斜陽暮。

驛寄梅花，魚傳尺素，砌成此恨無重數。郴江幸自繞郴山，為誰流下瀟湘去！

>The bowers lost in mist,
>
>Dimmed ferry in moonlight,
>
>Peach Blossom Land ideal beyond the sight.
>
>Shut up in lonely inn, can I bear the cold spring?
>
>I hear at lengthening sunset homebound cuckoos sing.
>
>Mume blossoms sent by friends
>
>And letters brought by post,
>
>Nostalgic thoughts uncounted assail me oft in host.
>
>The lonely river flows around the lonely hill.
>
>Why should it southward flow, leaving me sad and ill?

葛曉音在《唐詩宋詞十五講》中認為秦詞《踏莎行》「以凄迷的景色和宛轉的語調表達了秦觀被貶荒城的寂寞凄苦的心情」。作品上闋用「失」、「迷」、「望斷」、「暮」描繪了一幅霧靄茫茫、迷離朦朧的景象，渲染了一種凄涼孤苦的情感氛圍：「春夜的迷霧隱沒了樓臺，朦朧的月色模糊了渡口，望盡天涯桃源又無處可尋，實際上暗寄著詞人困守山城進退不得的心情：避世既無桃源，回京又無津渡。孤館獨居，人被鎖在春寒之中，再加上斜陽暮色中杜鵑淒厲的啼聲，雖不寫一個愁字，已將愁情渲染得淋漓盡致。」下闋寫親友寄給詩人的書信愈發加重了他的思鄉之情，詩人感慨有家難歸，「詞人被這重重砌起的愁恨封閉起來，就越發孤獨了」。他茫然困惑：「連本來應當繞著郴山而流的郴江也流下瀟湘去了，自己仍留在這裡，什麼時候才能獲得自由呢？」[17]

許譯上闋，The bowers lost in mist / Dimmed ferry in moonlight / Peach Blossom Land ideal beyond the sight 用 lost in mist、dimmed、beyond the sight 再現了原詩霧靄茫茫、迷離朦朧的景象，傳達了其凄涼孤苦的情感氛圍，ideal 表達了詩人對世外桃源般的理想生活的渴望，beyond the sight 表達了詩人對世外桃源無處可尋的一種失落感。Shut up in lonely inn, can I bear the cold spring? 中 shut up 與下闋的 assail 相呼應，表現了詩人被困孤館，內心無比悲傷凄苦，lonely inn 與下闋的 lonely river、lonely hill 相呼應，強調了詩人心中深重的孤獨感，can I bear the cold spring? 用問句形式，讓讀者直接感受詩人內心的悲苦憂傷。I hear at lengthening sunset homebound cuckoos sing 用現在分詞 lengthening 強調了原詩所暗含的時間變化：隨著暮色漸深，詩人的愁緒也越來越深沉。下

閣」，Mume blossoms sent by friends / And letters brought by post / Nostalgic thoughts uncounted assail me oft in host 中 uncounted、in host 強調了詩人內心無盡的哀愁離緒，The lonely river flows around the lonely hill / Why should it southward flow, leaving me sad and ill? 中 sad and ill 表達了詩人內心的憂傷孤苦。

周邦彥是北宋婉約詞的重要代表，對詞的格律化做出了重要貢獻。清代學者周濟認為「清真，集大成者也」，王國維在《人間詞話》中認為美成詞「精壯頓挫」，讀來「曼聲促節」、「清濁抑揚」，富於音律美和聲韻美，美成「言情體物，窮極工巧」。他評價周詞《蘇幕遮》「水面清圓，一一風荷舉」能得「荷之神理」，尊清真為「詞中老杜」。《西河》是周邦彥咏古詞中的佳作：

佳麗地，南朝盛事誰記？山圍故國繞清江、髻鬟對起。怒濤寂寞打孤城。風檣遙度天際。

斷崖樹，猶倒倚，莫愁艇子曾系。空余舊跡，鬱蒼蒼，霧沉半壘。夜深還過女牆來，傷心東望淮水。

九旗戲鼓甚處市？想依稀，王謝鄰里。燕子不知何世，向尋常巷陌人家，相對如說興亡，斜陽裡。

金陵城為六朝古都、南國盛地，自古繁華，詩人登樓遠眺，撫今追昔，感慨物是人非。作品化用了唐代劉禹錫的《石頭城》、《烏衣巷》和宋代王安石的《桂枝香》。

三、南宋詞藝術風格的再現

宋詞以唐五代詞為開端，到北宋進入繁榮期，到南宋逐漸從繁盛走向衰落。清代學者潘德圍在《養一齋集》中說：「詞濫觴於唐，暢於五代，而意格之閎深曲摯，則莫勝於北宋」，「至南宋則稍衰矣。」王國維在《人間詞話》中對南宋詞的評價不如唐五代詞和北宋詞，他認為「詞以境界為最上，有境界則自成高格，自有名句」，唐五代詞「有句而無篇」，南宋詞「有篇而無句」，北宋詞「有篇有句」。張祥齡在《詞論》中認為唐五代詞為詞之萌芽，北宋詞為詞之春、夏，南宋詞為詞之秋（「夢窗、碧山，已秋亦」）。比較而言，北宋詞婉麗明快，南宋詞蒼涼悲愴，清代學者朱彝尊認為北宋詞大，南宋詞深。總體而言，南宋詞的藝術成就和影響力稍遜於北宋詞。

南宋詞主要代表有李清照、朱敦儒等南渡詞人和辛棄疾、陸遊、姜夔、吳

文英等優秀詞人，辛棄疾是宋詞最后一座高峰。李清照是跨越北宋和南宋的傑出女詞人，宋詞婉約派的重要代表，她才華出眾，與丈夫、著名學者趙明誠志同道合，感情深厚，生活美滿，其早期詞作清新淡雅。后來趙明誠不幸病逝，剩下詩人孑然一身，孤苦無助。北宋滅亡后，詩人流落江南，生活坎坷，飽受國破家亡的痛苦，其詞風轉為悲涼哀婉，葛曉音在《唐詩宋詞十五講》中認為李清照后期詞的悲哀是「深入到骨髓的」，其詞風「纏綿凄苦，深沉感傷」。李清照的《詞論》是中國文學史上第一篇詞學研究專論，其核心思想為詞應「合乎音律、詞語高雅、風格典重、有情致、有故實、善鋪敘、表現精致」。[18] 下面是李詞《聲聲慢》和許淵冲的譯文：

尋尋覓覓，冷冷清清，凄凄慘慘戚戚。乍暖還寒時候，最難將息。三杯兩盞淡酒，怎敵它晚來風急！雁過也，正傷心，卻是舊時相識。

滿地黃花堆積，憔悴損，而今有誰堪摘？守著窗兒，獨自怎生得黑！梧桐更兼細雨，到黃昏點點滴滴。這次第，怎一個愁字了得！

I look for what I miss;
I know not what it is.
I feel so sad, so drear
So lonely, without cheer.
How is it
To keep me fit
In this lingering cold!
Hardly warmed up
By cup on cup,
Of wine so dry,
Oh, how could I
Endure at dusk the drift
Of wind so swift?
It breaks my heart, alas,
To see the wild geese pass
For they are my acquaintances of old.

The ground is covered with yellow flowers,

Faded and fallen in showers.

Who will pick them up now?

Sitting alone at the window, how

Could I but quicken

The pace of darkness that won't thicken?

Upon the plane-trees a fine rain drizzles

As twilight grizzles.

Oh, what can I do with a grief

Beyond belief?

　　原詞表達了詞人對亡夫的深深懷念。原詞首句「尋尋覓覓，冷冷清清，淒淒慘慘戚戚」，詩人匠心獨運，連用五組「疊字」表達了自己內心的無比淒苦和悲涼，音美與意美融為一體，極富於藝術感染力，被詩界譽為詞家絕唱。詩人與丈夫情投意合，恩愛甜蜜，丈夫的去世使其遭受了沉重的精神打擊。后來金兵入侵中原，詩人流離失所，四處漂泊，生活困頓，終日鬱鬱寡歡，內心無比孤苦和惆悵。她經歷了國破家亡的打擊和磨難，如今孑然一身，形影相吊。時值深秋，花木凋零，菊花飄落滿地。詩人當年意氣風發，光彩照人，而今卻已是形容憔悴，兩鬢染霜，如同這枯萎凋落的黃葉。她「尋尋覓覓」，追憶與亡夫曾一起度過的美好時光，內心無比失落空虛，更覺「冷冷清清，淒淒慘慘戚戚」。原詞採用暗喻手法，詩人自比為枯萎凋零的「黃花」（菊花），人與花融為一體，達到了一種物我不分的化境。

　　許譯上闋 I look for what I miss / I know not what it is / I feel so sad, so drear / So lonely, without cheer 中 so sad, so drear / So lonely 運用三個 so，語氣強烈，傳達了詩人內心無盡的淒苦和悲傷，與下文的 so dry、so swift 相呼應。what I miss 與 what it is 形成對仗，具有形美。miss、is 中的元音 [i] 與「覓」的韻母 [i] 讀音相盡，miss、so、sad 中的清輔音 [s] 傳達了原詞所表現的哀婉淒涼的情感氛圍，富於音美和意美。一個深秋的黃昏，詩人借酒澆愁。晚風吹來，讓她感到陣陣寒意。看著大雁雙雙飛過，詩人想起了亡夫，曾幾何時夫妻倆朝夕相伴，形影不離。而如今丈夫亡故，拋下自己孤零零一人，形影相吊。黃花凋落，灑滿一地，讓詩人想到了自己消瘦憔悴的面容。她坐在窗邊，盼望著夜幕降臨，窗外細雨打在梧桐樹葉上，淅淅瀝瀝下個不停，詩人的愁緒就像這秋雨一樣綿延無盡。許譯 How is it /To keep me fit / In this lingering cold! 用

感嘆句，語氣強烈，lingering cold 既表達了深秋的寒冷，又表達了詩人內心無法排遣的悲涼。cup on cup 表達了詩人借酒澆愁愁更愁的感受。

下闋 Of wine so dry / Oh, how could I / Endure at dusk the drift / Of wind so swift? 中 so dry、so swift 與上文的 so sad, so drear / so lonely 相呼應，語氣強烈。Faded and fallen in showers 中 faded and fallen 構成頭韻，具有音美。Who will pick them up now? / Sitting alone at the window, how / Could I but quicken / The pace of darkness that won't thicken? 保留了「而今有誰堪摘？／守著窗兒，獨自怎生得黑！」的問句形式，讓英語讀者直接感受詩人內心的憂傷和愁悶。Upon the plane-trees a fine rain drizzles / As twilight grizzles 中 drizzles、grizzles 用元音〔i〕使英語讀者聯想到滴滴答答的細雨聲，具有音美，grizzle 意思是 turn grey，既指天色變暗，又暗指詩人已兩鬢風霜。Oh, what can I do with a grief / Beyond belief? 語氣強烈，傳達了孤苦無助的詩人內心的一種絕望。

朱崇才在《詞話理論研究》中探討了婉約詞風的內涵，認為婉是指詞善於表現女性美、「曲、順之美」、「淒清幽深之致」；約是指婉約詞常描寫「縹緲之情思、綽約之美人、隱約之事物」，常用比興手法，「幽深隱微，圓美流轉，曲盡其情」，讀來餘音繞梁，回味無窮。[19]下面是李詞《浣溪沙》和許淵冲的譯文：

小院閒窗春色深，重簾未卷影沉沉，倚樓無語理瑤琴。

遠岫出雲催薄暮，細雨吹風弄輕陰，梨花欲謝恐難禁。

Leisurley windows show in courtyard spring's grown old;
My bower's dark behind the curtains not uprolled.
Silent, I lean on rails and play on zither cold.

Clouds rise from distant hills and hasten dusk to fall;
The breeze and rain together weave a twilight pall.
I am afraid pear blossoms cannot stand at all.

原詞上闋寫晚春時節詩人思念丈夫，惆悵失落，百無聊賴。下闋，許淵冲評論說，「雲好像從遙遠的山洞裡出來，遮天蔽日，仿佛在催黃昏早點降臨」，「微風一吹，樹影婆娑舞動，雨點一落，綠葉淅瀝奏樂，風雨似乎都在和樹葉游戲」。許譯上闋 Leisurley windows show in courtyard spring's grown old 將 leisurley

放在句首，明寫 windows，暗寫詩人的滿懷閒愁，old 明寫晚春，暗寫詩人擔心自己青春易逝，容顏易老。My bower's dark behind the curtains not uprolled / Silent, I lean on rails and play on zither cold 將 silent 放在句首，強調詩人內心惆悵，找不到人傾訴，只能默然無語，cold 與上文的 old 相呼應，傳達了詩人內心的淒楚和哀婉。下闋 Clouds rise from distant hills and hasten dusk to fall / The breeze and rain together weave a twilight pall 中 weave a twilight pall 形象生動，pall 意思是 dark or heavy covering，譯文用 twilight pall 與上文的 dark / dusk 相呼應，再現了原詞所描寫的昏黃黯然的景象和氛圍，I am afraid pear blossoms cannot stand at all 中 not at all 語氣強烈，強調了詩人為梨花經不住風雨的擔心和為自己紅顏易老的擔憂。

清代學者況周頤在《蕙風詞話》中認為詞「陶寫乎性情」，王夫之認為「詩之所至，情無不至；情之所至，詩以之至」。張利群在《詞學淵粹——況周頤〈蕙風詞話〉研究》中認為詞善於表達真情、至情、深情、婉情。下面是李詞《浣溪沙》和許淵冲的譯文：

莫許杯深琥珀濃，未成沉醉意先融。疏鐘已應晚來風。

瑞腦香消魂夢斷，闢寒金小髻鬟松。醒時空對燭花紅。

Don't fill my cup with amber wine up to the brim!
Before I'm drunk, my heart melts with yearning for him.
The breeze sows intermittent chimes in evening dim.

The incense burned, my dreams vanish in lonely bed;
My golden hairpin can't hold chignon on my head.
Woke up, I face in vain the flame of candle red.

原詞上闋，夜晚詩人思念遠方的丈夫，借酒澆愁。下闋，詩人半夜酒醒，孤燈殘照，形影相吊，詩人內心無比悲苦。許譯上闋 Don't fill my cup with amber wine up to the brim! 用祈使句式，語氣強烈。Before I'm drunk, my heart melts with yearning for him 中 melts with yearning 生動地傳達了詩人對丈夫的無比思念，The breeze sows intermittent chimes in evening dim 中動詞 sow 意思是 spread or introduce，譯詩用 sows intermittent chimes 生動形象，dim 再現了原詩所描寫的朦朧迷離的夜色。下闋 The incense burned, my dreams vanish in lonely bed 中

vanish 描寫了詩人夢醒魂斷，lonely 描寫了詩人內心的孤苦寂寥。Woke up, I face in vain the flame of candle red 中 in vain 傳達了詩人內心的失落和惆悵。

上面談道，宋代詞人善於運用比興和寄託手法，感物起興，托物言志，曲達其情，故宋詞「幽深隱微，圓美流轉，曲盡其情」。弟環寧在《中國古典文藝美學範疇輯論》中認為比興是一種「以心取物、以物達心，心物統一」的創作手法。下面是李清照的咏物詞《二色宮桃》和許淵冲的譯文：

　　縷玉香苞酥點萼，正萬木園林蕭索。唯有一枝雪裡開，江南有信憑誰托？

　　前年記嘗登高閣，嘆年來舊歡如昨。聽取樂天一句雲：花開處且須行樂。

　　The fragrant budding flowers look like cups of carved jade.
　　When garden trees afford no agreeable shade.
　　There is only one branch blooming above the snow.
　　But who will send it for me from the southern shore?

　　We climbed together high towers two years ago;
　　I still remember even now tha joy of yore.
　　Do not forget what the peot Bai Ju-yi did say:
　　「With flowers in full bloom, make merry while you may!」

原詞上闋寫詩人雪中賞梅，思念遠方的丈夫。許淵冲評論說：「梅花的香苞好像雕鏤的瓊玉一樣，晶瑩松軟，將開未開，點綴在保護花瓣的話萼上」；「冬盡春來之前，花園裡的樹木都蕭條冷落，一片沉寂。」下闋寫詩人回憶當年與夫君一同遊玩賞花，感嘆物是人非，人生如夢。許譯上闋 The fragrant budding flowers look like cups of carved jade / When garden trees afford no agreeable shade 中 no agreeable shade 反襯 fragrant budding flowers，表現了梅花傲雪凌霜、豔壓群芳的風姿。下闋 With flowers in full bloom, make merry while you may! 表達了詩人珍惜光陰、及時行樂的人生態度。

辛棄疾是南宋豪放詞的傑出代表，其詞既傳達了儒家的英雄主義精神和豪邁氣概，又流露出道家的閒情逸致。劉熙載在《藝概》中評價辛棄疾「風節建豎，卓絕一時」，範開評價辛詞如「春雲浮空，卷舒起滅，隨所變態」。王

國維在《人間詞話》中評價說，東坡詞曠，稼軒詞豪，「蘇、辛，詞中之狂」，「幼安之佳處，在有性情，有境界」。陳廷焯認為「辛稼軒，詞中之龍也。氣魄極雄大，意境卻極沉鬱」，「格調之蒼勁，意味之深厚」。辛詞的最大特點是以文為詞，葛曉音在《唐詩宋詞十五講》中認為辛詞風格「以豪放為主而又變化多端，富於浪漫色彩和作者的獨特個性」，善用比興手法，大量運用典故，達到了「詩詞散文合一的境界」。[20] 朱崇才在《詞話理論研究》中深入探討了豪放詞風的內涵，認為豪指意氣、氣概，偏重內容，放指創作手法，偏重形式。下面是辛詞《摸魚兒》和許淵冲的譯文：

更能消幾番風雨？匆匆春又歸去。惜春長怕花開早，何況落紅無數！春且住！見說道，天涯芳草無歸路。怨春不語。算只有殷勤，畫簷蛛網，盡日惹飛絮。

長門事，準擬佳期又誤。蛾眉曾有人妒。千金縱買相如賦，脈脈此情誰述？君莫舞！君不見，玉環飛燕皆塵土！閒愁最苦。休去倚危欄！斜陽正在煙柳斷腸處。

How much more can Spring bear of wind and rain?
Too hastily 'twill leave again.
Lovers of Spring would fear to see the flowers red
Budding too soon and fallen petals too widespread.
O Spring, please stay!
I have heard it said that sweet grass far away
Would stop you from seeing your returning way.
But I have not heard
Spring say a word;
Only the busy spiders weave
Webs all day by the painted eave,
To keep the willow down from taking leave.

Could a disfavored consort again to favor rise?
Could Beauty not be envied by green eyes?
Even if favor could be bought back again,
To whom of this unanswered love can she complain?

Do not dance, then!

Have you not seen

Both plump and slender beauties turn to dust?

Bitterest grief is just

That you can't do

What you want to.

Oh, do not lean

On overhanging rails where the setting sun sees

Heartbroken willow trees!

　　辛詞既豪邁奔放，蕩氣回腸，又表現出細膩蘊藉的浪漫主義風格。詩人滿腹經綸，文武雙全，一生胸懷報國之志，但南宋朝廷腐敗無能，奸臣當道，詩人屢遭排擠，難以施展報國之才，內心十分苦悶。原詞抒發了詩人蹉跎歲月、報國無門的痛苦心情。作品上闋描寫晚春時節細雨紛紛，落花飄零，詩人觸景生情，感嘆歲月無情。「畫檐蛛網」暗喻詩人，《宋詞鑒賞辭典》評論說，詩人「以蜘蛛自比，蜘蛛是微小的動物，它為了要挽留春光，施展出全部力量」，表露了「為國家殷勤織網的一顆耿耿忠心」。「風雨」、「落紅」、「芳草」等意象的描繪和「春」字的疊用，渲染了一種傷春悲時的情感氛圍。作品下闋寫詩人感嘆自己報國無門，壯志難酬。「長門事」、「相如賦」涉及一個典故：漢武帝陳皇后被君王冷落，她出重金請當時的著名文人司馬相如寫了一篇《長門賦》，希望能重新獲得皇帝的歡心。「玉環飛燕」分別指唐朝的楊貴妃和漢成帝的皇后趙飛燕，均為中國古代的美人。詩人用「蛾眉曾有人妒」暗喻自己才華出眾，卻遭奸臣嫉妒陷害。「玉環飛燕皆塵土」暗喻那些奸佞小人終將被歷史所唾棄。作品結尾，「危欄」、「斜陽」、「菸柳」等意象渲染了一種惆悵失落的情感氛圍。

　　許譯上闋 How much more can Spring bear of wind and rain? 用大寫的 Spring 暗示了原詞中「春」的特殊含義。Too hastily 'twill leave again 中 too hastily 保留了原詞「太匆匆」的句首位置, Budding too soon and fallen petals too widespread 用兩個 too，語氣強烈，與上文的 too hastily 相呼應，傳達了詩人悲春惜春的深刻感受。O Spring, please stay! 保留了原詞的感嘆句式，語氣強烈。I have heard it said that sweet grass far away 與下文的 But I have not heard / Spring say a word 形成轉折和對比。Would stop you from seeing your returning way 用第二人稱 you、your 再現了原詞的擬人手法。To keep the willow down from taking leave 與

上文的 Too hastily 'twill leave again 相呼應，傳達了詩人從傷春息春到挽春留春的情感體驗。

下闋 Could a disfavored consort again to favor rise? / Could Beauty not be envied by green eyes? 用兩個疑問句式，形成排比結構，傳達了詩人對自己遭受嫉妒和排擠、報國無門的悲憤和苦悶的心情。disfavored 與 favor 形成對比，傳達了詩人渴望被朝廷重新賞識重用的強烈願望。To whom of this unanswered love can she complain? 保留了原詞的疑問句式，Do not dance, then! 保留了原詞的祈使句式，語氣強烈。Have you not seen / Both plump and slender beauties turn to dust? 中 beauties 與上文的 Beauty 相呼應，自古美人薄命，詩人又以「美人」自喻，表明自己命運多舛。Bitterest grief is just / That you can't do / What you want to 準確地傳達了原詞「閒愁最苦」的含義，just 語氣強烈，傳達了詩人內心的失望無助和無可奈何。Oh, do not lean / On overhanging rails where the setting sun sees / Heartbroken willow trees! 保留了原詞的祈使句式，heartbroken 既修飾 willow trees，又傳達了詩人內心的悲苦。下面是辛詞《破陣子》和許淵冲的譯文：

　　醉裡挑燈看劍，夢回吹角連營。八百里分麾下炙，五十弦翻塞外聲。沙場秋點兵。

　　馬作的盧飛快，弓如霹靂弦驚。了卻君王天下事，贏得生前身后名。可憐白髮生！

Though drunk, we lit the lamp to see the glaive;
Sober, we heard the horns from tents to tents.
Under the flags, beef grilled
Was eaten by our warriors brave
And martial airs were played by fifty instruments:
'twas an autumn manoeuvre in the field.

On gallant steed,
Running full speed,
We'd shoot with twanging bows.
Recovering the lost land for the sovereign,
'tis everlasting fame we would win.

But alas! white hair grows!

許譯上闋，Though drunk, we lit the lamp to see the glaive / Sober, we heard the horns from tents to tents 中 glaive 指寶劍，辛詞《水龍吟》（「把吳鉤看了，欄杆拍遍，無人會，登臨意」中的「吳鉤」指的就是寶劍，與「醉裡挑燈看劍」同樣表現了詩人對自己英雄無用武之地的遺憾和感嘆，許譯傳達了詩人的這種心情。from tents to tents 用疊詞再現了當年軍營號角連天的激動人心的場面。Under the flags, beef grilled / Was eaten by our warriors brave / And martial airs were played by fifty instruments： / 'twas an autumn manoeuvre in the field 中 brave 表現了士兵的勇敢，martial airs 表現了軍樂的嘹亮，與上文的 horns 相呼應。下闋 On gallant steed / Running full speed / We'd shoot with twanging bows 中 gallant steed 再現了士兵們騎著駿馬馳騁沙場的颯爽英姿，Recovering the lost land for the sovereign / 'tis everlasting fame we would win 中 everlasting fame 傳達了詩人對收復失地、建功立業的強烈願望。岳飛《滿江紅》（「待從頭，收拾舊山河，朝天闕」）同樣抒發了愛國主義的英雄氣概。But alas! white hair grows! 保留了原詩的感嘆句式，語氣強烈，傳達了詩人對蹉跎歲月、大業未成的深深遺憾。

姜夔是南宋后期的重要詞人，張炎在《詞源》中以「清空」評價白石，認為其詞「如野雲孤飛，去留無跡」，「不惟情空，而且騷雅，讀之使人神觀飛越」。王國維在《人間詞話》中以詞境的隔與不隔評價姜詞，認為白石詞「如霧裡看花，終隔一層」，「有隔霧看花之恨」。在清代學者中陳廷焯對姜詞的評價最高，他在《白雨齋詞話》中認為白石「多於詞中寄慨」，其「感慨全在虛處，無跡可尋」，「白石長調之妙，冠絕南宋」。下面是姜詞《暗香》和許淵冲的譯文：

舊時月色，算幾番照我，梅邊吹笛？喚起玉人，不管清寒與攀摘。何遜而今漸老，都忘卻春風詞筆。但怪得柱外疏花，香冷入瑤席。

江國，正寂寂。嘆寄與路遙，夜雪初積。翠尊易泣，紅萼無言耿相憶。長記曾攜手處，千樹壓，西湖寒碧。又片片吹盡也，幾時見得？

How often has the moonlight of yore shone on me

Playing a flute by a mume tree?

I'd awaken the fair

To pluck a sprig in spite of the chilly air.

But now I've gradually grown old

And forgotten how to sing

Of the sweet breeze of spring.

I wonder why the fragrance cold

From sparse blossoms beyond the bamboo should invade

My cup of jade.

This land of streams

Still as in dreams.

How could I send a sprig to her who's far away

When snow at night begins to weigh

The branches down? Even my green goblet would weep

And wordless petals pink be lost in longing deep.

I always remember the place

where we stood hand in hand and face to face,

A thousand trees in bloom reflected

On the cool green West Lake. And then

Petal on petal could not be collected

Once blown away. Oh, when

Can we see them again?

　　原詞是姜夔詠梅題材的佳作，作品上闋寫詩人回憶往日賞梅的情景和感受，作者運用視覺意象（「月色」、「疏花」）、聽覺意象（「吹笛」）、嗅覺意象（「香冷」），表現了一種清空幽雅的意境。許譯 How often has the moonlight of yore shone on me / Playing a flute by a mume tree? 保留了原詞的問句形式。原詞「何遜而今漸老」化用了齊梁詩人何遜在揚州詠梅的典故，作者用「何遜」自比，說自己才思衰退，許譯 But now I've gradually grown old / And forgotten how to sing / Of the sweet breeze of spring 用第一人稱 I，將原詞的典故明晰化，sweet breeze 與上文的 chilly air、下文的 fragrance cold 形成暖與冷的對比。From sparse blossoms beyond the bamboo should invade / My cup of jade 用 invade，生動地傳達

了梅花的冷香侵入瑤席所帶給詩人的一種沁人肌膚的感受。

原詞下闋寫詩人想寄梅給遠方的愛人，但路遙天冷，難以寄出。詩人又回憶起當年在西湖與愛人賞梅的情景，而如今與愛人相隔遙遠，只能獨自品梅，詩人內心無比惆悵失落。許譯 How could I send a sprig to her who's far away / When snow at night begins to weigh / The branches down? 用問句形式，傳達了詩人內心的苦悶寂寥，weigh down 明寫積雪壓彎樹枝，暗喻詩人內心被苦悶寂寞壓得沉重。And wordless petals pink be lost in longing deep 保留了原詞「紅萼無言耿相憶」的擬人手法，詩人明寫紅萼無言，暗寫自己無語，只能沉浸在無限的思念和回憶之中，petals pink 押頭韻，具有音美，be lost in longing deep 傳達了紅萼（詩人）深沉的思念之情。Oh, when / Can we see them again? 保留了原詞的問句形式。

吳文英是姜派詞人，以寫閨情而著稱，南北朝學者蕭子顯認為詩歌創作是「登高目極，臨水送歸，風動春朝，月明秋夜，早雁初鶯，開花落葉，有來斯應，不能已也」。清代學者周濟評價夢窗詞「奇思壯採，騰天潛淵」。辜正坤在《中西詩比較鑒賞與翻譯理論》中認為夢窗詞有三個特點：一是「狀物寫情多據感官直覺」；二是「意脈似斷非斷，時空順序雜糅」；三是好用典故。[21] 葛曉音在《唐詩宋詞十五講》中評價夢窗詞以「用字濃豔凝澀、結構曲折綿密、境界綺麗淒迷自成一宗」。下面是吳詞《風入松》和許淵冲的譯文：

聽風聽雨過清明，愁草瘞花銘。樓前綠暗分攜路，一絲柳一寸柔情。料峭春寒中酒，交加曉夢啼鶯。

西園日日掃林亭，依舊賞新晴。黃蜂頻撲秋千索，有當時纖手香凝。惆悵雙鴛不到，幽階一夜苔生。

Hearing the wind and rain while mourning for the dead,
Sadly I draft an elegy on flowers.
We parted on the dark-green road before these bowers,
Where willow branches hang like thread,
Each inch revealing
Our tender feeling.
I drown my grief in wine in chilly spring;
Drowsy, I wake again when orioles sing.

In Garden West I sweep the pathway

From day to day,

Enjoying the fine view.

Still without you.

On the ropes of the swing the wasps often alight

For fragrance spread by fingers fair.

I'm grieved not to see your foot traces; all night

The mossy steps are left untrodden there.

原詞寫主人公在清明節傷春感懷，「瘞花銘」化用了南北朝詩人庾信的《瘞花銘》篇名，作者以一絲柳比喻一寸柔情，形象生動。下闋寫主人公來到林亭賞景，看見黃蜂圍著秋千索飛舞，他想像它們是被美人蕩過秋千後留下的香氣所迷住，他感嘆自己形單影只，內心惆悵失落。辜正坤在《中西詩比較鑒賞與翻譯理論》中認為該詞為「寫離愁別緒之極品」。許譯上闋 Sadly I draft an elegy on flowers 保留了原詞「愁」的行首位置，強調主人公悲春的體驗。Each inch revealing / Our tender feeling 準確地傳達了「一絲柳一寸柔情」的含義。I drown my grief in wine in chilly spring 用動詞 drown，準確地再現了主人公獨立寒春、借酒澆愁的場景。Drowsy, I wake again when orioles sing 中 drowsy 與上句的 drown 相銜接，主人公傷春而以酒澆愁，酒后困倦。

宋末詞人史達祖號梅溪，與吳文英、周密等都是南宋姜派詞人，姜夔稱梅溪詞「奇秀清逸，有李長吉之韻」。清代學者陳廷焯在《白雨齋詞話》中對梅溪詞評價很高，認為梅詞表現了「清真高境」。他認為詞中聖境應兼有「雄勁之氣、清雋之思、幽豔之筆」，詞之至境是「自然深厚」之境，梅溪詞就表現了清雋之思、幽豔之筆。清代學者夫之認為詩歌「含情而能達，會景而生心，體物而得神」。清代詞學認為言情之詞須「情景交煉」，方有「深美流婉之致」，寫景貴「淡遠有神」，言情貴「蘊藉有致」。下面是史詞《綺羅香》（詠春雨）和許淵冲的譯文：

做冷欺花，將煙困柳，千里偷催春暮。盡日冥迷，愁裡欲飛還住。驚粉重，蝶宿西園。喜泥潤，燕歸南浦。最妨它佳約風流，鈿車不到杜陵路。

沉沉江上望極，還被春潮晚急，難尋官渡。隱約遙峰，和淚謝娘眉嫵。臨斷岸，新綠生時，是落紅，帶愁流處。記當日，門掩梨花，

剪燈深夜雨。

> You breathe the cold to chill the flower's heart,
> And shroud the willow in mist grey;
> Silent for miles and miles, you hasten spring to part.
> You grizzle all the day;
> Your grief won't fly but stay.
> Surprised to find their pollen heavy,
> The butterflies won't leave the garden in the west;
> The moistened clods of clay make happy
> The swallows building on the southern pool their nest.
> But what is more, you prevent the gallant to meet
> In golden cab his mistress sweet.
>
> With straining eyes I gaze on the stream vast and dim,
> With spring time flood at dusk its waters overbrim,
> The ferry can hardly be found.
> Half-hidden peaks like Beauty's brows in tears are drowned.
> On broken bank where new green grows,
> The fallen red with saddened water flows.
> I still remember how outdoors you beat
> On the pear blossoms white,
> I trimmed lamp-wick and whispered to my sweet
> At the dead of a night.

　　原詞為描寫春雨的詠物詞，作品上闋採用擬人手法描寫春雨，葛曉音在《唐詩宋詞十五講》中說，詩人「把春雨當成一個欺負花柳、偷催春暮的無賴，實從花柳畏冷籠霧的情狀寫出雨來之前霧霾陰沉的天色和菸水迷離的景象」。下闋描寫天色黃昏，月影朦朧，江流奔湧，夜色漸深，雨依然下個不停，敲打著婦人的心房，她對遠方愛人的思念愈加濃厚深沉，內心無比淒楚。「門掩梨花」化用了李重元的「雨打梨花深閉門」，「剪燈深夜雨」化用了唐代李商隱的「何當共剪西窗燭，卻話巴山夜雨時」。葛曉音認為作品下闋描寫了一幅遠景：「江上陰雨沉沉，夜渡被春潮淹沒，遠方隱約的青峰如和淚美人的

眉痕，是雨深時景象。」[22]

許譯上闋用第二人稱 you 來稱呼春雨，保留了原詞的咏物特色和擬人手法，You breathe the cold to chill the flower's heart 用 breathe the cold 形象生動，春雨吹來寒氣，讓花兒感到寒冷。And shroud the willow in mist grey 中 shroud 準確地再現了「將菸困柳」所展現的菸水朦朧的景象。Silent for miles and miles, you hasten spring to part 將 silent 放在行首，強調小雨無聲地落下，四週一片寂靜，miles and miles 再現了原詞蒼茫遼闊的景象。You grizzle all the day 意思是綿綿春雨使天色顯得昏暗，Your grief won't fly but stay 中 grief 與上文的 grizzle 相呼應，天色越昏暗，春雨越悲傷。原詞上闋最后兩行寫綿綿春雨妨礙了才子與佳人的約會，許譯 But what is more, you prevent the gallant to meet / In golden cab his mistress sweet 用表轉折的連接詞 but 傳達了才子內心的遺憾和惆悵，gallant、sweet 富於情感色彩。

許譯下闋，With straining eyes I gaze on the stream vast and dim 中 straining eyes 表現主人公極目遠眺，vast and dim 再現了原詞所描寫的江水蒼茫迷蒙的景象。With spring time flood at dusk its waters overbrim 中 overbrim 再現了江潮汹湧的景象。Half-hidden peaks like Beauty's brows in tears are drowned 中 drowned 形象生動，再現了原詞的優美意境：山峰被菸雨籠罩，宛如美人被淚沾濕的眉毛。drowned 與上文的 overbrim 相呼應，再現了原詞所描寫的江潮汹湧、菸雨朦朧、霧氣彌漫的景象。I trimmed lamp-wick and whispered to my sweet 中 my sweet 與上闋的 mistress sweet 相呼應，但情感氛圍不同：上闋末尾寫才子對綿綿春雨妨礙了與佳人的約會感到惆悵失落，下闋末尾寫主人公回憶過去曾與佳人在夜深人靜之時共剪燭花，傳達的是浪漫溫馨的感受。

陸遊為南宋辛派詞人，既是宋詞豪放派的代表，也創作了不少婉約詞，宋代詞人劉克莊評價放翁詞「其激昂感激者，稼軒不能過；飄逸高妙者，與陳簡齋、朱希真相頡頏；流麗綿密者，欲出晏叔原、賀方回之上」。辜正坤在《中西詩比較鑒賞與翻譯理論》中認為放翁詞「圓潤清逸」。陸遊善寫咏物詞，通過比興和寄託手法來表現自己的人格氣節和風骨精神，弟環寧在《中國古典文藝美學範疇輯論》中認為風骨是「情思與神韻共孕的氣外之化，風神爽朗、生動有力的審美氣度，自然生命衍化而出的美學精神」。[23] 下面是陸詞《卜算子》和許淵冲的譯文：

驛外斷橋邊，寂寞開無主。已是黃昏獨自愁，更著風和雨。

無意苦爭春，一任群芳妒。零落成泥碾作塵，只有香如故。

Beside the broken bridge and outside the post wall
A flower is blooming forlorn
Saddened by her solitude at nightfall
By wind and rain she is further torn.

Let other flowers their envy pour.
To spring she lays no claim.
Fallen in mud and ground to dust, she seems no more.
But her fragrance is still the same.

中國傳統文化中梅與蘭、竹、菊被稱為四君子，中國古詩詞中有不少咏梅的佳作，宋詞寫梅最為細膩傳神。宋代詞人常採用比興手法，托物言志，以黃昏之景來寄托自己報國無門、壯志未酬的失意和惆悵。宋詞描寫黃昏之景常以梅花為刻畫對象，通過描寫梅影、梅香展現梅之神韻。陸詞《卜算子》寫黃昏時分，詩人來到斷橋邊，經歷了風吹雨打的梅花芳香四溢，傲視群芳，其風骨神姿讓詩人傾慕。詩人採用比興手法，托物言志，以梅花暗喻自己的高尚人格。許譯用第三人稱 her 指代梅花，保留了原詞的擬人手法，上闋 A flower is blooming forlorn / Saddened by her solitude at nightfall 用 forlorn、saddened、solitude 傳達了梅花的孤苦寂寞，By wind and rain she is further torn 中 torn 準確生動地再現了梅花被風雨吹打的景象。下闋，譯者將「一任群芳妒」的譯文 Let other flowers their envy pour 放在首句，To spring she lays no claim 將 to sping 放在行首，強調梅花對眾芳爭春的蔑視，再現了詩人不追名逐利的兀傲清高的形象。Fallen in mud and ground to dust, she seems no more 中 fallen 與上闋的 torn 相呼應，梅花被風雨吹打，最后凋落於地，化為塵土。

朱敦儒為南渡詞人，葛曉音在《唐詩宋詞十五講》中認為朱詞代表了南渡詞風「瀟灑頹放」的一種傾向。清代學者葉燮在《原詩》中提出詩人應有才、膽、識、力，認為詩人之胸襟是「詩之基」，詩人有胸襟就能「載其性情、智慧、聰明、才辯以出」，其作品傳達了「思君王、憂禍亂、悲時日、念友朋、吊古人、懷遠道、凡歡愉、離合、今昔之感」。下面是朱詞《相見歡》和許淵冲的譯文：

金陵城上西樓，倚清秋。萬里夕陽垂地，大江流。

中原亂、舊纓散，幾時收？試倩悲風吹淚，過揚州。

I lean on western railings on the city wall
Of Jinling in the fall.
Shedding its rays o'er miles and miles, the sun hangs low
To see the endless river flow.

The Central Plain is in a mess;
Officials scatter in distress.
When to recover our frontiers?
Ask the sad wind to blow over Yangzhou my tears.

　　金陵懷古是中國古詩詞的一個常見主題，唐代劉禹錫、宋代王安石、元代薩都剌都留下了金陵懷古的名篇。朱詞《相見歡》寫詩人登上金陵城，撫今追昔，北宋已亡，中原故土被侵略者的鐵蹄踐踏，詩人不知何時才能收復故土，不禁潸然淚下。許譯上闋 Shedding its rays o'er miles and miles, the sun hangs low / To see the endless river flow 中 miles and miles、endless 再現了原詞所展現的遼遠闊大的景象。下闋 Officials scatter in distress 中 distress 與下文的 sad 前後呼應，國破家亡，流離失所，詩人悲，風也悲。Ask the sad wind to blow over Yangzhou my tears 用祈使句式，語氣強烈，傳達了詩人滿腔的悲憤和痛苦。

　　張元干為南宋著名愛國詞人，他寫有兩首《賀新郎》，分別贈與愛國將領李綱和胡銓，作品表達了亡國之恨和收復失地的雄心壯志。下面是贈與李綱的《賀新郎》：

十年一夢揚州路，倚高寒，愁生故國，氣吞驕虜。要斬樓蘭三尺劍。
　　遺恨琵琶舊語。謾暗澀、銅華塵土。喚取謫仙平章看，過苕溪尚許垂綸否？風浩蕩，欲飛舉。

　　清代學者吳錫麒認為詞有幽微宛轉、慷慨激昂兩派。慷慨激昂派詞人以「縱橫跌宕之才，抗秋風以奏懷，代古人以貢憤」，張詞《賀新郎》就是慷慨激昂之詞。在中國古代揚州為繁華之地，文人墨客雲集，李白、杜牧等都在詩中讚美過揚州。北宋覆滅后宋高宗在南京稱帝，進駐揚州，可惜統治者依舊聲

色犬馬，不思收復故土。詞人思念故園，激憤之情難以平息，他發誓要馳騁疆場，殺敵復國。在朱敦儒、張元干等南渡詞人筆下，揚州已變成令人傷心斷腸之地，「試倩悲風吹淚，過揚州」，「十年一夢揚州路，倚高寒，愁中故國」。劉辰翁為宋末辛派詞人，下面是劉詞《柳梢春》和許淵冲的譯文：

鐵馬蒙氈，銀花灑淚，春入愁城。笛裡番腔，接頭戲鼓，不是歌聲。

那堪獨坐青燈！想故國，高臺月明。輦下風光，山中歲月，海上心情。

Tartar steeds in blankets clad,
Tears shed from lanterns 'neath the moon,
Spring has come to a town so sad.
The flutes playing a foreign tune
And foreign drumbeats in the street
Can never be called music sweet.

How can I bear to sit alone by dim lamplight,
Thinking of Northern land now lost to sight
With palaces steeped in moonlight,
Of Southern capital in days gone by.
Of my secluded life in mountains high,
Of grief of those who seawards fly!

葛曉音在《唐詩宋詞十五講》中認為辛派詞人善於「用粗豪的筆調，抒寫激憤的心情，慷慨悲歌，主題鮮明」。劉辰翁的晚年時期南宋已亡，作品寫詞人在月明之夜思念故土，回想當年在故國的生活情景，心情難以平靜。葛曉音認為原詞最后三句描寫了三種場景：「輦下風光」描寫元人統治下的臨安城元宵節之夜的景象；「山中歲月」描寫詞人在山中隱居避亂；「海上心情」描寫南宋小朝廷逃到涯山以苟延殘喘。許譯上闋，The flutes playing a foreign tune / And foreign drumbeats in the street 用兩個 foreign，強調南宋已亡，國土已被元朝統治者占領。Can never be called music sweet 用 never 語氣強烈，never sweet 與上文的 so sad 相呼應，強調詩人內心對失去故土的痛苦。許譯下闋六行為一

整句，一氣呵成，譯文保留了原詞的反問句式，dim 再現了詩人在昏黃的孤燈下獨坐的場景。Northern land now lost to sight 準確地傳達了「故國」的含義，清輔音［s］傳達了一種唏噓不已的感受。Of Southern capital in days gone by / Of my secluded life in mountains high / Of grief of those who seawards fly 用 of 引導的名詞結構保留了「輦下風光，山中歲月，海上心情」的排比結構，days gone by 與上文的 lost to sight 相呼應，強調中原大地、秀美南國都已被元人統治。secluded、grief 與上文的 alone 相呼應，強調詩人內心的孤獨和悲苦。

宋末詞人周密號草窗，與吳文英（夢窗）並稱「二窗」，同為姜派詞人。清代學者紀昀認為「善為詩者，其思浚發於性靈，其意陶熔於學問。凡物色之感於外，與喜怒哀樂之動於中者，兩相薄而發為歌咏，如風水相遭，自然成文」。譚德晶在《唐詩宋詞的藝術》中認為宋詞情韻悠長，在刻畫意象、寫景抒情時將意、景、情「融匯在傾訴式的語句中」，使其「獲得流動感，獲得音樂性的抒情力量」，宋詞意境往往「融匯在詞的整體性的抒情旋律之中」[24]。周詞《一萼紅》（登蓬萊閣有感）中表達了詩人的亡國之恨和思鄉之情，下面是原詞和許淵冲的譯文：

步幽深，正雲黃天淡，雪意未全休。鑒湖寒沙，茂林荔草，俯仰千古悠悠。歲華晚，飄零逐遠，誰念我同載五湖舟。磴鼓松斜，崖陰苔老，一片清愁。

回首天涯歸夢，幾魂飛西浦，淚灑東州。故國山川，故園心眼，還似王粲登樓，最負他，秦鬟妝鏡。好江山，何事此時遊！為喚狂吟老監，共賦銷愁。

Deeper and deeper I go,
When yellow clouds fly under the pale blue sky
And still it threatens snow.
In Mirror Lake the sand is cold,
In dense woods mist-veiled grasses freeze,
I look up and down for the woe thousand years old.
The year's late and turns grey,
I wander farther away.
Who would still float
With me on five lakes on the same boat?

By stone steps slant old pine trees,
In the shade of the cliff old grows the moss;
Sad and drear, I am at a loss.

Turning my head from where I stand,
Could I not dream of my homeland?
How can I not shed tears for my compeers?
The mountains and rivers of the land lost,
How I long for my garden of flowers?
Could I not gaze back as the poet on the towers?
What I regret the most,
Is the fair Chignon mirrored on the Lake.
Should I revisit the land when my heart would break?
I would revive the fanatic poet old
To croon away the woe ice-cold.

葛曉音在《唐詩宋詞十五講》中認為姜派詞人善於「以含蓄渾雅的風格，委婉曲折的筆致，抒寫其低回掩抑的故國之思和身世之感，含義隱晦，情調消極」[25]。《一萼紅》是周詞代表作，作品上闋寫詩人登上蓬萊閣，極目遠眺，四周景色盡收眼底。「茂林菸草」化用晉代王羲之《蘭亭序》中的「茂林修竹」。「五湖舟」化用古代政治家範蠡五湖返舟的故事。作品下闋寫詩人對故國魂牽夢繞，他想起南北朝時期詩人王粲寫的《登樓賦》抒發了強烈的思鄉之情。詩人不知何時才能重返故土，不禁黯然神傷，他只能寫詩吟賦，以銷心中之愁。原詞以「步幽深」開頭，為作品所表現的幽境作了鋪墊，許譯上闋，Deeper and deeper I go 將 deeper 放在句首，強調了原詞所表現的幽深之境。When yellow clouds fly under the pale blue sky 用動詞 fly，化靜境為動境。In dense woods mist-veiled grasses freeze 用 mist-veiled 再現了茂林霧靄彌漫的朦朧景象，freeze 與上文的 cold 強調了寒冷天氣下四周景物讓人感到寒意。Sad and drear, I am at a loss 將 sad、drear 放在句首，強調詩人內心的惆悵憂傷。下闋，Could I not dream of my homeland? / How can I not shed tears for my compeers? How I long for my garden of flowers? / Could I not gaze back as the poet on the towers? 用四個疑問句式，強調詩人對故國無比深切的思念。Should I revisit the land when my heart would break? 保留了原詞的問句形式，傳達了詩人夢想重返故土的強

烈願望。To croon away the woe ice-cold 中 woe ice-cold 與上闋的 the sand is cold、grasses freeze 相呼應，傳達了詩人內心無限的悲涼。

註釋：

[1] 袁行霈. 中國詩歌藝術研究［M］. 北京：北京大學出版社，1996：278.
[2] 張利群. 詞學淵粹——況周頤《蕙風詞話》研究［M］. 桂林：廣西師範大學出版社，1997：117.
[3] 許淵冲. 文學與翻譯［M］. 北京：北京大學出版社，2003：349.
[4] 弟環寧. 中國古典文藝美學範疇輯論［M］. 北京：民族出版社，2009：2.
[5] 葛曉音. 唐詩宋詞十五講［M］. 北京：北京大學出版社，2003：228.
[6] 葛曉音. 唐詩宋詞十五講［M］. 北京：北京大學出版社，2003：231.
[7] 袁行霈. 中國詩歌藝術研究［M］. 北京：北京大學出版社，1996：332.
[8] 葛曉音. 唐詩宋詞十五講［M］. 北京：北京大學出版社，2003：257-260.
[9] 李澤厚. 美學三書［M］. 合肥：安徽文藝出版社，1999：160-161.
[10] 弟環寧. 中國古典文藝美學範疇輯論［M］. 北京：民族出版社，2009：4.
[11] 弟環寧. 中國古典文藝美學範疇輯論［M］. 北京：民族出版社，2009：2.
[12] 葛曉音. 唐詩宋詞十五講［M］. 北京：北京大學出版社，2003：260-265.
[13] 譚德晶. 唐詩宋詞的藝術［M］. 上海：學林出版社，2001：299.
[14] 葛曉音. 唐詩宋詞十五講［M］. 北京：北京大學出版社，2003：261-262.
[15] 譚德晶. 唐詩宋詞的藝術［M］. 上海：學林出版社，2001：33.
[16] 龔光明. 翻譯思維學［M］. 上海：上海社會科學院出版社，2004：46.
[17] 葛曉音. 唐詩宋詞十五講［M］. 北京：北京大學出版社，2003：296-299.
[18] 葛曉音. 唐詩宋詞十五講［M］. 北京：北京大學出版社，2003：296-299.
[19] 朱崇才. 詞話理論研究［M］. 北京：中華書局，2010：173-175.
[20] 葛曉音. 唐詩宋詞十五講［M］. 北京：北京大學出版社，2003：296-299.
[21] 辜正坤. 中西詩比較鑒賞與翻譯理論［M］. 北京：清華大學出版社，2003：210-211.
[22] 葛曉音. 唐詩宋詞十五講［M］. 北京：北京大學出版社，2003：227.
[23] 弟環寧. 中國古典文藝美學範疇輯論［M］. 北京：民族出版社，2009：4.
[24] 葛曉音. 唐詩宋詞十五講［M］. 北京：北京大學出版社，2003：348.
[25] 葛曉音. 唐詩宋詞十五講［M］. 北京：北京大學出版社，2003：355.

國家圖書館出版品預行編目(CIP)資料

宋詞翻譯美學研究 / 王平 著. -- 第一版.
-- 臺北市 : 崧博出版 : 財經錢線文化發行, 2018.10
　面 ；　公分
ISBN 978-957-735-564-5(平裝)
1.宋詞 2.詞論
820.9305　　107017077

書　　名：宋詞翻譯美學研究
作　　者：王平 著
發 行 人：黃振庭
出 版 者：崧博出版事業有限公司
發 行 者：財經錢線文化事業有限公司
E-mail：sonbookservice@gmail.com
粉絲頁　　　　　　　網　　址
地　　址：台北市中正區延平南路六十一號五樓一室
8F.-815, No.61, Sec. 1, Chongqing S. Rd., Zhongzheng
Dist., Taipei City 100, Taiwan (R.O.C.)
電　　話：(02)2370-3310　傳　真：(02) 2370-3210
總 經 銷：紅螞蟻圖書有限公司
地　　址：台北市內湖區舊宗路二段 121 巷 19 號
電　話:02-2795-3656　　傳真:02-2795-4100　網址：
印　　刷 ：京峯彩色印刷有限公司（京峰數位）

　　本書版權為西南財經大學出版社所有授權崧博出版事業有限公司獨家發行電子書及繁體書繁體版。若有其他相關權利及授權需求請與本公司聯繫。

定價：350元
發行日期：2018 年 10 月第一版
◎ 本書以POD印製發行